孤将

칼의 노래

金薫（キム・フン）

김훈

蓮池薫 訳

新潮社

孤将　目次

閑山島　夜吟

李舜臣

水国秋光暮　沖に秋の夕日が沈む頃
驚寒雁陣高　雁の群れ、寒風に驚き、高く舞い上がる
憂心輾転夜　胸に秘めた憂いで眠れぬ夜
残月照弓刀　窓に射す明け方の月光、刀を照らす

無題

李舜臣

誓海魚龍動　海に向いて誓うゆえに　魚や龍が感動せり
盟山草木知　山に向いて誓うゆえに　草木も知る

前置き

一、この本はあくまでも小説として読んで頂きたい。

二、「女真(ヨジン)」という女性は李舜臣(イスンシン)の『乱中日記』に登場する実在の女性である。しかし二五ページから三〇ページに記述した李舜臣と女真の関係は筆者のフィクションである。

三、三一ページから三七ページに記述した「吉三奉(キルサムボン)」に関する事柄と三四ページの南師古(ナムサゴ)についての記述は『燃藜室記述』に基づいたものである。

四、李舜臣の状啓（王に奉じる報告書）、王の教書、諭示を引用したところは『李忠武公全書』の文書に基づいた。しかし筆者のフィクションもある。その区分は明確でない。

五、海戦の事実は大体『乱中日記』に基づいているが、話の展開のため、筆者のフィクションもある。しかし李舜臣の戦闘スタイルからはずれないように努力した。

六、付録として添付した「李舜臣の年譜」と「人物誌」を通して、小説と事実の区別がはっきりすることを望む。

はしがき

二〇〇〇年秋、ふたたび田舎に戻った。正義感に溢れる者たちの世界と別れを告げたのだ。この時代のいかなる価値をも肯定できなかった。私は思った。君たちは希望の力で生きているのか。君たちと共有すべき希望も信念も、私にはない。自らの誤謬を持ち抱えたまま私は一人で生きていくだろう。

田舎の夕暮れはゆったりしていて、私を取り巻く寂寞感はそれほど耐えがたいものではなかった。二〇〇〇年の冬は寒く、雪がたくさん積もった。村の道は雪に埋もれ塞がれ、人気(ひとけ)もなかった。世界は凍り付き、氷の上を人糞車だけが行き交った。私は恐くて一度も外に出られなかった。人間に対する憐憫の情をすべて捨てることにした。そうしなければ、この世が見えてきそうになかったのだ。しかし思うほど簡単に捨てられるものではない。その年の冬は本当に辛いものだった。

雪解けの春、忠清道(チュンチョンド)の牙山(アサン)にある顕忠祠(ヒョンチュンサ)、李舜臣(イスンシン)将軍の祠に何度か足を運んだ。そこに将軍の大きな刀が掛かっていた。冷え冷えとした刀だ。一日じゅうその刀に見入っては日暮れに帰った。愛と言い得るのは不可能に立ち向かう愛だけだとその刀は、語っていた。英雄でもなんでもない私は、悲しくなって心で泣いた。この拙作はその刀からの伝言に対する自分なりの答えである。

遠く彼方の敵よ、おまえたちのすべての生を乗せた艦隊よ、風吹き、波濤高き日に我が最期の海、露梁（ノリャン）へ参れ。私は一文字の陣でおまえたちを待ち迎えるだろう。

再度、万頃江（マンギョンガン）に捧げる。

二〇〇一年　春　キム・フン

孤将

刀の泣き声

見捨てられた島々にも花が咲く。花咲く森に夕日が射し、浮き雲のようにふくれあがって見える島々は、まるで海底に縛りつけられていた鎖から解き放たれたかのように、暗闇が忍び寄る水平線のかなたへと消え去っていく。陸地に渡っていた鳥たちが日の暮れゆく島に戻るころ、海面に名残を残す夕焼けも水平線へと姿を消す。いち早く夕闇に吸い込まれていった遠くの島々は、翌朝、いち早くこの世へ呼び戻される。海では常に遠い島から消滅し、遠い島から出現するものだ。夕日が水面に輝く最後の光を連れ去ってしまうと、海は全くの暗闇に包まれる。満ち潮が押し寄せては、島の断崖にぶつかる、そんな波の音だけが繰り返されるのだ。

視線が闇の絶壁で遮(さえぎ)られ、目測では計りえなくなった水平線の彼方から、銃砲と刀剣でものものしく武装した倭(わ)の艦隊が、またしても朝鮮に押し寄せてきたのだった。彼らがなぜわれわれに敵意を抱くのか、私にはわからない。敵もまた私が抱く、この身を震わせるほどの敵意の奥深さを知る由もないだろう。お互いの知り得ない敵意で海はピンと張りつめている。だが、今の私には敵意はあっても、艦隊はない。丁酉(ていゆう)年（一五九七年）の初夏、官職のない私は南海(ナムヘ)の海辺に立っていた。

その年の四月一日、私はソウルの監獄、義禁府(ウィグムブ)から釈放された。この間、私の受けた尋問はまるで意味をなさないものだった。尉官の取り調べは結局何も訊いていないも同じで、ただ虚構を追い求めていた。その姿には哀れみすら覚えた。彼らは虚構の柱を一つ一つ組み立てて、王の前に自分たちの「忠と義」の構造物を築き上げようとしていたのだ。その構造物は海で起きた事実になにひとつ立脚していなかった。拷問台に座らされた私が向かいあったのは、まさに亡霊だった。私の身を打つ亡霊たちの棍杖は骨を砕くほどに苛烈で、肌の深くまで食いこんだ。亡霊たちの無意味な尋問と気の遠くなるような杖刑の苦痛とのはざまで、私は幾度も気を失った。

出獄後、私は南大門周辺のとある宿に泊まった。そこに私を慰めようと領議政、大司憲、判府事の政府高官らが、使いを送ってきた。だが、重罪人だった私の前に、彼らが直接現れることはなかった。使いの者たちは顔を出しただけで、あいさつもそこそこに帰っていった。この世に慰めなど、はなから存在しないのだということを私は思い知ったのだ。

その後、私は朝廷の命により、一兵卒として従軍すべく、南海に向かった。杖打ち刑の後遺症のため、激しい腰痛に苦しめられたが、地方の下級役人である衙前の家の温床にその患部を温め温め、道を急いだ。そしてひと月後、権慄指揮下の都元帥（戦時における軍統帥者）府がある全羅道順天にたどり着いた。南海のすぐ近くだった。ここで官職のない白衣のままの従軍がはじまったのだ。

南海にそって東の慶尚道閑山、巨済、固城方面から吹いてくる風には、森に咲く花の薫りだけでなく、腐った人肉の臭いもしみついている。しっとりとした森の芳香を乗せた海風の端には、死体の腐臭が混じっており、さらにその悪臭を追いやる海風の端には、また新たな花の香気が漂っている。慶尚道の海岸には首を切られた死体、鼻を削がれた死体が夥しく散乱しているのだ。

砲弾と弓矢が雨あられと飛び交う戦場の後方では、朝鮮水軍（海軍）が日本兵の首を切り、日本水軍が朝鮮人の鼻を削いでいたのだ。首と鼻は塩漬けにされ、戦果の証拠物として上部に送られる。だが、切られた首と削がれた鼻には敵味方の区別がない。だから両軍は海で死体さえ見つければ見境なく首を切り、鼻を削いだ。百姓を守るべき地方長官である守令たちは、万戸鎮がまだ敵の手に落ちてもいないうちに、そそくさと逃亡した。その隙に港に押し寄せた日本兵は、山中に避難した女子どもまで残らず探し出して殺し、鼻を削いでいった。避難民たちは、ただ顔の真ん中に鼻があるという理由だけで殺されたのだ。

一方、朝鮮水軍は、海に浮かぶ味方の死体を鉤で甲板上に引き上げ、首を切ったものだ。首を切り落とすために、わざわざ専用のおし切りを船に載せていく者すらいた。首を切られた死体はふたたび海に投げ捨てられる。

取った首、あるいは削いだ鼻の数で、両軍の指揮官は昇進し、美辞麗句で飾られた王のお褒めの勅書を受け取るのだった。慶尚道の海一面を覆った首や鼻のない死体は、全羅道宝城湾の沿岸にまで流れつき、満ち潮に乗っては砂州に打ち上げられた。死体はまるで生きて蠢いているかのように見える。しかし、近くで見ると蛆がわいているのだった。頭を切り取られた首の断面にはカニや貝がもぐり込んで巣くい、絶壁の上の黒禿鷲は、その死体に向かって急降下した。

釈放されて、ソウルから順天へと向かうひと月のあいだ、私は主が逃走して抜け殻になった、守令の役所である東軒の崩れかけた客間か、東軒に取り残された下人の住む土間に宿っていた。毎晩、寝汗がひどく、一夜明けると、精根尽きはてて、ぐったりとした。

伸び放題の雑草が家々の屋根まで覆った寒村にも、百日草だけは見事な花を咲かせていた。かろうじて生き延びた者は命をつなぐため、子を殺し、その肉を貪った。ときたまヨメナの下に隠れ伏した幽鬼のような人間たちが、私の乗った馬の鈴音に驚いて面を上げることもあったが、その目は異様に見開かれ、ぎらついていた。

求礼の地で乗り換えた馬が、順天へ越えてくる峠で死んだ。いつも腹を空かせ、全身の毛がまだらに抜けたその荷馬は、すでに峠の下から前脚を引きずり始めていたのだ。いまにも倒れるかのようによろめきながらも、馬は何とか頂上までたどり着いてから往生した。自然死のように静かな死に際だった。馬は蹄鉄のすり減った足をピンと伸ばしたまま、目を剝(む)いて死んでいた。馬のその生気の消えた目はしばらく私を見つめていた。瞳には蓬髪(ほうはつ)の哀れな風貌の男が映っていた。馬の死骸を草むらに置き去りにして、私はその後順天まで歩いたのだった。

麗水(ヨス)の海にたどり着いたとき、沿岸のべっとりとした風が身体にまとわりつき、今度は塩鯖の腐臭が鼻を突いた。順天に着いた初日に、都元帥の権慄に従軍の申告をすませた私は、麗水の海辺に向かったのだった。久しぶりに眼前に広がった南海は、とうていこの手に負えそうもない広大さで胸に迫ってきた。私には一隻の船もなかったのだ。

麗水の砂州の葦原に、いくつもの死体が転がっていた。朽ちきっていない着物の切れ端は朝鮮水軍のものにちがいないのに、その死体には首がなかった。多分その首も都元帥府経由で、朝廷に届けられ、朝鮮水軍の戦果として登録されたことだろう。切られた首の断面を見ながら、死んだ馬の瞳に映っていた自分の哀れな姿を思い出した。

首は失ったにせよ、とにかく死んだ者は、自分の戦争を終えたのだ。この終わりのない戦争は結局無意味な遊びであり、この世もなんら意味のないものとして終わってしまうのだろうか。私の身体の奥深いところから、たぶん自分も知り得ない骨の髄から、絞り出すような刀の泣き声が聞こえてくるようだった。背中にはひんやりと汗が流れ、目の前の暗い海には燐光が飛び散った。

霧中の杏の花

　海を渡ってくる風はいつも山脈のように波打っている。冬になると兵営の土塀に吊り下げられた大根の干葉の束が風に踊り、浦に繋がれた船がギィギィと一晩中、軋んだものだ。風が去ったあとは静けさが訪れるが、すぐさま満ちてくる波の音で埋められる。そんなとき、幻聴なのか、現なのか、繭玉から生糸がほぐれ出るような音が、風に乗って聞こえてくるようだった。海ではいつもそうだった。風ではなく、波に乗って水平線を越えてくる音のようでもあった。バッタの大群が草むらで草を食む音のようでもあり、遠くでネズミの群れが穀物を食い散らかす音のようでもあった。幻聴というにはあまりにも鮮明だったが、聞こえたと思うと、すぐ波の音にかき消され、かき消されたと思うと、また聞こえてきた。風が止み、月光の射す海が、まるで壺のなかの油のように静まりかえった夜も、その得体の知れない音は水平線の彼方から聞こえてきた。汗の冷えた寒気のせいで、眠りから覚める朝方に襲ってくる幻聴は、昼夜を問わず、私につきまとうようだった。暗闇の中で首を振って、不気味な音を追い払っても、いつの間にかまたその幻聴は吹く風に乗って聞こえてきたものだ。

　入り江というものは決して安全なところではない。特に退路のない入り江にある宿営地ほど危ないところはない。だが、私が三道水軍統制使（司令官）だったころには、戦さが終わった艦隊をやむなく退路のない入り江に一晩、待避させなければならないときがあった。そんなとき幻聴は目に見えない激しい吹雪のように私を襲った。寝汗に体じゅうを濡らしながら夜明けを迎えるとき、幻聴が真っ暗な水平線の彼方から荒れ果てたこの地へと攻め寄ってくる数千、数万の敵船の櫓音のように迫ってきたのだ。

だが、よくよく耳を傾けてみると、その吹雪のような幻聴は、水平線の向こうの対馬の方からだけ聞こえてくるのではなかった。当時、鴨緑江（アムノクカン）岸辺の義州（ウィジュ）に疎開していた朝廷のほうからも聞こえてきた。幻聴は鴨緑江から南海岸まで半島のあらゆる山並みや川を越えてやってきたのだった。風の強い夜は港に繋留した船がお互いぶつかった。そのたびに私は寝入っている兵卒を起こして浜辺に行かせ、船着き場でぶつかり擦れ合う船を陸地に引き上げさせた。しかしながら、海での私はいつも冷たい汗にまみれ、疲れ果てていたのだ。

丁酉年（一五九七年）の夏、慶尚（キョンサン）、全羅（チョンラ）、忠清（チュンチョン）の三道水軍（海軍）連合艦隊が巨済（コジェ）島北の漆川梁（チルチョンリャン）沖合で全滅した。三道水軍統制使だった私が、朝廷により閑山（ハンサン）統制営（司令部）で逮捕され、ソウルへ連行されたのはその年の二月末だった。逮捕直前、私は加徳（カドク）方面で敵の水軍と戦った。それほど熾烈な戦さではなく、敵の戦闘意志がまるで伝わってこない、戦闘というよりは、まるで畑の雑草を一本一本抜きとる農作業のような戦いだったが、戦闘を終えた艦隊を率いて、統制営のあった閑山港に帰ると、すでに義禁府（ウィグムブ）の使いが私を待ち構えていたのだ。私は船着き場で縛られた。縄が肌に深く食い込んだ。義禁府の使いからは、朝廷を蔑み、王を騙し、上部の出撃命令に服さなかった罪で私を連行すると告げられた。

ソウルへ行く檻車に乗せられる前に、私は後任の元均（ウォンギュン）に艦隊、兵力、兵糧米、銃砲、火薬、刀剣、捕虜、その他の行政事項をすべて引き継いだ。元均は義禁府の檻車が私を乗せて一刻も早く出発することだけを望んでいる様子で、物資の数量や保存状態などについては確かめようとするそぶりもないまま、引き継ぎ書に判を押した。私は閑山統制営に壬辰（じんしん）の乱が始まった翌年の癸巳（きし）

年（一五九三年）から駐屯していた。元均に引き渡した兵力と装備は、私が三年半を費やして築き上げたもので、当時朝鮮水軍総装備の八割を占めていた。

ところが丁酉年の七月二十一日、元均指揮下の三道水軍連合艦隊が巨済島北、漆川梁沖の海戦でやぶれ、総力の八割方を海に沈めたのだった。戦船は焼けこげた板と化し、将兵たちは首や鼻のない死体となって海じゅうにばらまかれた。たった一昼夜の戦いだった。

敵は千隻あまりの艦船で放射状に翼を広げながら攻め寄ってきたという。これを迎えた元均は巨済島沖までの航海で一日中船を漕いで疲れ切った兵たちを、敵の放射状隊列の中央部に一文字の布陣で突入させた。私は元均がどんな人間かよく知っている。自分はもちろん、他の誰にも抑えることのできない強い敵意を持った男だった。そしてすべての戦闘が自分自身のための戦闘であることを望み、いつも戦闘の結果から自分のためのなにかを得ようと必死だった。時々私も、取った敵の首を譲ってやることで彼をなだめたこともあった。結局、彼の活火山のような敵意と憤り、そして功名心が空回りをして、攻め来る敵の放射陣に艦隊を集中させたのだろう。

鎧まで失った元均は、巨済島の山中に逃げ込んだ。そのとき彼は刀一本身につけていなかった。木の下に座り込み、その太った身体で荒い息をしているところを、陸地まで追い掛けてきた敵に捕まり、斬首された。この戦さで全羅右水使（水軍駐屯地の一つである右水営の長官）の李億祺も死に、忠清道の水軍指揮官である水使の崔湖も船が破壊され、溺死したとのことだった。

私は檻車に乗せられて統制営を出発するときのことをよく覚えている。格軍（櫓を漕ぐ水兵）や軍官らが檻車に駆け寄り、私の行く道を塞ぎながら、地面に泣き伏した。ところが、そんな彼らを元均は鞭で追い払いながらこう叫んだ。

「泣くとは何事じゃ。敵の耳に聞こえるではないか」

だが、その一方で元均は檻車の上にソウルの高官に渡してくれと、進上品の包みをそうっと載せるのだった。干したエイとワカメだった。

「道程は長いがなにとぞ……」

「武運を祈る」

元均と私の別れは呆気ないものだった。檻車を引く牛は九日間にわたって、北へ北へと進んだ。警護を担当する義禁府の羅卒(ナジョル)たちは時分時(じぶんどき)になると、煙の上がっている村に入り込んでは、食い物を奪ってきた。火の気のある村が多くなかったものだから、一度煙の出ている家を見つけると、彼らは何食分も取りあげてきて檻車に積んでおいたものだ。義禁府の官吏が道を急がせたため、檻車は夜も休まずに進んだ。朝廷は私の一刻も早い死を待ち望んでいるようだった。私は縄で縛られたまま、檻車に揺られた。

朝廷を蔑んだ罪、上部の出撃命令に服さなかった罪……。とうてい生きて戻れるなどとは思っていなかった。死は目前に立ちはだかった絶壁のごとく、確実不動なものに思えた。ただ死に至るまでの拷問と尋問の過程が早く済むことだけを願っていた。殺すべきものをすべて殺して、この世がこの世らしくなった後、すべての気力を尽くした中で自然に死んでいくのが常々からの私の願いだった。

道は曲がりくねりながら山向こうにまで伸び、その果てが見えなかった。だが、行く先には王がおり、朝廷があった。私の戦争は私の死によってのみ終わるのだ。ところが、不思議なことに最期が近づいているにもかかわらず、耳を傾ければ、ギィギィと暗い水平線の向こうから、敵が櫓を漕ぐ音がはっきりと聞こえてくるのだった。檻車が麻浦(マポ)の船着き場につき、ソウルの町に入ろうとするころ、私はその幻聴を追い払おうと何度も首を振った。そのとき、ソウルには春雨が降り、霧に包まれた漢江(ハンガン)の栗島(ユルト)には杏(あんず)の花が咲いていた。

ふたたびこの世上へ

朝鮮水軍の連合艦隊が漆川梁（チルチョンリャン）で全滅したという知らせは、都元帥の権慄（クォンニュル）が伝えてくれた。閑山統制営は破壊され、統制営の支配下にあったすべての沿岸や島々に敵の旗幟がなびき、入り江ごとに敵陣が張られたという。敵陣からは夜な夜な酒に酔った兵の歌声が響いてきた。戦争が小康状態だった数か月のあいだに自分の田畑に戻ってきていた避難民たちも、ふたたび四散していった。彼らがどこへ逃げたのかわからない。捨て去られた晩夏の田畑はまだ青々としていた。秋になればおそらく敵に収穫されることになる穀物だ。

敵は仏法の神通力が戦さを勝利へ導いてくれるものと信じていた。だからこそ、戦争当初から、敵船すべてが「南無妙法蓮華経」と書かれた旗幟をかかげていた。彼らは仏の幟で海を埋めつくしながら、朝鮮に攻め寄せてきたのだ。壬辰年の開戦以後、拿捕した敵船に何度か乗りこんだことがあったが、敵将の船室にはかならず「法華経」などの書冊が置いてあった。

……来世でそちたちはかならずや成仏する。そのときそちたちの国土は清浄で方正な菩薩にあふれ、善男善女は如来の着物を纏（まと）い、如来の座に坐（ま）す。そちたちは当然知るべし。如来が衆生を決して見捨てぬことを……

経典にはそう書いてあった。船内に仏壇をしつらえ、僧侶まで船に乗せている信心深い敵将もいた。私の部下たちはよく僧侶を捕まえてはその首を切り、死体を海に投げ捨てたものだ。僧侶は手をあわせた姿勢で念仏を唱えながら刀を受け、その念仏を発していた口から鮮血を流して死んでいった。私には敵の捕虜にまで食わせる糧がなかった。わが兵はまた「南無妙法蓮華経」の旗をちぎっては包帯代わりに使ったものだが、布目がつんでいる絹地は、傷口を包むのにちょうどよかった。ボロ着を纏っていた兵卒たちは、旗地で着物を作って着た。見ると、櫓を漕ぐ格軍の何人かの背中には、「法」や「経」の字がくっきりと刻まれていた。

その「南無妙法蓮華経」の旗を高く掲げた敵船は、吹雪のように攻め寄せてきた。前線は、すでに統制が効かないほど拡大して、前線と後方の区別がつかなくなっていた。朝鮮軍は集結することも、分散することも不可能な状態にあり、都元帥の権慄はその事実をよく承知していたはずだった。確実なのは、何か手を施すことが不可能だということだけだった。権慄には正確な情報がなかった。もっとも確実で命運を決すべき情報が、もっとも不確実な噂としてだけ、内陸に伝わってきていたのだ。

都元帥権慄は、官職なき白衣で従軍するという私の申告を受けたあとも、しばらくは任地と軍職を決めてくれなかった。私は期限なしの待機状態だった。どうやら、私がふたたび戦船に乗ることを権慄は望まないようだった。時間を持てあました私は、麗水を皮切りに南海沿岸一帯の荒れ果てた港や智異山の山村、蟾津江流域の村々をまわりはじめた。内陸地域の役所である官衙は徐々に機能を取り戻しはじめていたが、人気のない村には今も犬の仔一匹見当たらなかったし、打ち捨てられた井戸のなかからは草が上まで生えあがっていた。たまに人のいる村に出くわしても男は見当たらず、満足な釘一本落ちていない。晋州に入った私は、とある村の下級官吏である衙前の家の土間を借りて寝起きすることにした。

ところが、驚いたことに都元帥の権慄が、その土間に私を訪ねてきたのだ。当然ながら、それに先だって私のもとへ従事官をよこし、晋州に方陣視察がてら私に会いに来る、とことづけてはきた。しかしながら、晋州はすでに癸巳年（一五九三年）の夏、敵に陥落したところである。その戦さで金千鎰、崔慶会、黄明甫、李宗仁ら多くの将帥が戦死し、五千人あまりいた官民すべてが城内で殺された。犬一匹、鶏一羽生き残っていないなか、晋州は長いあいだ廃墟のまま放置されてきたのだ。したがって視察するような軍事施設などなく、晋州への方陣視察というのはほとんど口実としか思えない話だった。

都元帥権慄は、軍官一人と羅卒数名を引き連れてきた。土間の縁側に腰かけた。彼の馬は肉付きがよく艶があり、鬣が虹色に輝いていた。権慄はなかに入らず、土間の縁側に腰かけた。羅卒が庭に槍兵と旗持ちを整列させる。私は彼の前に歩み出て、お辞儀をした。

「李舜臣、なんじをそちと呼んでも差し支えないな」

一兵卒になりさがった私の地位を改めて知らしめるかのように、権慄は言った。還暦という年齢にそぐわない、響きの重い声だった。

「白衣を着た身分でござるので……」

私は言葉を濁した。

私は逮捕される数か月前の丙申年（一五九六年）晩秋にも、権慄と会っている。そのときも彼はわざわざ閑山統制営まで訪ねてきて、こう指示した。

「朝廷で入手した情報によれば、加藤清正の率いる兵がすぐに海を渡り、釜山へ進攻するという。ただちに艦隊を率いて釜山海域に進出し、敵を待ち伏せて撃ち、かならずや加藤の首を取って朝廷に差し出すのだ」

この作戦は朝廷の戦略にもとづいたものであり、都元帥の命令だと、権慄は強調した。私はただ、現地指揮官の判断を尊重していただきたいとだけ答えた。その後私は、艦隊を動かさなかった。敵の間諜から入手した情報を信じることができなかったのである。当時、釜山海域の一部沿岸の入り江や島々には日本人が陣取り、巨大な軍備を隠し持っていた。そのような島々のあいだをわが艦隊が移動しようものなら、つねに後方と側面が脅威にさらされることになる。また冬の海は波も高い。その荒海のなかで何日も陣を布き、いつ来るかも分からない敵を待ち伏せるなどということは、自殺も同然だ。

朝廷は作戦全体の勝利などよりも、加藤清正の首がなんとしてもほしかったのだ。加藤は壬辰年に朝鮮に出兵された日本軍の第二陣を指揮していた。加藤軍は翌日すぐに釜山城を陥れ、花見にでも行くような装いで駕籠の行列をつくって、北上した。しかもその駕籠は、囚われの身となった朝鮮人の百姓に担がせたのである。一方、加藤軍に追われた王は、朝鮮最北端の義州にまで逃れざるを得なかった。だからこそ朝廷は加藤の首をとることに強い政治的執着を持っていたのだ。王としては、是が非でも宗廟の祭壇に加藤の首を捧げ、酒の一献でも注ぎたかったにちがいない。

だが私は、そんな政治的意図のために自分の兵を犠牲にするわけにはいかなかった。私のもとに残った数少ない兵は、朝鮮を守る最後の砦だった。だからこそ王の気持ちも充分理解でき、その望みを叶えてやれない自分の無力さを嘆きもしたが、艦隊は動かさなかったのだ。その結果、私はすぐさま訴えられた。権慄がまず告発し、続いて、当時、国政と軍事をつかさどっていた最高議決機関である備辺司の文人官僚らが、執拗に私を弾劾した。私はソウル義禁府で取り調べを受けながら、はじめて自分がだれによって訴えられ、弾劾されたかを知った。私は政治には疎い人間だったが、決してその疎さを恥じることはなかった。

その権慄が、この辺鄙な山中まで訪ねてきたのだ。権慄は二日前に漆川梁沖で朝鮮水軍が全滅したという知らせを、まるでひとりごとでもつぶやくかのように淡々と、ときおり遠くに目を遣りながら話してくれた。その口から、全滅という言葉が何度も何度も繰り返された。全滅という言葉にはそれ以上の詳しい説明は必要ない。私はありのままに受け止めるだけだった。

「舜臣、ソウルの義禁府で起こったことは忘れるがよい。武人であるならば水に流さねばならぬ」

権慄は恐ろしいほどの威厳を持った男だった。陸軍出身だった彼は、臨津江、龍仁、水原、利川、幸州山城等で勝利をおさめた。そして胸の奥深くに、幾多の修羅場をくぐり抜けてきた者だけが持つ殺気を秘めていた。その殺気を、私の殺気は感じ取った。軍事力ではなく政治権力で戦争を遂行する男、それが権慄だ。陸軍の支援を請いながら出陣をためらう元均に、五十発の杖打ち刑をあたえて漆川梁の沖合へ追い立てたのも実は権慄だった。そう、六十歳に近い三道水軍統制使の元均を杖打ち台に縛りつけることのできる人間なのだ。その姿は、老いてなお愚鈍な猛獣のように見えた。やがて権慄は口を開いた。

「何か方策はあらぬか」

その言葉を聞いたとたん、泣くに泣けない者の泣き声、悲憤のような熱いものが、身体の奥深くから湧きあがってきた。

(方策、ああ、方策か)

いっそ義禁府の刑罰台で死んでいたほうがどれだけましかとさえ思ったほどだ。なんら為す術のないこの世に生き残り、またしても方策をさがすことになろうとは……。私はかろうじて返す言葉を見つけた。

「方策があるとしたら、海でしょう。沿岸地方をすべてまわり終わってからお答えします」

「ありがたい。すぐにはじめてくれぬか」

権慄はそういうと、兵を引き連れて帰っていった。順天(スンチョン)から晋州(チンジュ)までは二日かかるが、漆川梁戦闘は二日前に終わっている。権慄は敗戦の報告を受けたあと、ただちに私のもとに向かったのだ。これがいわば権慄の方策だったのだろうか。権慄が帰ったあと、私は下人に刀を研がせた。青い刃(やいば)は、鈍い輝きとともに冷え冷え(ひび)とした鉄の匂いを漂わせた。刀というものが熱いものなのか、それとも冷たいものなのか、いまだにわからない。刀に鼻先を近づけ、鉄の匂いを胸いっぱい吸い込んでみる。この世のすべてを切り捨てるときまで、救われる術のないこの世に踏みとどまれと、刀は語っているようだった。翌日の未明、刀を携えた下人を従え、私は晋州をあとにした。その年老いた下人の名は莫世(マクセ)といった。行き先は全羅道(チョンラド)の河東(ハドン)、南海(ナムヘ)、麗水沿岸へと定めた。泊まっていた家の者が旅の糧にと、いくばくかの粟と塩、それに干し魚を持たせてくれた。

刀と月と身体

私が敵に勝てる要件は敵のなかにあり、敵が私に勝てる要件は私のなかにある。壬辰年の開戦以来、私はそう信じてきた。いや、信じてきたというより、そう願ってきた。その願いは息が詰まるほど切実だった。正直にいえば、武人としての私の最後の贅沢は、もはや勝敗に関わることなく、力を尽くした一人の武人として死んでいくことだった。だが、自分の望みはどうあれ、海では私の「武」の位置は、敵の位置によって決まった。したがって、私の最後の贅沢など叶うはずもないのだった。海での武人としての私の存在は敵の存在によって左右され、私のいる位置はいつも敵との相対関係のなかで定まった。私が艦隊をある港に停泊させている場合でも、敵の艦隊が移動さえすれば、わが艦隊は移動したことになる。海での私は一時たりとも留まるところを知らず、疲れ果てたわが艦隊が深い眠りにつく夜も、窮屈な寝床で寝返りばかり打っているのだ。

ところが、ふたたび目前に広がった南海(ナムヘ)には、敵の勝てる要件も私の勝てる要件も見出せなかった。消え失せていく景色のなかで海は冷たく、彼方から海鳥の啼き声だけが聞こえてくる。釜(プ)山(サン)、巨済(コジェ)、固城(コソン)側の海岸は見えず、ただその慶尚(キョンサン)道沖の水平線に浮かぶ島々のあいだで敵同士が連絡しあう烽火(のろし)が見えた。烽火は炎から煙へ、黒煙から白煙へと変わった。なにかの暗号だろうが、その意味するところは読めない。

巡視の最初の訪問地である河東(ハドン)に到着した日、蟾津江(ソムジンガン)の河原にある空き家に泊まった。河東には数名の郡守がたむろしていた。すでに司令状をもらっていたものの、任地の島や港が敵の手に落ちたため、赴任できずにいたのだ。郡守たちは私の泊まっている農家を訪ねてきて、庭に円座を組み、痛哭した。その痛哭は、私に対する社交辞令のひとつとしか見えなかった。案の定、哭が終わるとそそくさと船頭を呼び、川を渡って帰っていった。わざわざ泣くところを見せるためだけに、私の宿所に来たのかもしれない。暗くなりはじめた河原では、数羽のアオサギが、水面に映った自分の姿をのぞきこんでいた。

農家の縁側に座って夕暮れの川を眺めると、下人の莫世(マクセ)がパジ（朝鮮のズボン）の裾をまくりあげ、投網を打っていた。しばらくして、郡守たちを乗せていった渡し船が戻ってきた。そこには船頭のほかに、一人の女しか乗っていなかった。女は荷物を頭の上に載せ、川岸に降りると、私のいる農家のほうへ歩いてきた。麻の草履がすり切れて、足袋が地面についている。頭の上の風呂敷包みを支え持つ両手の脇の下から、ほどけた下着の紐が見えた。風呂敷包みに隠れて顔がよくわからないが、小さな撫で肩と子どものような歩幅は、まさしくあの女真(ヨジン)のものだった。私は驚いた。鼻腔にふと、何日も洗っていない女の陰部の生臭さが蘇ってきた。

「旦那様……」

私と視線があうと、女真はその場に泣き崩れた。それまで必死に押し殺してきたのか、絞り出すように大きな泣き声をあげている。女真は全身を震わせて泣いた。いったいこの小さい体のどこに、そこまで深く切ない悲しみが隠されていたのだろうか。女真はいつまでも泣きやまなかった。川の向こうに月が浮かんでいる。女真の泣き声がおさまるまで、私はその震える肩を黙って見つめていた。

……はじめて女真を抱いたのは、丙申年（一五九六年）の秋だった。そのとき戦局は、収拾のつかない膠着状態にあった。釜山と蔚山(ウルサン)で籠城を続けていた敵は、城から出てこようとせず、わが陸軍も敵を海に追い立てることができずにいた。当時、私は内陸地方の官衙(クァンガ)をまわりながら、徴兵忌避事件を摘発していた。水軍統制使が来るという噂に逃亡した官吏もいた。水軍を脱走して村に逃げこんだ者を見つけ出しながら、麦二斗の賄賂を受け取って見逃してやった衙前(アジョン)もいた。咸平(ハムピョン)の衙前である。その衙前と脱走兵三人を捕まえ、斬首刑にした。処刑は焼けた寺子屋跡で執行されたが、そのとき、死んだ衙前の家族は狂ったように泣きわめき、最後には気を失ってしまった。処刑された四人の首は、村の大木に晒(さら)された。麦五斗で一家族の戸籍を不在者として記載した衙前も、咸平の山中で捕まった。刑台に縛りつけ、四十発の杖打ち刑に処したが、老いた官吏は二十発目あたりですでに息絶えたようだった。しかし、刑吏は、残り二十発が終わるまで容赦なく打ち続けた。全身が水の入った革袋のようにぐにゃりとなって、老いた衙前の身体は刑台から地面へ力なく転がり落ちた。その夜、私は郡守の家に泊めてもらい、すでに死体となった身体に加えられた杖刑のことや、賄賂でもらった麦でお粥を炊いて食べたにちがいない衙前の家族のことに思いを馳せながら、部屋に座っていた。すると、無性に喉が渇いてきた。

そんな私に、夜遅く咸平の県監(ヒョンガム)(中央から派遣された県の官吏)が酒膳を用意してくれた。その膳を運んできた官娼が女真だった。年は三十ですといったが、妓生(キーセン)というより官奴に近かった。手の甲はひび割れて、頭髪からは饐(す)えたような臭いがした。けっして身体は清潔とはいえなかったが、瞳(め)は恐ろしいくらい澄んでいた。視線は人の心を射るかのようにひたむきで、思わず目をそらさずにいられないほどだった。村の大木に吊された罪人の首のことを思い浮かべながら、私はその夜、女真を抱いた。抱きながら、吊された首の残影に追われて女真のなかに逃げこんでいくような錯覚に捕らわれた。女真の身体は温かかったが小さかった。長いあいだ陰部を洗っていない女の生臭さに包まれて、私は何度も自分を失いかけた。女真のほうは、抱かれるとすぐさま恥じらいを忘れた。快楽のなかで激しく揺れながら、懸命に私と一つになろうとしていた。朝方目を覚ますと、女真はなぜか部屋の下座にしゃがみこみ、両膝を抱きかかえて泣いていた。小さな撫で肩が暗闇のなかで震えていた。その泣き声に背を向けるつもりで、私は寝返りを打った。その拍子に、ひんやりした汗が背中を流れた。昼間、大木に晒した首の、大きく剝いた目が、闇のなかからせり出してくるようだった……。


「何の用だ」

「旦那様、どうしてそのような冷たいお言葉を……」

女真は肩を落とした。下人の莫世が夕膳を運んできた。粟飯だ。ほかには川で獲れたばかりのコウライケツギョと干葉（ひば）の炊き合わせ、この時節にはめずらしい切り干し大根の料理が膳に上っている。女真と私は、膳をあいだに向かいあって座った。

「さあ、食べるがよい」

「膳をともにさせていただけるなんて……」

女真は頭（こうべ）をあげながら、私をじっと見つめた。あいかわらず澄みきった目だ。もつれた髪と曲げた足の垢だらけの踵に、長旅の苦労が偲（しの）ばれた。

「どうしてこんなところまで来たのだ」

「旦那さまが出獄なさったとの噂を聞いて……」

女真は箸を取ろうとしなかった。

「食べるがよい」

「……ええ」

飯の匂いが部屋じゅうに広がった。女は肩で荒い息をした。もつれ髪の垂れた両頰が、ろうそくの灯りに照らし出された。壁にかかった刀身に、揺れ動く女の影が映っている。しばらくしてようやく、女真は箸を取った。指先がかすかに震えている。

「楽にするがよい」

「……ええ」

「知っているだろう。私は海に暮らす水軍だ」

「……ええ」

二人は黙々と、粟飯を食べた。口の小さい女真は、大きな真鍮のさじが使いにくそうだった。

「私が出獄したからといって、どうして……」

「……以前旦那さまが、わたしの身体に慰めを感じられたようなので……」

女真は消え入るような声で、恥ずかしさに顔をそむけたままそう言った。

その夜、女真を抱いた。今度も身体はきれいではなかったが、女真はすぐに恥じらいを捨てた。股間からは塩辛のような臭いが漂っていたが、口のなかは甘く、私はその身体に安らぎを覚えた。もちろんその安らぎには、性急な欲望も混じっていた。明け方、胸に寄り添っている女真に、私は訊いた。

「夜が明けたらどこへいくつもりだ」

愚問だった。

「旦那さま、夜が明けたら、わたしを切ってくださいまし」

真剣な声だった。思わずその身体を強く抱きしめると、小さな口から喘ぎ声が漏れた。壁にかけた刀に射す月の光が、刃の研ぎあとに反射して揺らめいている。女真の髪は、埃と太陽の匂いがした。さらに強く抱きしめると、女真は小さな身体をさらに小さくして、私のふところ深くにもぐりこもうとした。女真の小さな手が、私の背中の冷たい汗を拭き取ってくれた。女真の鎖骨から右の乳房にかけて、太い傷跡が見えた。だが、その傷に秘められているであろう理由を、私はあえて尋ねなかった。

雲の合間からふたたび顔を出した月が、刀身を照らした。刃の研ぎあとに月光が反射する。刀はぼうっと浮かびあがって、燐光のように冷たい光を放った。ほっそりした首を私の胸のなかで震わせながら、女真はまた繰り返した。

「旦那さま、朝方になりましたら、わたしを切ってくださいまし……」

私はもう一度、女真の身体のなかに深く押し入った。その口から洩れる低い喘ぎ声には、悲愴感があった。抱擁してやるように女真を切ってやりたかった。自分の身体で刺しつらぬくように、女真の身体を刀で刺しつらぬいてやりたかった。

女真を抱いたあと、私は闇を見つめながら考えた。

(女を抱くこの力で、この世のすべての敵を迎え撃つことができないのだろうか)

思わず身体の震えを覚えた。

(いいや、とうてい無理な話だ)

その時の私は、武人ではなかった。夜が明けると、林のなかの鳥の群れがさえずりはじめた。女真には行き先を告げないまま、私は先に宿舎を出て、海に向かった。女真がどんな人生をたどってきたのか、私にはわからない。咸平ではじめて会ったときも、女真の過去については、県監からなにも聞かされていなかった。

幽霊

大きくて確実なものは見えない。見えないから、幻か実体か区別がつかない。すべての幻が実体を装い、すべての実体が幻の殻をかぶっているかのようだ。女真族と直接対峙していた若いころは、豆満江(トゥマンガン)流域の山中にいながらも、大きくうねって大陸へと連なる山並み全体が見えなかったし、南海(ナムヘ)に赴任してからも、海にいながら海全体が見えなかった。吹雪のなかでは、雪と風の向こう側が見えない。大きくて確実なものは、いつもその見えない彼方からやってくるのだ。

壬辰の乱（文禄の役）の始まった壬辰年（一五九二年）という年は、その前年、前々年と同じく、年初から不気味だった。吉三奉(キルサムボン)という名の幽霊が雲に乗って徘徊(はいかい)しながら、この世に流血をもたらしたのである。まず、吉三奉が智異山(チリ)のピア谷（稗の谷）で反逆の兵を集めているという噂が立った。吉三奉という名は、義禁府(ウィグムブ)の羅卒(ナジョル)が乞食二人を捕まえたときに、その口から明らかになったものだ。黄海道で捕まえた乞食は、智異山に隠れているという吉三奉の行方を詳しく陳述した。その素性が定かではないまま、吉三奉を見たという者が全国各地で続出した。

ある者は、吉三奉が天安(チョナン)のある農家の下人で、年の頃は六十、顔は銅色でがっしりした体格をしていると断言した。またある者は、三十歳にしてすでに髭を腰のあたりまで伸ばし、顔は白いと語った。逆賊の首魁どころか一兵卒にすぎず、一日で三十里を歩く特技を持っているとうそぶく者もいた。吉三奉はもともと姓が吉(キル)ではなく、崔(チェ)だが、数年前にすでに兵を解体して、咸鏡道(ハムギョン)の北青(プクチョン)で死んだという噂もあった。そうした噂のなかに、吉三奉は、今の王が王位についた翌年に兵を率いて日本に渡り、その後、攻め込んでくる日本軍の先鋒隊としてふたたび朝鮮に戻ってきたが、朝鮮王が降伏した暁には日本の関白である豊臣秀吉の家臣として朝鮮を治める約束になっている、という流言も飛んだ。

吉三奉の幽霊は全国各地に出没したが、その実体はどこにもなかった。錯綜した実体の匂いは漂っても、その痕跡はどこにも残っていなかったのである。官軍が全国津々浦々探し回ったが、いつまでたっても吉三奉を捕らえることができない。「一体、吉三奉とは何者なのか」という問いは、いつのまにか「一体、だれが吉三奉なのか」という問いにすり替わっていた。問いの形式が変わると、吉三奉の幽霊はおもむろに血を呼びはじめた。最初に吉三奉と目された人物は、鄭(チョン)汝立(ヨリプ)だった。当時鄭は官職を捨て、故郷の鎮安(ジンアン)に隠居していた。義禁府の羅卒が現れると、鄭は側近と息子を切り殺し、自決した。「天下は公のものであり、その主人なるものがこの世にあってはならない」という彼の書が押収され、ソウルに届けられた。

鄭汝立が自決すると、吉三奉の幽霊は実体に化けた。つぎに吉三奉と目されたのは、鎮安の学者(ソンビ)である崔永慶(チェヨンギョン)だった。崔は若くして三奉という号を使っていた。王に召還されても官職を断り、右議政(ウイジョン)（政府最高官職）の鄭澈(チョンチョル)を虫けらのような奴だと罵倒した。そのため義禁府の刑台に縛りつけられた崔永慶は、身体がぼろぼろになるまで打たれた。吉三奉なのかどうかが明らかにされないまま、結局彼は獄死した。そして死んだことによっていっそう吉三奉として扱われた。獄中の崔は、壁にもたれることなく、いつもきちんと正座して、襟を正し、目は落ち着き払っていた。やがて獄へ面会に来た家族に、崔は正の字を書いて見せ、

「お前たちはこの字を忘れてはならぬ」

と言って、息絶えた。その後、鄭汝立や崔永慶に連座した者が約一千名処刑された。家族、親戚はもちろんのこと、ともに酒を酌み交わし、詩を詠んだ者、手紙をやりとりした者、彼らを庇

護した者、彼らを非難した者を罵った者、そのすべてが引っぱり出され、切られ、棍杖(コンジャン)で打たれて死んでいった。毎日毎日、筵(むしろ)をかけられた死体が屍口門からつぎつぎに運び出された。挙げ句の果ては、その死体を埋めてやった者までが、捕まって斬首されるありさまだった。

王は中国の山水画を眺めていたかと思うと、ふとなにか考えついたかのように、獄に繋がれている者の処刑を命じた。処刑吏は八十すぎの老婆を杖打ちの刑で殺し、八歳の男の子と五歳の女の子を膝割りの刑で息絶えさせた。相手は目撃した事実を自白しろという言葉の意味すら理解できない子どもである。処刑吏は子どもたちの身体を容赦なく打ち、折り、ねじり、焼いた。ある処刑吏は手を震わせ、涙を流したが、そんなふうに同情の涙を見せた処刑吏までが杖刑台に縛りつけられた。その血みどろの惨劇を終始演出したのが、右議政の鄭澈である。鄭澈はとうてい人間と思えるような人物ではなかった。行動は敏捷で、性格はまめであり、農事を営む農夫のようにせっせと殺戮を繰り返す。そうかと思うと、殺戮の合間には道家風の隠逸と孤独を吟じる詩づくりに興じる。その詩は虚無的で、妖艶だった。王は絶えず、だれかを殺すことで、自分の権力の健在ぶりを顕示しようとしているかのようだった。吉三奉の虚像は千人を数えたが、その真の正体はいっこうに定かにならなかった。

そのころ私は、麗水(ヨス)の左水営に赴任していた。ソウルから来る宣伝官やその随行員である下級官吏たちに酒をふるまう席で、ときどきソウル都城の様子を聞く機会があった。吉三奉。なんとか思い描こうとしたが、どうしても実体が浮かばなかった。大きな幽霊でしかなかった。海の彼方にいる敵のように、姿が見えなかった。私の刀をもってしても、見えない敵を切ることはできない。頭のなかがむずがゆくなった私は、きれいな水が飲みたくなった。この世との戦いなど不可能なものに感じられた。幽霊は、切っても切れないのだ。

酒に酔った宣伝官から吉三奉の話を聞きながら、私は思った。おそらく吉三奉は、ほかでもない王自身ではないのだろうか。そして王の命令下達をつかさどる承政院、備辺司、王への諫言等をつかさどる司諫院、言論と監察をつかさどる司憲府などにいる朝廷の大臣たちも、すべてが吉三奉なのではないか。

その宣伝官たちによると、ソウルの占い師である南師古(ナムサゴ)は、壬辰年に戦争が起きる、と予言したそうだ。南師古はソウルの、気象・地理などを担当している機関である観象監で、天文学の教授を任された人物である。ある日、明けの明星が霞んで見えた。南師古とともに空を眺めていた年老いた観象監官吏が、これは自分が死ぬ兆しだと叫んだ。しかし、南師古はにやりと笑って、死ぬのはそなたではない、ほかの者だと断言した。その予言どおり、数日後に南師古自身は死んだという。

さらに宣伝官たちの話によれば、ソウル都城のなかでは、儒教官吏である儒林士大夫の家柄の子息たちが、数百人ずつ群れをなしてうろつきながら、気が狂(ふ)れた人や怪物のまねをして人をからかっているということだった。儒家の冠をかぶった若い学者(ソンビ)らが、身体をかがめて前の人間の腰をつかみ、長蛇の列を作って鐘路(ジョンノ)通りを練り歩くのだ。泣く者、笑う者、少し気の狂れた者、完全に発狂した者、酒に酔った者、ものを吐く者が入り交じって、お化けや巫女(ムダン)のまねをした。この遊びは「登登曲(トウントウンコク)」と呼ばれた。都城に住む人間は、来る日も来る日も南山(ナムサン)、冠岳山(クァンアクサン)、母岳山(ムアクサン)に集まっては、陽が沈むまで酒を飲み、歌い、踊った。「桃の花が咲けばこの世も終わり」というのが彼らの歌だったという。都城周辺の王陵からは、夜な夜な鬼神の泣き声が聞こえ、守備をしていた兵たちは驚いて逃げたそうだ。

宣伝官の一行と夜遅くまで酒を飲んでいた壬辰年のある日、防踏鎮(パンダプ)の官吏である金玉泉(キムオクチョン)が脱営した。朝になっても酔いが覚めないでいるところに、防踏鎮の万戸(マンホ)(軍職の一つ)が遣いを寄こして来て状況がわかった。ただちに兵を動員して左水営管下のすべての港と渡し場を遮断し、金玉泉の故郷、康津(カンジン)にも軍官を派遣して、早急に金玉泉を見つけ、首だけでもいいから持ち帰れと命じた。やがて金玉泉は、梧桐島(オドン)の港で船に乗って逃げようとしたところを、麗川(ヨチヨン)の格軍(キヨツグン)によって捕らえられた。船には女が一人いたほか、盗んだ軍糧米三俵、布団、塩、そして釜が乗せてあった。二人とも縛られて連行されてきた。前の年、科挙試験の武科丙科に及第した金玉泉は、弱冠二十二歳で、おもに足を使う武道である托肩(タツキヨン)と弓に秀でていた。縛られていても顔には若さが張り、きりっと通った鼻筋が勝ち気な性格を物語っていた。

「どこに行くつもりだったのだ」

「拙者はただ生きたいだけだ。ここではない遠い島に行こうとした」

軍官は、守令(スリヨン)の役所である東軒(トンホン)の弩弓台（弓を射る台）石の上に金玉泉を座らせ、首を切った。切られる直前、金玉泉は面(おもて)をあげた。人をすくませるような目から、若者の荒々しい力が伝わってきた。

「誠に言いづらいことだが……」

「言ってみろ」

「拙者らはいまも生きたいと思っている。それが叶わないのなら、拙者を殺し、あの女だけでも生かしてもらえぬか？　女はそなたに差し上げる。素直で器量のいい女だ。どうかもらっていただき、殺さぬように願いたい」

私は軍官に叫んだ。

「やれ！」

左水営の船着き場は、兵たちの出入りが頻繁だった。金玉泉の首は長い棒に吊されて、船着き場の歩哨所に晒された。

女は縛られたまま目をあげ、金玉泉が斬首される光景を見届けていた。物静かな顔つきながら、その視線は、空を切って振り下ろされる刀の動きを終始追っていたのだ。私は女を放免してやった。ところが女は、海辺の松の枝で首を吊って若者のあとを追ったのだった。格軍が女の死体を東軒の庭に運び、絡まった舌を口のなかに押しこんで、その口を閉じてやった。死んだ女の顔は、はるか彼方を眺めているようだった。

しばらくして、女の父親である年老いた漁夫が連行されてきた。この漁夫が逃げる二人に自分の船を貸してやったのだが、その船は水軍に徴用された木船で、帆はなく、櫓だけが残っているものだった。帆のない船に乗って、若い二人はいったいどこの島に行こうとしていたのだろうか。死んだ娘の姿を見つめる漁夫の目には、怒りが込み上げていた。

「その船はわしの船だ。旦那様の船ではない。わしの船をわしの娘に出してやっただけなのに、なにが悪いというのじゃ」

年老いた漁夫は、刑台に括られて悲鳴をあげた。棍杖(コンヂャン)で二十発打たれたのだ。漁夫は、骨の折れる仕事をひとつひとつこなすかのように痛みを耐えていき、二十発めにがくんと頭を垂れた。東軒の門外では、漁夫の息子が母とともに背負子を背負って待っていて、老父が運び出されると急いで担いで帰っていった。

防踏鎮の地方官吏である色吏(センリ)一人も、縛られて連行されてきた。軍官の調査によると、三俵の兵糧米を手に入れようとする金玉泉を手助けしてやったのだ。この色吏には私罪が少なくなく、徴募不正と脱走兵をかくまった疑いもあった。さっそく色吏の家を捜索して穀物や家畜を押収し、すべてを水営の倉に運び込ませた。それから色吏の首を切り、その首を防踏鎮に送り返して、晒し首にするように命じた。

その日、宣伝官はソウルへ帰った。私は彼らを水営の出口まで見送った。そして夕方には射弓場に行き、矢を放った。全部で十五本だった。遠海からは、霧に紛れて生臭い匂いが漂ってきた。的の向こうに吉三奉の幻影がちらついて狙いがあわず、的も揺れて定まらなかった。結局、風向きを読みきれないまま、放った矢をことごとくはずしてしまった。暗くなって射弓場から戻って来たが、的はきれいなままだった。

沿岸はがらんとしていて、見えるのは遠くの山々だけだ。ただ、入り江には壊れた戦船が二、三隻ずつ打ちあげられている。船は修理をしようにも手の施しようのないものばかりだ。焼け残った船壁には、はがして使えそうな板が一枚もない。私は光陽湾（クアンヤン）から求礼（クレ）へと巡察を続けていた。敵が海岸に上陸すると、避難民たちは内陸に集まっていく。逆に内陸の避難民たちは、南海（ナムヘ）をめざして避難してくる。両方の避難民が道中で出会うと、おたがい相手が棄ててきた村の状況を聞きたがった。どこに行っても避難場所などありそうになかったが、彼らは死に物狂いでどこかへと向かっているのだ。どこかへ向かって歩いている、そのこと自体が彼らにとって慰めにでもなるかのようだった。たとえ行き倒れたら、息絶える前に路傍に捨てられる哀れな身であるとしてもだ。私は出会った避難民たちに行き先を訊かなかった。

百姓のいなくなった村々では、守令（スリョン）たちが無為な時間を過ごしていた。彼らは無気力だった。無気力だからこそ、悲憤慷慨もひとしおだった。私は彼らの作ってくれた飯を食い、彼らの宿舎で寝起きした。都元帥の権慄（クォンニュル）に報告できるものはなにもなかった。私自身にもなかったし、この世の中自体にもなかった。ただ、都元帥の安否をいつも気づかいながら、こうしてあちこち歩きまわっているという簡単な手紙をしたため、地方の衙前（アジョン）経由で都元帥府に送った。

求礼についた日の夜は、一人で酒を飲んだ。酒は遠くのものを近くに引き寄せてくれる。二か月前にこの世を去った母のことが瞼に甦ってきた。そのとき私は一兵卒として従軍するためソウルから南海に向かう途中で、ちょうど故郷の牙山(アサン)の近くを歩いていた。母の訃報を受けた日、私に同行していた義禁府(ウイグムブ)の官吏はいつもと違って、道を急がせることはなかった。訃報を受けた日私は、田舎の旅籠の部屋のなかで一日じゅう座っていた。長いあいだ私は母を順天(スンチョン)に住まわせていた。順天は右水営や統制営から近い。ところが、母は私が出獄したという話を聞いて、牙山に向かうため順天を発ったという。そして南海の海岸線をたどって西海へ向かう荷船に乗せてもらい、いよいよ牙山に着こうという矢先、だれ一人見届ける者もないなか、息を引き取ったのだ。みずから積んで持っていった棺桶に、母は横たわった。あとで聞いたところでは、母の死体は枯れ葉のように軽かったという。私は母の葬儀を行なってやれなかった。ただ一日じゅう座って過ごしただけだった。母は順天にいるころ、たまに私が訪ねても息子のように接しなかった。恥じらいのため顔すらまともにあわせようとしなかったのだ。病いで寝こんでいるにもかかわらず、私が部屋に入るとすぐさま身体を起こして両手で髪をなでつけたり、寝床を整えたりした。この胸に抱き寄せたとき、母は悲しいくらい小さく感じられ、その身体から竈(かまど)の匂いがした。私が抱くと、母は恥ずかしそうに顔をそむけた。

「さあ、早くお帰りなさい。帰って国の仇を取ってください」

帰ろうとする私に、母はいつもそう言った。そんなときは、母が私に思いっきり甘えてくれたらと願わずにいられなかった。

いまごろ母の身体は土のなかで腐りかけていることだろう。私は一人酒に酔った。腰のあたりが疼くと思ったら、案の定、雨になった。土のなかに横たわる母の遺体や、野宿する避難民の頭に降りかかる雨に思いを馳せながら、私はまた杯を傾けた。酒は雨水のように全身に染みこんでいく。朝になっても雨はやまなかった。肴なしで飲んだ酒のせいか胃が痛んだ。雨音を聞きながら、私は寝返りばかり打っていた。

もうこれ以上歩きまわったり、調べたりする必要はなかった。そんなある日の朝、王の命を伝達する宣伝官の梁護（ヤンホ）が、求礼にいる私の宿舎にやってきた。彼は都元帥を通さずに、直接私のもとへ王の勅書を届けに来たのだ。勅書を差し出す梁護の姿は、さながら自決用の毒薬を持ってきた義禁府の官吏だった。私は庭に下りていき、勅書の巻物にお辞儀をした。梁護が巻物を広げ、大声で読みはじめる。王の修辞は壮麗だった。

思うに国が頼るべきは水軍のみ。だが凶なる刃がふたたびしのぎを削り、ついには三道の兵を一度の戦で失ったいま、いったいだれが海辺の郡（コウル）を守ろう。閑山（ハンサン）が落ち、もう敵を妨げるものはなにひとつないのだろうか……

漆川梁（チルチョンリャン）での敗戦と閑山統制営の陥落が、すでに王にも報告されたようだ。梁護は読み続けた。

……この度、卿の地位を奪い、一兵卒として従軍させたること、余の不察の致すところなり。まして今日、敗戦の屈辱を受けるに及んではなにをかいわん、なにをかいわん……

これが朝廷の命を軽んじ、王を裏切ったという大罪人に対して、王の言える言葉なのだろうか。私は自分の耳を疑った。王が哀れであり、また恐ろしくもあった。哀れみと恐ろしさが同じものだということを、そのとき私は知った。王は強い臣下の力を用いて、他の強い臣下を排除してきたのだ。梁護はさらに読み進める。

……いま喪服を着したままの卿を再度起用し、全羅左水使兼忠清、全羅、慶尚の三道水軍統制使に任命する。卿は部下を説諭し、逃亡兵を呼び集め、団結させることにより、水軍の陣営を回復するとともに、要衝地を守り、軍の威厳をこの地に轟かせよ。力を尽くせ。軍律を犯すものは将卒を問わず、卿の指揮下で処断せよ。卿が国のためすべてを捧げて来たことをすでに余も知っているがゆえに、あえてこれ以上いうべきことなし……

自分の運命はまだ終わっていなかったのだとわかり、私は全身が震えた。ふたたび三道水軍統制使に返り咲いたのだ。しかも、また全羅左水使を兼務している。だが、指揮するような兵力もない水軍統制使だった。これでいままでのことをすべて水に流し、王を肯定できるのかというと、正直私自身にもはっきりわからなかった。ただ、武人としての私の地位は、王の手の届かないところに築かれなければならないという思いは強かった。そういう意味では、朝廷の命を軽んじ、王を騙したという罪が私にまったく当てはまらないとはいえなかった。

勅命を受けた私は、なにひとつ使えるものが残っていないがらんとした海と、斬首された死体が腐敗していく海辺のことを思い浮かべた。そしてまた、遠い島にあがった敵の烽火を思い浮かべ、焼き払われた閑山の統制営のことを思った。背水の陣に立たされた者だけが感じるにちがいない一種の安らぎめいたものが、心のなかに染みこんでくる。死地には生き残る道などない。そう考えると、心の奥底から込みあげてくる熱いものを抑えようがなかった。それは性欲のようでもあり、食欲のようでもあるが、しきりに身体のなかから湧きあがってきた。梁護は包みを解き、紙と筆と墨を取り出すと、東軒のなかへ退いた。私が王に捧げる返事を書き終えるのを、そこで待つというのだ。

私は一日じゅう一人で座っていた。座ってしばらくすると、がらんとした海の向こうから、巨大で恐ろしいものが近づいてきた。ギィギィギィと水平線の向こうから敵船の櫓を漕ぐ音が聞こえてくる。その幻聴はますます大きくなり、目の前に迫ってきた。私は頭を振って、幻聴を払いのけようとする。冷たい汗が流れ、悪寒に身体が震えた。夕方まで私は一人で座っていた。梁護が使いをよこし、返事を催促してきた。私は筆を取り、紙に向かった。だが、文章が思いつかない。なんとか私は儀典上の単語と常套句を引き出して王への上書である状啓を書きあげ、しばしそれをながめていた。そしてもう一度筆を取り、最後の一行を付け加えた。その一文が王に伝わり、この世のすべてを切り捨てる刀になることを願いながら。

……臣の身が生きているかぎり、敵は我らを侮れぬことと存じます……

三道水軍統制使　臣　李　拝上

虱の卵

丁酉年（一五九七年）の初秋、私は勅命を受けて全羅道海南に位置する右水営に赴いた。右水営の秋は、海の色が濃かった。遠い山や深緑色をした島の尾根筋がくっきりとあらわれ、刃で切られるほどに風が身に痛かった。冬が近い海の夕暮れは、透き通った空に限りなく広がっていった。敵はまだ来ない。やがてふいに夕焼けの赤い空が黒色に変わり、水平線に浮ぶ島影が揺れ動くと、雨が降り出した。敵はもう幾月も来ていない。沖には赤雲と白雲が入り混じり、風が吹いていた。見張りの望軍は、山頂から日没時の海を注視している。

海南半島の先端からは、ときたま敵の烽火が上がった。また敵の斥候は右水営真向かいにある珍島碧波津沖に現れて、わが軍の斥候を偵察したが、わが軍の斥候も敵の斥候の動きを探っていた。私は海南、康津、麗水、さらにその東向こうの慶尚道海岸にも望軍と斥候を派遣した。彼らの一部は船で、一部は陸路で現地に向かった。陸路から向かった望軍は、敵が掌握している港近くの山頂に陣取って敵情を探った。十日もすると、あちこちの望軍から散発的に報告が入ってきた。

敵は分散しているところもあれば、いくつかの入り江を中心に集結しているところもあった。情報の食い違いもあるにはあったが、慶尚道の海岸にいる敵が、全羅道側の海岸に移動しながら海南半島南側の於蘭津一帯に新たな中心基地を築こうとしていることは、どうやら事実らしかった。於蘭津は右水営から船で一日の距離だが、満ち潮にうまく乗りさえすれば半日でも充分行ける。

敵が右水営の近くに新しい陣を築こうとしていることにまちがいはないが、その代わりとして慶尚道海岸にあるいくつかの小さな基地を解体しようとしているかどうかは定かでなかった。望軍と斥候は、そのあたりを探れるほど、敵の膝元に接近できずにいた。だが、兵糧米と火薬は、慶尚道のいくつかの基地から西の全羅道へと移動していた。複数の情報が一致するあたり、どうやらこの動きは確実らしかった。兵糧米の移動は大攻勢の兆候(きざし)だ。敵は長い航海の準備をしているようだ。その航海が全羅道木浦(モクポ)沖をまわって朝鮮西海を北上し、全羅、忠清道(チュンチョン)の西海岸に上陸しようというものなのか、さもなければ、漢江(ハンガン)の流れに沿ってソウルに攻め入る戦略なのか定かでなかった。両方とも可能性はあった。そのころ、二人の望軍が、決められた期日になっても水営に帰ってこなかった。捕まったにしろ投降したにしろ、彼らが敵の手中に入ったのなら、いまの私の手にはなんの戦力もないという事実が、筒抜けになっているにちがいなかった。そうすると、珍島碧波津の望軍の目はいつも碧波津の沖合にむけられていたが、その監視の及ばないところから、見えない敵はやってくるはずだった。

右水営は珍島の向かい側である海南海岸の丘上に位置している。私の長ったらしい官職や官等名と同様、右水営もただ名前だけにすぎなかった。放ったらかしにされているあいだに、水営の周辺には百姓の藁葺き家がびっしり建ち並ぶようになり、時分時ごとに焚きつけの燃える煙と麦飯の炊けた匂いがあたりに流れた。日の射す南側の丘はみすぼらしかったが、少なくとも平和そうには見えた。時たま隊列を離れた敵兵が、沿岸をうろつくことがあったが、いまだ敵の手に落ちたことのない珍島では、百姓たちも農地もそのまま温存されていた。島の住民は、珍島へと流れこんでくる避難民たちに、沖の漁場や休耕地を分け与えた。避難民の入った地域では、枯れ草色の土地がいつのまにか緑に変わり、冬も大根、白菜、長ネギが青々と大地を覆うようになった。右水営側の女たちも、負けじと海辺に出ては、踊りや唄で珍島の女たちに応えた。その唄声は、水営のなかにまで聞こえてきた。自力で生活を築いていく百姓たちの生命力に、たくましさを感じ、畏敬の念を覚えた。と同時に、帯刀した武人として、そんな百姓たちを遠方より迫りくる敵から守ってやれない我が身を恥じた。

右水営の兵は百二十、戦船は十二隻。私の再出発の基盤はそれだけだった。多い少ないということではなく、それが動かしようのない事実なのだ。ほかにはなにもなく、それ以上言うこともない。兵卒は私が南海岸を巡回しながら一、二名ずつかき集めた者、もしくは漆川梁(チルチョンリャン)の敗戦によって各地に散り散りになっていたのを呼び集めた連中だった。巨済(コジェ)県令(ヒョンリョン)（県の長官、県監）の安衛(アンウィ)、金応諴(キムウンハム)、鹿島(ノクト)万戸の宋汝悰(ソンヨジョン)、慶尚右水使(ウスサ)の裵楔(ペソル)たちも、すでに右水営管下に入って待機していた。漆川梁の敗戦以後、任地と作戦地域を敵に奪われた地方の守令(スリョン)や、水軍の指揮官たちである。

右水営に赴任した最初の日、私は将卒たちを楼閣の下に集め、勅書に向かってお辞儀をさせた。地方の長と水使(スサ)、邑(ウプ)（郡で中心となる町）を治める万戸(マンホ)たちは楼閣の下庭にかますを敷いて腰を下ろした。その日は済州島(チェジュ)から送られてきた牛を三頭つぶし、酒十斗とともに将兵たちにふるまった。遠い邑にいる将卒たちにも、若干の兵糧米と獣肉を送ってやり、牛の内臓と鮮血は水営付近に住む百姓たちの村に持って行かせた。飢えた将卒たちはがつがつと貪り食った。まともな軍服を着た者はだれ一人おらず、ただ彼らは脂気のある食い物にがっつく避難民にすぎなかった。すでに滅亡というものを経験した者たちの無気力ぶりが、汁の具の肉を呑みこむ彼らの喉ぼとけにあらわれていた。汁をすすりこむたびに動く彼らの喉もとを、私は長いあいだ眺めていた。安衛は眼光に力がなく、私の視線を避けていた。海のほうを向いた彼の横顔には、頰骨だけが浮き出ていた。

慶尚道の右水使である裵楔は、勅書にお辞儀をしなかった。重い腰痛に悩んでいるというのがその理由だった。裵楔は楼閣の欄干にもたれて楊枝で歯をせせっていた。漆川梁の戦闘のとき、元均(ウォンギュン)の配下にいた裵楔は、朝鮮水軍の一文字の陣が敵に包囲されてしまうと、いち早く戦船十隻を包囲網から抜け出させて、珍島に退却した。その戦船はいまだに私に引き継がれていない。漆川梁から退却するとき、裵楔は敵が上陸しようとしていた閑山(ハンサン)統制営に火を放ったという。癸巳年(一五九三年)以降統制営の本部として使われてきた運籌堂(ウンスデ)も、そのとき焼失した。燃えた運籌堂の別室では、元均の十二人の娼婦が焼死体で発見された。それまで私は裵楔が退却した経緯を詳しく調査していなかった。

「統制公、武運をお祈り申しあげる」

儀式が終わり、勅書を片づけるときに、裵楔はそう言った。その言葉は、戦争の部外者から戦争の当事者に送られる呑気な正月の挨拶にしか聞こえなかった。裵楔は歯のあいだに挟まった肉かすを舌先ではずしては、吐き捨てている。そのとき私は、いずれ裵楔の前線退却と閑山統制営放火の経緯について、取り調べることになりそうな予感がした。ようやく裵楔の挨拶に応えて、私は言った。

「存亡を決する道には運もなにもないぞ。わかっておるのか、裵水使」

裵楔はにやりとして杯を傾けた。

「統制公、勇猛を振るうときは振るい、怖れるときは怖れるのが兵家の戦略であると存じておるが、それがまさしく武運というものではあらぬか……」

（こやつ、なんと……）

身体の深いところから熱いものがこみあげてきたが、唾を呑みこんでなんとか抑えた。私は訊いた。

「ならば訊くが、いまをどういう時勢だと思っておるのだ」

褒楔は答えた。

「はっはっはっ、それは統制公が判断なさる問題ではありませぬか。私のごとき病人がいかにして……」

「では漆川梁の戦いは、当然怖じけづかねばならぬときだったと申すのだな？」

「勇猛と怯えは同じ場合がよくござる。ただ、使われるときがちがうだけでござる。屍に覆われた海の上で命の尊さを悟ることも一つの勇猛さ。勇猛は仁に近いものでござる。おわかりになりますかな、統制公」

褒楔の横で、安衛が顔を強ばらせた。褒楔の答えはこうだった。

（切り捨てるべきか）

私の奥深いところから、刀の泣く声が聞こえるようだった。「おわかりになりますかな、統制公」という言い方は、紛れもなく私の口調をまねたものだ。褒楔はさらに続けた。

「微妙なもので、ああだこうだと申し上げにくいところでござる。褒楔は私が逃がした戦船と兵卒だけです。やはりなんといっても兵法が大事ですな。漆川梁で生き残った者は私が逃がした戦船と兵卒だけです。それを統制公にすべてお渡しいたしましょう。それだけでも統制公にとっては幸運、武運だとお思いくだされ」

（やはり切り捨てねばならぬ）

背中にひやりとした汗が流れた。しかし私は、褒楔が珍島のどこかの海辺に隠してあるにちがいない十隻の戦船のことを考えた。

（まだ早い）

私のなかで泣いている刀を、私は宥めた。だが刀はなかなか言うことを聞いてくれない。庭では長いこと腹を空かせていた将卒たちが、何杯かの酒ですでに酔いつぶれ、倒れている。

その日の夜、裵楔は、脱営して逃走した。私はその報告を翌朝になって受けた。前日、勅命に対する儀式が終わって将卒たちが任地に戻るとき、裵楔は腰に鍼を打ってもらうため、陸地に留まらなければならないと言い出したので、それを許可してやったのだが、そのまま姿をくらましたのだ。私は裵楔の逃げた木浦へ兵を遣った。しかし、裵楔はすでに追撃圏から抜け出して捕まらず、兵たちは手ぶらで帰ってきた。さらに珍島にも兵を送り、沿岸をくまなく捜索させた。その結果、裵楔が隠しておいた十隻の戦船を回収できた。櫓が何本か折れている以外は状態が良好で、弾跡も焼けた跡もない。裵楔は漆川梁の戦闘で、敵と戦いもせず、早々と逃げを打ったとしか考えられなかった。私は都元帥府に手紙を書き送り、朝鮮八道すべてを探してでも裵楔の首を取って来てくれるよう頼んだ。都元帥府からは、了解したという返事が返ってきた。

その日の夜、内陸にある南原が敵の手に落ちた。四千の朝鮮官民と三千の明軍が全滅し、生き残った百姓たちは各地に散らばった。南原を陥落させた敵の陸軍は、さらに全州へと向かっている。一晩じゅう風が吹き、雨が降った。裵楔はまだ捕まらなかった。女の召使いを呼び、髪についた虱の卵を取らせたあとも、私は一晩じゅう一人で座っていた。しかしついに、裵楔は捕まらなかった。

冷たい汗

怒り狂う波濤のごとくとめどない敵意が、どうして敵の心のなかに湧き起こるのか、そして、どうしてその敵意をむき出しにしながら我々に立ち向かってくるのか、私にはいつも疑問だった。敵はただ死ぬためだけにやってくるようにも思えた。壬辰年（一五九二年）の私は、百姓が畑仕事をやるように、あるいは漁師が魚を捕るように、敵を殺したものだった。敵はまるで打ち寄せる波のように攻めてきた。敵がいったん遠くへ退いた夜、私は日本の関白、豊臣秀吉について考えることもあった。実際には見たこともないし、その姿を思い描くこともできない。ただ捕虜にした敵の将軍たちを拷問台に座らせ、火で肌を焼くことで、秀吉に関する情報を多少なりとも得ることはできた。織田信長という天下一の猛将は、敵将武田信玄の陣営を皆殺しにして天下を取ったあと、家臣の謀反に遭って命を落とす。すると、信長の部下であった秀吉が、織田の重鎮らを退け、日本の関白になったのだという。こうして日本のすべての槍と銃砲と兵が、秀吉の指揮下に集結されたのである。信長は「天下布武」の旗を掲げていたが、それは武をもって乱世を治世の天下に変えるという意味だった。秀吉はその「天下布武」の旗幟を引き継ぎ、みずから天下人と称しているが、その「天下布武」には朝鮮も含まれていて、朝鮮国土をいくつかの封土に分けて日本幕府の家臣らに分け与えるのが、秀吉の描く戦後の朝鮮経営構想であると、敵将は漏らした。

秀吉の考えはそうだとしても、海上で死に死を重ねながら懲りずに飛びかかってくるあの無数の敵兵たちがなぜそこまで敵意を抱くのか、私には理解できなかった。その死の流れというべきものは、忠や武というより、ほとんど狂気に近い。私は指揮所が陣の後方に位置したとき、わが兵に切り倒される敵兵の姿と、船のまわりに渦巻く血の流れを遠くから眺めながら、その夥(おびただ)しい死の向こうで報告を待っているにちがいない秀吉のことを考えた。だが、そのときも秀吉の姿を思い描くことはできなかった。私の心のなかでは、秀吉はもう一人の吉三奉(キルサムボン)になっていた。秀吉に関しては、知ることも、切ることも、照準を合わせることさえもできなかった。切ることのできない秀吉の代わりに、その子孫たちを切り捨ててやろうと、私は躍起(やっき)になっていた。

壬辰年の海は理解できないことが多かったし、丁酉年のいまもやはりそうだ。もっとも確実に、もっとも強く私の身体を締めつけてくるその巨大な敵意の根本が何なのか、いまもわからない。わからないが、敵が私とわが艦隊に矛先と銃口を向けているかぎり、私は敵の敵だ。それは動かしようのない事実である。敵によって決まる私の位置は、どうしても避けることのできないものだ。戦い終わって戦意が冷め、殺気の萎えたとき、はじめて艦隊は疲労を感じた。夕日を浴びながら母港へと帰る艦隊は、隊列が乱れ、緊張も緩んでいた。

私は敵によって定まる自分の位置を、無意味なものだとは思わなかった。大変ではあったが、避けて通ることはできない。たとえ身体は敵の刀に切られたとしても、それは自然死といえるだろう。雨が降り、風が吹き、木の葉が落ちるのと同じで、なにひとつ悔やむことのない死なのだ。

ただ、私は王の刀に倒れることだけは望まなかった。王の刀によって死ぬことの無意味さには、とても耐えられそうにない。前年の丙申年(へいしん)(一五九六年)、義兵将の金徳齢(キムドンニョン)が杖打ちの刑で処刑されたとき、自分には受け入れることのできない死の方式がこの世にあることを、私は知った。当時私は閑山(ハンサン)統制営に赴任していたが、王が金徳齢を処刑した顚末は風聞という形で全軍に伝わり、軍全体が地べたに低くひれ伏した。

その年の夏、忠清道(チュンチョンド)の扶余(プヨ)で李夢鶴(イモンハク)が反乱を起こした。李夢鶴は血気旺盛で、度胸のすわった与太者だった。夢鶴の兵は最初、私奴、僧侶、避難民をかき集めた七百名だったが、扶余を掌握するやその数は万を超えた。兵を起こした当初、夢鶴は義兵のように振る舞った。一方、金徳齢は当時晋州(チンジュ)にいて、都元帥権慄(クオンニュル)の幕下にあった。金徳齢は都元帥の命令に従い、李夢鶴を討つため討伐軍を率いて、晋州から南原(ナムウォン)の雲峰(ウンボン)へ進出した。ところが扶余に入城しようという矢先、李夢鶴が部下に切り殺されてしまい、反乱軍は散り散りになった。徳齢はなすすべもなく兵を率いて、晋州に帰った。ところがソウルに連行されていった反乱軍の連累者が、金徳齢は自分たちの共謀者だと偽った。それによって、金徳齢の扶余進入が遅れた理由は、徳齢が李夢鶴に内通し、わざと雲峰で時間稼ぎをしたからだという疑いが湧き起こりつつあったのだ。

都元帥権慄は、晋州に戻ってきた金徳齢を即座に逮捕、投獄した。そして嫌疑の内容をろくに吟味もしないまま、金徳齢をソウルへ護送した。名高き義兵将の郭再祐(クァクチェウ)もこの件に巻き込まれ、ソウルに連行されていくところだった。王は強い臣下を恐れていたのだ。特に李夢鶴が最初、義兵を装ったため、王にとって、義兵は不気味で物騒な群れ以外の何ものでもなかったのだ。金徳齢は、義禁府(ウイグムブ)にいた一か月のあいだに六回も尋問を受けた。骨折した向こう脛に繰り返し拷問が加えられ、しまいには膝で這って刑吏の前に出たという。そんななかでも徳齢は絶えず物静かで、陳述も論理的だった。その様子を見て、王はこういった。

「そやつは杖打ちの刑を軽く見なし、いとも泰然としているあたり、紛れもない逆賊だ。叩き殺せ」

その一言で、金徳齢は命を落とした。王はたえず人の命を求めていた。天下全体が、王にとっては潜在的な敵だったのだ。金徳齢が死ぬ二年前の甲午(こうご)年(一五九四年)の秋、私は巨済島(コジェ)で金徳齢とともに戦ったことがあった。彼は晋州で勝ち、潭陽(タムヤン)でも勝利していた。私が見るに、彼の散発的な勝利は戦局に大きな転換をもたらすものではなかったが、少なくとも全羅(チョンラ)のいくつかの郡(コウル)をしっかりと守り通したのは彼の手柄である。巨済島で会ったときの彼は容姿端麗な学者(ソンビ)のような男で、度胸と気概が表に出ることはなかった。巨済島では、金徳齢の陸軍が島の高地に陣取った敵の主力を海岸へと追い立て、私がそれを待ち伏せて攻撃するという作戦をとった。私はそのとき、入り江に繋がれていた敵船を事前に発見し攻撃できる機会があったのだが、わざと放っておいた。金徳齢の攻撃に押された敵がその船に乗って海に出てくるところを一気に迎え撃ったのだ。王は金徳齢を捕まえたとき、

「徳齢は三道で一番勇猛な将軍だ。粗相なくこやつを逮捕した者はだれじゃ」

と言って大喜びしたという。金徳齢は勇猛であったがために命を落とした。王は将帥の勇猛さを必要とする一方で、恐れてもいた。おかげで朝廷の祭壇は、日ごと血に染まることになった。

他方、郭再祐は何度も尋問を受けた結果、ようやく嫌疑を晴らすことができて、無事放免された。釈放されてしばらくしたのち彼は兵を解散し、山にこもった。こもった山は九月山(クウォルサン)だとも、智異(チリ)山だともいわれている。その後の郭再祐の消息は風聞が伝えてくれた。土の上にできる穀物と野菜は一切口にせず、霧を食べ、渓谷の清水を飲みながら延命しているとのことだった。とっくに仙人になって昇天したという噂もあった。

ふたたび三道水軍統制使任命の勅命を受けたとき、私はこの金徳齢の死と郭再祐の生に思いを馳せた。金徳齢のように死ぬことにも、郭再祐のように生きることにも耐えられそうにない。敵の敵として生き、死ぬ。私はそれだけを願った。私はみずからの忠の旗を王の刀の及ばないところに立てたかった。敵の敵として死ぬその場で、私の武と忠も消滅してしまうことを私は望んだ

のだ。

　私は右水宮の寝間の壁に勅書をかけた。毎月一日と十五日、まずは望闕礼（マンクォルレ）（宮殿に向かってするお辞儀）をし、そのあと顔をあげて、勅書にお辞儀をするのだ。

　……殿下、殿下の敵は、殿下のもとに達することを望んでおりまする。臣は絶対に殿下の敵を、殿下のもとへは行かせませぬ。その敵は殿下の敵であるばかりでなく、臣の敵だからでございます……

　私は心のなかでそうつぶやいた。勅書の下で眠りから覚めると、いつも真っ暗闇だった。悪寒がし、冷たい汗が布団を濡らした。召使いを呼んで服を着がえるとき、入り江からは繋いである船のきしむ音が聞こえてきたものだ。

見えないはずの遠い敵の気配が、肌に感じられる日々があった。敵のざわめきは、夜明けに襲う悪寒や冷たい汗のように、私のなかで生きて蠢いているのだ。右水営では、目に見えない敵の存在がたしかに感じられるのだ。

右水営の前、鳴梁(ミョンリャン)海峡の潮は、冬山の獣の遠吠えにも似た唸り声をあげている。潮と潮とが押しあいながら流れているのだ。馬の背のように荒立つ流れが水道の中央部をいち速く突き進むと、そこから押し出された波は、白い泡とともに渦を巻きながら、珍島(チンド)側の断崖にぶつかっては砕ける。地元民はこの流れをウルトモク（鳴門）と呼んだ。潮が鳴くという意味だ。右水営の丘から見おろしているとわかるが、海南(ヘナム)半島から木浦(モクポ)に向かって流れていた北西海流は、にわかに向きを反対に変えて南東方向に流れ出す。海峡は一日に四回これを繰り返す。

流れの変わる直前、海面は油のように静かになり、そのしばしの静けさが過ぎ去ると、海はまた逆流で激しく波立つのだ。

鳴梁では順流と逆流の区別がなく、一度流れに乗ったからといって、いつまでも順調に進めるという保証はない。順流に乗った艦隊が、いつ逆流に巻きこまれるかわからないからだ。鳴梁ではいつも順流のなかに逆流があり、逆流のなかに順流がある。敵にとっても私にとっても、ここは等しく死地だった。私は右水営に立ち、数万年のあいだ全く同じように流れてきたにちがいないウルトモクの潮を見おろしながら、生死存亡の流れを一気に変える一つの大きな逆流が自分に近づいていることを感じた。

直感だったのだろうか、それとも願望だったのだろうか。その気配はかすかながら、確実なものだった。身体がそのわずかな逆流の兆しを感じ取ったのだ。それが生の兆しなのか、あるいは死の兆しなのかは判然としない。ここは死地であり、日の出の海は隠れるところがない。死地では死がはっきりと存在し、死の影などという曖昧なものは存在しない。同時にその逆流では、生も明確に存在する。生と死は死地で激しく絡まりあい、ぶつかりあう。それはもはや順流でもなく、逆流でもない。そこで私がみずからの死を覚悟したのか、生を覚悟したのかは定かではない。ましてやその曖昧さについて、くどくどと語るつもりもない。

丁酉年（一五九七年）八月末、私は右水営から海峡の向こう側の碧波津（ピョクパジン）へ陣を移した。ちょっとした移動だ。碧波津は鳴梁の死地から若干はずれ、それを背にしたところにある。碧波津と海南半島南端の間には視野を妨げるものがなにもない。私は敵がウルトモクの死地に入ってくれることを願っていた。それが戦船十二隻で敵を迎え撃つことのできる唯一無二の戦略だ。いや、戦略というより、それ以外にはなんの方策もなかったのだ。敵がその死地をただの空所と見なしてくれることだけを私はひたすら願った。碧波津自体は、敵を迎え撃てるような海域ではない。こちらの戦船が十二隻しかない以上、碧波津東の広い海域は私だけの死地にすぎないが、ウルトモクなら敵にとっても死地となりうる。自分ひとりが死ぬために死地におもむくつもりは毛頭なかった。

私は鳴梁の死地を空けておいて、碧波津のほうへ敵の斥候を誘導したかったのだ。陣を移すと、意図したとおり碧波津を狙う敵の斥候が、目に見えて頻繁に出没するようになった。それは今後の主力の進路を予告していた。敵の偵察は慌ただしかった。散発的に小規模の夜襲をかけてちょっかいを出してきたりした。そして来るのはいつも月のない明け方で、海面を覆う真っ暗な島影に紛れながら、海岸沿いに移動してくるのだった。私が眠りについていた艦隊を起こして派遣すると、敵はそれ以上接近せずに退いたが、その向こうにはまだ伏兵が潜んでいるかもしれなかった。

「深追いしてはならぬぞ。追い払うだけでいい」

私は出動する艦隊にそう命じた。敵の夜襲は毎日のように続いた。日没後は望軍を緻密に配置したので、望軍たちを寝かせてやることができなかった。敵の夜襲は、交戦ではなく、さぐりと誘引が目的だった。それらは主力の進出を失敗に終わらせまいとする用心深いさぐりであり、その範囲は碧波津一帯の小さな船着き場にまで及んだ。しかし、ウルトモクの死地は空いていた。

内陸では昌寧、陜川、熊峙、益山、全州、稷山が、敵の手に落ちてしまった。朝鮮陸軍は、漢江の防御線まで退却していたほどだ。都元帥府から来る伝令は、毎日のように戦線の崩壊と都市の陥落を知らせてきた。おまけに仲秋節の過ぎた海上は、日に日に寒くなっていった。満ちていく月の光が水面を照らす。敵は満ち潮が激しく押し寄せる十五夜を狙って、月明かりを頼りに攻めてくるにちがいない。

碧波津は、海向こうの三枝院の入り江と向かいあっている。その三枝院の村の裏にそびえる玉鷹峰から、烽火が上がった。任俊英だった。海南の達磨山、頭輪山一帯に忍ばせた斥候将である。達磨山のいただきからは、海南半島南の敵の基地がくっきり見えた。任俊英は五人の斥候兵を率いながら、達磨山頂から三枝院までを半日で往き来できた。

「船をやれ」

私の命令で挾船（小型で補助的な軍用船）が行き、任俊英を乗せて戻ってきた。私は碧波津の船着き場でその船を迎えた。任俊英は農夫のような装いで、麻のわらじを何足か腰に下げていた。

「見張りやぐらへ行かぬか」

「いいえ、すぐ任地に帰らねばなりませぬ。敵の動きが慌ただしいので」

私は砂浜にしゃがんだまま、任俊英の報告を聞いた。

「敵船五十隻ほどが、昨日於蘭津（オランジン）に入ってきました。五十隻なのか五十五隻なのか正確なところはわかりませんが、五十隻を超すのは確実でございます。おととい慶尚道（キョンサン）のほうから十隻が入ってきました。山頂からしかと見届けました。ただ、なにぶん距離があるためかげろうが揺れて、山を下り港に接近して確認したところ、敵は兵糧米も火薬も、於蘭津に集まった敵船は折れた櫓を取りかえ、帆を修理していました。今朝からは兵糧米を船に積みはじめています。夜は敵将たちで集まって、捕まえてきた朝鮮の女たちに宮廷音楽である風楽を奏でさせて遊んでいるありさまです。朝鮮の女たちは朝鮮の唄を歌いましたが、慶尚道や全羅道（チョンラ）の唄をよく歌っていました。夜が更けると敵将たちは朝鮮の女たちを一人ずつ連れて船室に入っていきます。私がさらに接近してみると、明け方には各部屋の女たちが取りかえられていました。そ話は変わりますが、昨日は達磨山の中腹で、敵に捕まって逃げてきた朝鮮学者（ソンビ）に会いました。その学者は日本語がわかるんです。そやつが陣中で敵将たちの話を盗み聞きしたところ、珍島の朝鮮水軍はわずか十二隻で、ないも等しいから、海路に従って西海を北上し、漢江に入ってソウルを狙おうと話していた、ということでござる。敵は干した魚を間食のようにくちゃくちゃと嚙みながら歩いていましたし、どこででも糞（くそ）をたれていました。海南には百姓の影ひとつありません。敵は逃げた百姓の家に火をつけたり、幼い子どもを捕まえては木にくくりつけ、銃の射撃練習をしたりしていました」

任俊英は、鷹揚な口ぶりながらもはきはきとした声で報告した。それまで聞くだけだった私は、ここでようやく口を開いた。

「ご苦労だった。これから毎日一回ずつ報告するようにしろ。おまえが来られないようなら部下を送ってよこすがいい。敵船がいっせいに動いたときは、その動向を即刻報告しろ。しっかりと肝に銘じるがいい。いいな」

任俊英はうなずくと、乗ってきた船で帰って行った。

敵の戦略的目標がソウルなら、敵の主力は碧波津には来ずに、ウルトモクに行くはずだ。木浦へと押し寄せるウルトモクの北西の満ち潮に乗って、鳴梁に向かうのだ。おそらくその時期は、満ち潮がもっとも激しく押し寄せる十五夜前後だ。十五夜前後に、あの死地で、敵と私の順流と逆流が激突することになる。

任俊英はわざわざ碧波津に来たものの、一杯の飯にもありつけないまま帰っていった。私は砂浜の上に座って、暮れゆく海南の海をしばし眺めていた。これから夜を明かす望軍たちは、自分の持ち場へと向かっていく。当番を終えた兵卒たちは岩の陰に座って、夕日の残光を浴びながら服を脱ぎ、虱（しらみ）の卵を取っていた。

その夜私は、朝廷に送る上書を書いた。数日前、都元帥府から送られてきた王の諭示に対する返事だった。王は、朝鮮水軍が孤立無援で頼るところもないだろうから、海戦を諦め、将兵を率いて陸地に上がり、都元帥府の陸軍に合流せよと言ってきた。私を三道水軍統制使に任命したわずか数日後に、またそのような諭示を送ってきたのだ。王は敵も恐れているが、その敵と戦う水軍統制使も恐いらしい。それが王の戦いなのだ。その夜の月は上弦だった。十五夜まではまだ何日かある。その夜、碧波津の水営で書く上書は、統制使に再任されてから二回目の上書だった。

……いま水軍を廃されたら、殿下の敵は西海を北上し、忠清（チュンチョン）の沖を通って漢江に入り、殿下の喉もとへ一気に迫ると考えられますゆえ、臣はこれを深く憂慮している次第でございます。

水軍は孤立無援とはいえ、臣の手には戦船十二隻が与えられております……

私は最後にもう一行書き添えた。

……臣の身がまだこの世にあるかぎり、敵は我らを容易には侮れないでしょう。

三道水軍統制使　臣　李　拝上

丁酉年（一五九七年）九月十四日の夜、任俊英（イムジュニョン）から二度目の報告がきた。風は止み、海は凪で、月は十五夜まであと一日だった。海面には島影が映り、海と空が逆転して見えた。任俊英は直接来ずに、一人の候兵を送ってきた。康津（カンジン）の土兵（土着の兵士）で、十七歳だ。土兵は庭にひれ伏したまま私に巻き物の手紙を差し出した。手紙は民家の障子紙をはがした紙に、急いで書きつけた諺文（ハングル）だ。

……敵情が慌ただしい故、代わりに遣いを送ります。今日山から下りて敵の港に接近しましたところ、敵船は三百隻あまりでその大部分が戦船のようです。錨がさび付いていないところを見ると、日本で新しくつくられた船かと思われます。今朝から敵は百姓の空き家を回って味（み）噌瓶（そがめ）を探し出し、船まで転がしてきました。そして瓶に水を入れて船に載せました。一方、砂浜に集まった敵の群れは、大体二百名ずつの隊列に分けられ先頭に旗幟をかかげました。おそらく乗船のため隊伍を整えているものと見受けられます。敵は刀と槍そして火縄銃をすべてきれいに磨いて船に載せました。敵に捕まった朝鮮の女たちは全部で三十人ぐらいですが、十名ぐらいは縛られて船に載せられ、残りは浜で首をはねられました。女たちの首をはねるとき、敵の兵卒は円陣を組んで、念仏を唱えているようでもあり、唄を歌っているようでもありました。でもはっきりとは聞こえてきませんでした。

この次に私どものすべきことをお教え願います。望むらくは部下を引き連れ、右水営に帰り、本隊に加勢いたしたく存じます。どうか戦船に乗り、じかに敵と戦えるようにご配慮いただきたく存じます……

私は若いその土兵を通じて任俊英に本隊復帰命令を伝えた。土兵は少しも休む間なく夜のうちに碧波津(ピョクパジン)をあとにした。帰っていく土兵に蒸し干しした米を二斗持たせてやった。

報を受けた私は即座に将兵を集め命令を下した。

「鳴梁(ミョンリャン)で敵を迎え撃つことにした。これから右水営にもどって敵を待ち伏せる。今夜、全艦隊を発進させるぞ」

将兵たちの表情はいっせいに凍りつく。私は続けた。

「死地では生き残る道などないものと思え。おそらくそれが唯一の生きる道だ。生きる道も死ぬ道もただ一つだ。おまえたちは当然それを承知せねばならぬ」

将兵たちのこわばった顔に戦慄がよぎる。その戦慄を見てむしろ私は安堵した。その夜、戦船十二隻と兵を右水営に移動させた。そして戦船の船尾に三十隻ほどの漁船を綱で繋いで一緒に移動させた。明け方には軍官を動員して右水営周辺や浜に住む百姓らを山の上に疎開させた。その中には海南(ヘナム)半島の方からやってきた避難民たちも混じっていた。大部分が年寄りと女たちだった。百姓らは泣き伏し、叫んだ。大半は泣きながらも布団を背負い、犬や鶏を引いて、山に上り始めたが、一部、興奮さめやらぬ百姓たちは水営の庭の中まで入り込んできて訴えた。

「旦那様、また山に上れとおっしゃるのか。私どもは獣ではございませぬ。どうして山で生きていけましょう。いっそのこと、私どもを殺してくださいまし。国の刀を腰に下げられた将帥たちがどうしてこんなにまで……。国の刀をもってしてもわしら百姓を守れないのでしたら、どうかその刀で我々を切ってくださいまし」

年老いた農夫が涙ながらに絶叫した。私の胸にも熱いものが込み上げてくる。私はやっと言葉を口にした。それがたとえ嘘になったとしても私はそう言わざるを得なかったのだ。

「刀を腰に下げた者の責任は実に大きい。わしは今度の戦いで必ず勝つ。そのときおまえたちは帰って来るのだ」

最後は兵卒たちが槍を振りかざして残った百姓たちを水営の外まで追い払った。

ところが、どうしたことかそのとき先に山に上っていった百姓たちが、ふたたび慌てふためきながら山を下りてきた。家財道具を山に放ったらかしにしたままだ。山に上る者と山を下りる者が山道でぶつかり、混乱が生じた。私はすぐ軍官にその理由を調べさせた。すると海南から避難してきた一人の老漁夫が「すでに敵が三枝院(サムジウオン)に入ってきたぞ。敵は陸路から攻め入り、山頂のあちこちに陣を張っている。山に行ったらみんな死ぬぞ」と虚偽の噂を言いふらしていたのだ。山に上った百姓たちが家財道具すべてをおいて、命からがら逃げてしまったあと、その老漁夫は避難民の家畜を次々に自分のものにしたのだ。軍官が老漁夫を捕まえ連行してきた。そして百姓らの見る前で漁夫を処刑し、その首を木に吊した。

明け方に私は守令(スリョン)と軍官たちを宿所に呼び集めた。弥勒項僉使(ミロクハンチョムサ)の金応諴(キムウンハム)、平山浦万戸代将(ピョンサンポ)の丁応斗(チョンウンドゥ)、巨済(コジェ)県令の安衛(アンウィ)、鹿島(ノクト)万戸の宋汝悰(ソンヨジョン)たちだった。守令は部屋の中に入って腰を下ろし、軍官たちは縁側で一列になって座った。

「おそらく、夜明けどきには一戦を交えねばならないだろう。格軍(キョツグン)を補充しておけ」

守令たちの返事はなかった。彼らの頭にはおそらく海面全体を埋め尽くして攻めくる三百隻あまりの敵船が思い浮かんでいるはずだった。安衛が深いため息をつきながら口を開いた。

「十五夜なら、海が荒れるな……」

「それはお互い様だ」

宋汝悰が応えた。

「陣をどのように布くおつもりですか」

宋汝悰が私に訊いた。宋汝悰は戦争の始まった壬辰年に王に捧げる私の上書を携え、南海の麗水から鴨緑江河口の義州まで何回も行き来した男だった。昼は敵の目を避けるため隠れ伏しながら夜だけ歩いたらしい。宋は麗水から義州にいたるその長い道程にあったことを一切私に話さなかったし、私も訊かなかった。ただ宋はいつも黙々と任務を遂行したのだった。そんな寡黙な彼がこのときばかりは陣について訊いたのだ。私は訊き返した。

「宋万戸なら、どんな陣がよさそうだ」

宋汝悰はためらい、言葉じりを濁した。

「今、戦船が十二隻ですので……」

そこで安衛が同じ問いを繰り返す。

「十二隻で一体どんな陣を組まれるというのですか」

私が答えた。

「なんの方策もない。一文字の陣を布くだけだ。十二隻では他の陣法などありえない」

守令たちはまたいっせいに口を閉じる。しばらくして金応誠が開口した。

「一文字とおっしゃると……」

「横列陣だ。わからぬのか」

「十二隻を一列横隊で敵の前にさらけだすとおっしゃるのですか」

「そうだ。夜が明けたら鳴梁で一文字の陣を布き、敵を迎えるのだ」

守令たちはまた申し合わせたように口をつぐむ。

私は言った。
「敵の先頭陣を崩しながら潮の変わりめを待つのだ。指揮系統さえ崩したら、もはや敵は三百隻の艦隊ではなく、単なる三百の個々の一隻だ。さあもう帰って休むがよい。まもなく夜が明ける」

守令たちは帰っていった。だが、私は寝なかった。明け方、任俊英が部下を引き連れ右水営に戻ってきた。任俊英の報告では、その夜、敵は発進準備を終えると、牛や豚をつぶして兵卒に食わせ、馬の鮮血で大将船の舳先を赤く塗ったという。私は任俊英とその部下たちを安衛の船に配した。眠くはなかった。右水営の裏山からはいまだに避難民の泣きわめく声が聞こえてくる。

転換

敵は朝方やってきた。日の出には、風が静まり、陽が昇りきると朝霧も消えた。十五夜の満ち潮が鳴梁（ミョンリャン）の喉元で大きく渦巻いている。白い波が野生馬の群れのように、もの凄い力でうねりながら木浦（モクポ）の方へと流れ、水しぶきを飛ばす。

そんななか、珍島（チンド）東海岸のクムナル山山頂から烽火（のろし）があがった。烽火は島の西海岸に沿ってつづいてくる。クムナル山の烽火を龍蔵山（ヨンジャンサン）が受け、その龍蔵山を碧波津（ピョクパジン）が受け、さらに碧波津を望（マン）禽山（グムサン）が受けた。烽火は峰々を飛び渡りながら、だんだんこちらに近づいてくる。

望禽山の烽火はあまりに近くてその煙が目にしみるようだ。ちょうどそのとき三枝院（サムジウオン）から一人の望軍が船着き場に辿り着いた。望軍は全身で荒い息をしながら地面に倒れ伏した。

「数え切れない敵船が……鳴梁に……攻め寄せております。数え切れない……敵が……鳴梁に……」

望軍は顔を地面につけたまま息を大きく切らせていた。

格軍（キョツグン）と射夫はすでに乗船を終えていた。格軍は甲板の下で櫓を手に摑んだまま待機状態にあり、射夫は甲板上で左舷と右舷に分かれ配置されている。守令（スリョン）や軍官たちは船着き場に集まり、遠くから峰に沿って近づいてくる烽火に見入っていた。望軍の報告が終わると、彼らの視線はいっせいに私の顔に集中した。

「行くぞ。命令だ。鳴梁で敵を迎える」

守令たちが船に乗る。私も大将船にあがった。そして舳先に向かって叫んだ。

「錨を上げろ」

軍官が復唱する。……錨を上げろ……錨を上げろ……。兵卒たちが戦船から戦船へと大声で命令を伝えた。

「錨をあげろ」

……錨をあげろ……錨をあげろ……錨をあげろ……

敵の主力はすでに発進したという。主力が近づいているのだ。海の戦いは長びくのだろうか。それとも短くて済むのだろうか。やはりそう短くなることはあり得ないだろう。

明け方に兵卒たちは飯と塩漬けの白菜、牛肉の脂の浮いた大根汁で食事をすませた。もう沿岸にある邑(ウプ)では兵糧米が底をつき、百姓のいなくなった内陸の官衙(クァンガ)からも米が届かなくなっていた。米が足りなくて、どんぶりを山盛りにしてやれないのがなによりつらい。しゃもじを握った配膳軍官の手も震えていた。船には蒸したサツマイモや干しワカメが積んであった。海に出たら、昼飯を作って食わせることができない。しかし夕飯はそうはいかない。何かを食べさせないといけないが、そうかと言って蒸したサツマイモを夕飯に食べさせたら、翌朝困ることになるのだ。海上で敵の米を奪い、兵たちに飯を食わせる手だてはないものだろうか、どこか近くの港に寄って食わせられないものだろうか、ひょっとしたら食べさせる必要がなくなるかもしれない……こんな考えがたえず私の頭から離れなかった。だが、その三食がめぐってくる一昼夜のあいだにも鳴梁の潮は四回変わるのだ。

「発進せよ」

……発進せよ……発進せよ……発進せよ……

命令は復唱で伝わっていく。ラッパの音が三回響き渡り、その余韻は長く空に響く。徐々に高まる格軍長たちの太鼓の音が聞こえてくる。朝焼けが海一面を覆ったかと思うと、いつの間にか消え去る。鳴梁まではこのまま一列縦隊で進み、そこからは敵の正面に一文字の横列陣をさらけ出すことになっている。先頭には中軍将の金応諴(キムウンハム)が立った。その後ろに安衛(アンウィ)が続く。私の乗った大将船は隊列の真ん中、六番目についていた。

船首に襲いかかる逆流の波は荒い。高くそびえ立つ波が船首にぶつかると波は小さく砕けながら、左右に分かれ渦を巻く。甲板には白い波しぶきが剣の林のように立ちはだかり、帆を打つ。櫓を漕ぐ格軍を叱咤激励する格軍長の太鼓の音がだんだんせわしさを増す。太鼓はさらに拍子の早い雷鼓に変わる。だが、そのとき櫓の力は逆流の力とかろうじて引き分けている程度だ。風が静まり、帆はなんら推進力のたしにならなくなったのだ。遠くで安衛の乗った船が左舷に波を受けて横によじれたが、その後何回か波に打たれるなか、やっと船首をもとに戻した。逆流は視野の届かない遠海から次から次へと押し寄せてきた。波と波のはざまで船はいまにも空中分解するかのように軋み、後ろに引き戻される。だが、押し戻されながらもいったん波のてっぺんに乗ると、船は頭から突っ込むようにして前に進んだ。そんなとき太鼓の音はさらに早まった。櫓一つに四人の格軍がついていた。彼らは立ったまま二人ずつ向かい合って櫓を漕いでいる。格軍の身体全体が前にかがんだり後ろに反ったりしながら、船を前に押し進めていくのだ。船が波の谷間に突き刺さる瞬間、太鼓の音は止まるが、またすぐに鳴り出す。格軍たちは太鼓が一回鳴ると、足と腰と胴体の力で櫓を前に押し、また一回鳴ると後ろに引く。

鳴梁の入り口にいたると、太鼓の音はついに乱打に変わった。しかし格軍の身体は太鼓の音についていけない。襲い来る逆流と前へ進めと櫓を催促する太鼓の音で、格軍たちはだんだん力尽きていく。それでも船は少しずつだが、前に進む。見ると、先頭から最後尾の戦船までは三馬場(マジャン)（一馬場はほぼ四百メートル）以上離れていた。私はラッパを吹いてその距離を縮めさせる。指揮所は大将船の右舷側甲板に設けてあった。右舷が波に押され、船の進行方向がねじれると、それを修正するため格軍はもっと必死に櫓を漕がねばならない。その時、太鼓と波の力に虐げられる格軍の二頭膊筋の痙攣が、直に私の肌に伝わってくるようだった。私は格軍全員を交代させた。そして叫んだ。

「一文字の陣を布け」

……一文字の陣を布け……一文字の陣を布け……一文字の陣を布け……

ラッパが鳴り響く。ラッパの音は長く尾をひいて空間を震撼させた。

一列縦隊の先頭と後尾が左右に分かれながら、縦隊は横隊に変わっていく。たった一列の横隊だ。そしてその後ろは海だけだ。

珍島側の峰からは続けて烽火が上がっている。敵はまだ視野に入ってこない。横列一文字の各船の間隔は半馬場になり、隊列の中心には私の乗った大将船がいた。潮の真ん中では船が同じところに留まることが難しい。それで、一文字の陣の真ん中では余裕がもてるよう船の間隔を一馬場ほどに取らせた。そこはちょうど鳴梁海峡の西の入り口にあたった。ぶつかり合いながら海峡を抜け出てきた波が、海岸の方に大きく迂回しながら渦巻くところだ。

「前に出てはならぬぞ、待つのだ」

太鼓の音は次第に速くなる。逆流のなかで、流されないようにするためには前に進まなくても櫓は漕がねばならない。また射夫にはまだ火薬や弓矢が支給されていなかった。敵を見て懼れをなす射夫は敵船が見えると、むやみやたらに遠くの敵に向かって撃ちまくるものだ。それは敵を撃つのではなく、敵の方から吹いてくる風を撃っているのだ。もちろん彼らにとっては死の恐怖に対する慰めになるかもしれないが、その矢と弾はすべて海に落ちてしまう。だから私は出港する前に、敵を射程内に深く引き入れてから、射夫に矢と火薬を分け与えるよう各戦船の軍官たちに指示しておいたのだ。両側の舷の欄干に並んだ射夫はいまだ敵の見えない海をじっと見つめている。射夫は波しぶきを浴びてぐっしょりと濡れていた。

鳴梁の西の入り口に到達した私は艦隊を一列横隊に布陣させ、波に耐えながら敵を待っていた。死地は目前に果てしなく広がっている。まともに死ぬところではあった。しかしその死にいたる道はあまりにも遠くて見えない。潮は唸りながら流れ、舳先は天を衝いたかと思うと、真っ逆さまに海底へと突きささる。船を追い、移動するカモメも船から距離を置いて飛んでいる。啼く鳥の群れを前に、敵は迫りつつあった。

夕焼けのなかの艦隊

北西の満ち潮に乗った敵の艦隊は速くて軽い。遠洋を遊泳する魚群のように潮流の恩恵を受けているのだ。敵の十列横隊の移動隊列は、碧波津沖（ピョクパジン）にいたると、左に方向を変え、いよいよ鳴梁（ミョンリャン）へと接近してきた。船団ごとに各々異なる赤、黄、白、黒の旗幟がなびいているが、それは別個の部隊を寄せ集めた連合艦隊だからなのだろう。安宅船（あたけぶね）と呼ばれる敵の船は、甲板上にそびえ立つ楼閣が派手な色でまだらに塗られ、舳先と船尾には金箔が張られている。波をかき分け迫り来る敵船の姿は、燦然と陽に輝き、隊列はきらめくばかりだった。まるで敵意の神々の宿る無数の神殿が大挙して攻め込んでくるような錯覚すら起こす。楼閣の高くそびえる船には「南無妙法蓮華経」と書かれた絹地の旗幟がなびいている。数え切れないほどの旗幟をかかげて、まさにその勢いに乗って迫ってきているのだ。旗幟の上空には異様な殺気が虹のように広がっている。その虹は揺れ動きながらこちらの頭上に覆い被さってくる。風が途切れるあいまに、いまも右水営側の山頂から海を見下ろしながら泣き叫ぶ避難民の声が聞こえてくる。身体に火がついて逃げまどう者たちの絶叫のように、強烈で切羽詰まった声だ。碧波津沖で敵は実に正確に航路修正をした。敵は白い鳥糞に覆われてくっきりと見える石島（ソクド）の峰と、遠くで刃のようにそびえる珍島（チンド）のクムゴル山頂を目指して指標どおり正確に舵を取り、鳴梁東の入り口へと辿り着いたのだ。まだ長い午後が残っている正午時だった。

敵はさらに寄ってくる。だが、私は一文字の陣を動かさず、じっと待った。そのとき、敵船から喊声が上がった。敵の第一列と第二列が合流しながら、翼を伸ばし始めたのだ。敵の先頭が戦闘隊列に変わり始めた。潮は敵の味方だ。敵は覆い被さるように攻めてくる。とても手に負えそうもない敵の勢いを肌で感じる。身体中の関節が疼いた。私の中の自分でない私が退却しろと叫んでいた。

「後ろに引け」

私の指示について、ラッパが短く数回鳴った。格軍（キョツグン）が櫓を漕ぐのを止めた。一文字の陣は潮に流され、後退し始める。一方敵のほうからは櫓漕ぎを促す慌ただしい太鼓の音が聞こえてきた。すると敵船の櫓が猛烈に海面を掻きだした。同時に敵の第三列が前に出て、両翼に加勢し始めた。しかし、海峡が狭いので敵の翼はそう広くなかった。敵は徐々に翼を狭めつつ攻めてきた。

「もっと後ろに引け」

一文字の陣はさらに後退する。敵は鳴梁の奥深くへと入ってきた。わが艦隊が敵の翼を避けて後退した分だけ、敵は攻め込んできたのだ。敵を引きいれた分はあとでかならず挽回しなければならなかった。気づいたら、敵の隊列は鳴梁東の入り口から西の入り口にいたる一里足らずの水域にすっかり入り込んでいた。広げられた翼の背後には敵の長い縦隊があった。敵の隊列の懐は深かったが、逆流する潮に逆らってその懐を突いていくことは不可能だった。

一文字の陣を布いたわが艦隊が、後方にある林下島（イムハ）にまでいたると、海は突然広くなる。そこでは敵の翼もふたたび広くなるだろうし、そうなるとわれわれの生き残れる場所はない。だからそこまで後退するわけにはいかなかった。そのとき敵の翼の先頭がついにわれわれの射程内に入ってきた。また、北西の満ち潮も衰え始めてきた。両沿岸に押しよせていた渦巻きが中央にふたたび集まりながら、波が低くなってきたのだ。敵の艦船では舳先の柱に身体を縛った敵兵がこちらに向かって火縄銃を構えている。そんななか、逆流の再来を前にした海は、突然静まりかえる。静寂のなかで海は満ち潮から引き潮に変わる運命の瞬間を準備しているのだ。いまこそ攻撃に転じる瞬間だ。

「攻めろ。敵の第一列を叩け」

私の命令に応えてラッパの音が鳴り響く。大将船から矢が飛び、砲弾が炸裂する。敵はまた喊声を上げた。そして翼がだんだん狭まってきたと思ったら、敵の銃弾が雨あられのように飛んできた。

「さあ攻めるのだ」

しかし、どうしたことか艦隊は私の号令について来ない。中軍将の金応諴（キムウンハム）と巨済（コジェ）県令の安衛（アンウィ）は遠く二馬場（マジャン）ほど後退したまま、静かな海で待機していた。その行為は即座に首を切られて当然のものだが、大将船がそこまで引き返すわけにはいかなかった。敵は沿岸の方から素早く翼を狭めて包囲しにかかっていた。私は招揺旗を立てて二人を呼びつけた。金応諴がまず近づいてくる。そして私の船に移り乗った。金応諴の船の左舷から敵弾に当たった射夫二人が海に落ちるのが見えた。私はおもむろに金応諴の首に刀を突きつけた。

「応諴、ここは死地だ。わしの刀に切られて死ぬのが嫌なら、前に進め、そして敵との戦いで死ぬんだ、いいか」

自分の船に戻った金応諴は格軍を叱咤して前進した。

しばらくして今度は安衛がやってきた。大将船に乗り移るやいなや安衛は甲板に跪（ひざまず）いた。私は言った。

「安衛、おまえを殺して道をあけるぞ。それでもいいのか。おまえは軍律にかけられ死にたいのか。引き下がっていれば生きられるとでも思っておるのか」

安衛は身体を震わせた。安衛も自分の船に戻ると、船を前に出した。

刀を振りかざした敵兵が甲板の上に立ち並び、気勢を上げている。越船攻撃を準備しているのだった。敵船から綱のついた鉤が飛んできて、わが戦船の船べりにくい込む。射夫がその鉤の綱を急いで切る。だが、鉤は次々と飛んでくる。同時に敵の射夫が二十人ずつ一組になっていっせいに火縄銃を撃ってくる。銃弾は続けざまに盾に突き刺さる。

「敵船に近づいてはならぬ。離れて撃つのだ」

軍官が私の指示を船から船へと大声で伝える。

敵の左翼に向かっていた安衛の船が包囲された。三隻の敵船が安衛の船をめがけて攻め寄っているのだ。安衛の船はすでに右舷の櫓が何本か折れているが、そんな安衛の船に敵兵がよじ登り始めた。櫓をなくした格軍も櫓を刀に持ち替えて甲板に這い上がってくる敵兵を刺し、切り、そして石を投げつけた。

安衛の船で右舷を任されていた任俊英(イムジュニョン)も、船べりに上がってくる敵をすばやい槍使いで刺し殺していたが、一旦槍先が敵の頭に刺さって抜けなくなると、今度は大きな鎌に持ち替えて、敵兵の首をはねた。任俊英らは息つくひまもなく敵と戦っていた。それでも、櫓の折れた安衛の船はなかなか敵の中から抜け出せない。安衛は包囲の中で力尽きたら、自決する覚悟のようだった。

私は危険に陥った安衛の船に近づいていった。半馬場ほどに接近したとき、銃の照準を後方から安衛の船を攻撃している敵船の右舷に合わせるよう射夫たちに命令した。しばらくして攻撃を受けた敵船が揺れ始めると、やがて船体に穴が空き、右側に傾き始めた。敵の櫓兵は櫓を捨てて甲板の上に走り出る。そこに火矢が三十本あまり突き刺さり、敵船の甲板や船室から火の手が上がる。帆布にも火がつく。海に飛び込んだ敵兵は板に掴まってでも安衛の船に向かってくる。敵の数はあまりに多い。私が持っている矢や銃弾の数より敵兵のほうがはるかに多いのだ。

そんな戦況を察してか長興（チャンフン）の百姓、張命摂（チャンミョンソプ）と海南（ヘナム）の百姓、呉極真（オククジン）が自分の息子らを船に乗せ、海戦の真っ直中に乗り込んできた。彼らの船は漁船だ。見せかけの「戦船」として一文字の陣の後方に配置しておいたものだ。呉極真は大将船に接近してくる敵兵に投石戦で立ち向かう。父親が櫓を取り、息子が石を投げた。左舷の方から来る敵をかたづけると、呉極真はさらに前へと出ていった。ところが、次の敵船に近づく間もなく、刀を持った二人の敵兵が漁船に飛び乗ってきた。呉極真は切られ、海に落ちた。呉極真の息子は父を切った敵兵の頭を石で叩き割ったが、もう一人の敵兵に腰を切られ、ついには漁船が転覆してしまう。そのとき波は静かだった。

一方、張命摂は漁船を漕いで、安衛の船の方に向かった。板にしがみついた敵兵が、安衛の船によじ登ろうと船尾に集（たか）っていた。張命摂が櫓を握るなか、そんな敵兵の頭を二人の息子が銛（もり）で突きさした。だが、敵兵の一人が漁船の船べりにしがみつくと船はぐらつき、その瞬間、敵の銃弾が張命摂の胸に当たった。倒れた父を息子たちが漁船の魚倉の上に寝かした。

「お……お……男なら最後まで戦って死ぬのじゃ、い……いいか」

張命摂はそう言い残して息を引き取った。かわりに上の息子が櫓を握り、死んだ張命摂の漁船はふたたび前に進みはじめた。

波は相変わらず静かだった。しかし、格軍の気力は尽き果てていた。船首の舵取りを変えるたびに、海をかき分ける格軍の筋肉から力の抜けていくような震えが私の肌にじかに伝わってくるようだった。私はまた格軍を交代させ、乱れた隊列をラッパの号令で収拾した。

安衛の船が敵の包囲から脱出しかけたころ、新たな潮流が起き始めた。敵のはるか後方に、向きを逆に変えた十五夜の引き潮が真昼の陽に輝いて見えてきた。波のきらめくその沖合までこのあまたの敵を追い込んで行かなければならなかった。存亡の道がそのあとどうつながっていくのか今はわからない。少しずつうねり始めた中央の潮が白い鬣（たてがみ）を立てながら馬の群れのように後方へと走り始める。その流れに耐えようと敵の櫓兵はありったけの力を振り絞って櫓を漕いだ。

「攻めろ。いまこそ攻めるときだ」

……攻めろ……攻めろ……攻めろ……

ラッパが長く鳴り渡り、乱打でせき立てる太鼓の音が海上に響く。わが軍の火矢と砲丸がいっせいに飛んでいき、大量の敵弾がいっせいに飛んでくる。全面衝突だ。ついに敵の先鋒が懼（おそ）れをなして後方に引き始める。密集隊形をなしていた敵の隊列が逆流にもまれ、ぶつかりはじめる。敵船の櫓が無数に折れる。櫓の折れた敵船は方向を変えられず、後ろに流される。流される船の隊列はますます間隔を狭めながら、速度を増す逆流に巻き込まれていく。

「攻めろ。遠くを撃つんだ」

火矢が遠くへと飛んでいく。中衛より後方の敵船から煙と炎が立ち上る。後ろに流される敵船が燃える敵船とぶつかりながら破壊され、多数の敵兵が海に飛び込んだ。

鹿津（ノクジン）沖は鳴梁でもっとも狭いいわば喉元のようなところだ。まさにそこで敵の密集隊形は見事にくずれて修羅場と化し、さらに後方へ後方へと流されていく。敵の後方は、他でもない私の前方になる。敵の後尾さえ打ち砕くことができれば、流されていく敵船はその破壊された味方の残骸にぶつかり、さらにその残骸にまた次の敵船が衝突することになる。

「接近せよ。そして遠くの敵を撃つんだ」

海に飛び込んだ敵兵は泳ぐこともできず、そのまま波に呑み込まれる。死んだ魚の群れのように敵兵の身体が海面を覆い、流されていく。わが射夫は海面に浮かんだ敵兵は撃たなかった。

鹿島（ノクト）万戸の宋汝悰（ソンヨジョン）は私の左方一馬場ほどの距離にいて、後ろに流されていく敵の三階建ての楼閣船を攻める。三階楼閣には金箔と丹青がどぎつく塗られ、まだらの旗幟が風になびいている。宋汝悰は楼閣に火をつけ、敵船の左舷に火力を集中した。半分ぐらい傾いたとき、船体から火の手が上がった。それは敵将来島の船だった。来島は死んで海面に浮かんでいた。来島の死体が私の船の方に流れてくると、射夫の金乭孫が鉤を投げて引き上げた。鎧は破れ、五本の矢が背中に突き刺さっている。宋汝悰の射った矢だ。来島は化け物の角のような兜を被っていた。私は兜を被せたまま来島の首を切らせ、大将船の帆柱のてっぺんに晒して、敵正面へと攻め込んでいった。将卒たちの喊声が湧き上がり、ラッパの音が高々と鳴り響いた。沿岸の山頂からは避難民の喊声も聞こえてくる。

隊列の乱れた敵は攻撃されながら流されていく。私は一文字の陣でさらに攻め立てる。櫓の折れた敵船が潮の上で落ち葉のようにくるくると旋回しながら流されていく。煙にさえぎられ敵の後尾は見えない。私は格軍を随時交代させた。そのとき、鳴梁の西の入り口にいた、まだ攻撃を受けていない敵の後尾が方向を変え、逃走を始めた。追撃はかなわず、また弓矢の届く距離でもなかった。それにすでに日も暮れかけていた。燃え上がる敵船が暗くなる水平線の彼方へと流されていく。生き残った敵は暮れゆく海南の海へと逃走し、敵兵の死体は沿岸のほうに流れる渦巻きに吸い込まれた。数え切れないほどの死体だった。

ふたたび逆流し始めた潮は北西の満ち潮と変わり、木浦のほうへと流れる。暮れゆく海は寒い。私は碧波津に兵を退かせ、人員点呼をさせた。一部は戦死したが、多くは生き残っていた。だが、碧波津には食糧も残っていなかった。

「帰るぞ。ちょうど流れも変わった」

私は軍官たちに言った。艦隊はふたたび一列縦隊になる。木浦のほうへ流れる北西の満ち潮に艦隊は乗った。敵兵の死体をかき分けながら艦隊は北西に進む。旗幟を下ろし、帆をたたむ。潮が艦隊を木浦沖巌泰島(アムテド)まで曳いていってくれるはずなのだ。暗闇に包まれる森へと鳥たちも帰っていく。木浦の上空は赤い夕焼けに包まれていた。海南の上空に満月も昇った。帰路についた艦隊はその夕陽の真ん中をめがけて進んで行く。腹を空かした射夫たちは甲板にへたり込み、干しワカメをしゃぶっている。鳥の群れが艦隊のあとをどこまでもついてくる。逆流する北西の満ち潮に乗った私は極度の疲労感を覚えた。

海南(ヘナム)に派遣していた四人のさぐりが七日ぶりに帰ってきた。陸路で行った彼らは漁民の捨てた漁船に乗って帰ってきた。報告は長く詳細で、敵に接近して間近で得た情報もあった。その中には鳴梁(ミョンリャン)でやられた敵の残党が退却する途中、海南半島に上陸し、百姓たちの家を焼く一方、村や山をくまなく探しまわって、隠れていた百姓を一人残さず殺したという情報もあった。海南で敵はまる二昼夜、放火と殺戮を恣(ほしいまま)にしたあと、ふたたび海にもどり慶尚海岸へと移動した。その隊列は五十隻ほどだった。

その村の郷吏(郡の下級官吏)と、儒家たちの長である接長(チョプジャン)は、もともと敵と内通していて敵に百姓の隠れ家を密告したり、隠した穀物や塩の在処(ありか)を教えたりした。そのため四方に散らばった百姓らは敵が去ったあとも怖くて村に戻れずにいた。また密告者の中には敵と一緒に行方をくらました者もいる。沿岸や村にころがっている敵兵や百姓の死体には蛆がわき、疫病が流行った。地方の官衙(クァンガ)の官吏は皆逃げ去り、生き残った百姓たちはただ泣き嘆くばかりだ。

私は鹿島(ノクト)の軍官李哲(イチョル)に兵を三十名やって、海南の百姓を助けてやるように命じた。李哲は船で行った。李哲の船に三十俵の兵糧米を積んでやり、まずは百姓がお粥だけでも食べられるようにさせた。その米は破壊された敵船から奪ってきたものだった。私が敵を殺せば、敵は腹いせに百姓を殺すが、敵が私を殺しても、ますます多くの百姓が殺される。ところが敵と私はその百姓たちから米を奪っている。私の敵は百姓の敵であり、私は百姓の敵の敵だったが、米は私と敵が同じ百姓のものを分けあって食べているのだ。

昼間から急に寒気がし、壬辰年の戦闘で銃弾を受けた肩が疼いた。風がないにもかかわらず、遠海では波が立っている。明日の海は雨になりそうだ。

李哲を送り出した私は将卒を呼び集め、武器を点検した。そして朽ちた槍の柄を取り替え、鉤の古い金具は付け替えさせた。鳴梁から帰ってきた船はどれも板の継ぎ目がはずれ、その隙間に虫が入って蝕んでいる。櫓を通す穴の壊れた船もある。兵卒たちは船を埠頭(ふとう)に繋いで船室を煙でいぶし、虫を退治した。またあいた隙間には木の芯を打ち込み、擦(す)れて大きくなった穴の周りには金具を打って、最後に櫓の先端に銅板を被せた。夕方、百姓らが捨てていった畑に、冬越し用大根の種を五斗蒔(ま)いた。

鳴梁水道での戦闘が終わってから、任俊英(イムジュニョン)はまる二日間、作戦海域を捜索した。そのために私は任俊英に戦船二隻と漁船五隻それに兵を五十名与えた。二日後、任俊英は兵を率いて巌泰島(アムテド)に帰り、結果を報告した。任俊英は海に浮かんでいた敵兵の死体を二千余りすくってきて埋めた。それまでわれわれは沿岸の砂浜へ流れ着く死体を処理するのに手一杯で、沖へ流れてゆく死体にはとても手をつけられずにいた。そのせいで作戦海域では疫病が流行り、魚が群れをなして死んでいた。一日四回向きを変える鳴梁の潮は、壊れた敵船の残骸を遠くへと運んでいった。そんななかでも任俊英は、半壊した敵船の内部を捜索して兵糧米を五百石回収してきたのだ。兵糧米のみならず、火縄銃、槍と刀、砲、被服など戦利品は二隻の船にいっぱいになり、その船の吃水線が海面下に深く沈むほどだった。帰ってきた任俊英とその部下たちは敵将の兜を被っては喜んだり、ふざけたりしていた。

戦船は後ろに小船をもう一隻、繋いでいた。その漁船の甲板には朝鮮人の女の死体が五体あった。女たちはいずれも季節はずれの夏もののチマチョゴリを纏っていた。生きている女も一人いた。茫然とした顔で甲板にしゃがみ込んだまま、その女は口からよだれが垂れ落ちるのも気づかずにいた。

「いったいどういう死体だ」

「敵将の船室のなかで死んでおりました」

任俊英の部下たちが死体を船着き場に運んで並べ、かますを被せた。かますからはみ出て見える髪の毛は火に焼かれたようだった。髪が海風になびき、すでに腐り始めた死体の生臭さが鼻を突く。

「どういう女たちだ」

「敵に連れて行かれ、数人の敵将の相手をさせられていた女たちです。あの女に訊けばよくわかります」

生きて帰ってきた女に温かいお粥を食べさせ、水軍の服を与えた。すると多少は正気に戻った様子で女は話し始めた。その女は海南の頭輪山（ドウリュンサン）に住む人参採りの娘で年は二十五だった。家族はばらばらになっていて、一人でいるとき敵に捕まった。自分を含めて三人の女が敵将来島の相手をしていたが、うち一人は船が海南を出港するとき海に身を投げ死んだという。

「相手をしたもう一人の女は誰だ」

女は二番目の死体を指さした。

「開けてみろ」

兵がかますをめくった。背が低く肩の丸い女だ。

……旦那様、夜が明けたら私を切ってくださいまし……突然、遠い日々の夜にあったことや月光にきらめいていた刀の影模様が私の頭に思い浮かんだ。死んだ女は頭を反対方向に向けていた。

「顔をこっちにむけろ」

兵が死んだ女の髪をわしづかみにして首を回した。

女真（ヨジン）の顔だ。

「服を脱がせてみろ」

包丁を手にした兵が死んだ女の服を切り裂いた。裸身があらわになった。乳房は痩せていなかったし、乾いて見える陰部が歯を食いしばるかのように固く閉まっていた。鎖骨の下にある蛇のような傷跡がもう青く変わりかけていた。私は生き残った女に訊いた。

「あの女の名前はなんと申す」

「女真と申しまする」

「自分のことを何か申しておったか」

「求礼（クレ）の官衙（クァンガ）の公娼でしたが、咸平（ハムピョン）から順天（スンチョン）に行く山中で捕まったと申しました」

やはり死んだ女は女真だった。

「被せておけ」

兵は死んだ女真の身体をかますで覆った。私は任俊英に質した。

「この死体を一体どうしようと持ってきたのだ」

私の様子から自分の過ちを悟ったのか任俊英はしょげかえったような顔で答えた。

「それでも朝鮮の女ですので、ひょっとして縁故者でも探して死体を渡せないかと思い……」

「無駄なことだ。生い立ちすら知らぬというのに、どうやってこの戦乱のなか縁故者を探すというのだ」

「それでもひょっとして」

「すぐに運び出せ」

兵卒たちは女たちの死体を持ち上げ、畑のすみに運んだ。そこにはすでに餓死したり、病死したりした避難民の死体二十体あまりが積まれている。兵卒たちは耕作されていない畑の真ん中に大きな穴を掘った。疫病が流行っているため穴はそうとう深く掘られた。そして死体の手足を二人の兵卒が向かい合ってつかみ、反動をつけ空中へと高く放り投げた。死体は穴に落ちて積まれていく。女真の死体も空中に飛んだ。そして穴のなかに落ちると、すぐにその上に他の女たちの死体が覆い被さった。最後に兵卒が数十名がかりで、穴を埋めた。一方、任俊英は生き残った女を尋問し、その結果を報告した。海南於蘭津（オランジン）の敵陣に連れて行かれた朝鮮の女は三十人だった。敵将来島が三人を独り占めし、残りは他の将師に分け与えられるかさもなければ、殺された。来島は三人の女を代わる代わる船室に呼び込み、真っ昼間から服を脱がせた。一人の女が海に身を投げて死ぬと、来島はすぐさま他の女を補充した。日本水軍が鳴梁（ミョンリャン）で負けたときも、来島の部屋には三人の女が畳の上でしゃがんでいた。また来島はお茶が好きでよく飲んだという。女真の故郷は慶尚道密陽（ミリャン）だといった。密陽は早くも壬辰年の初めに敵の手に落ちたが、そこから全羅道（チョンラ）の求礼（クレ）まで女真がどういう経緯でたどりついたかは分からない。ただ女真は敵将の子を身ごもったようだといいながら、人知れず涙を流したという。

生きて帰った女の名前は一礼（イルレ）といった。一礼を水営周辺の民家に預けるよう軍官に指示した。海南於蘭津港周辺の奥まったところにある岩陰から敵が運び出せなかった三百石の兵糧米が見つかった。ふたたび任俊英と兵を遣って、その米を運ばせた。

夕方私は女真の埋められた畑に行ってみた。死体を埋めた土の上で兵たちがたき火をしていた。私は女真の身体のなかで、もがいていたにちがいない来島のことを想像してみた。……旦那様、夜が明けたら私を切ってくださいまし……。来島もそのとき女真の身体に居心地の良さを感じたのだろうか。私は身を震わせた。女真の身体の奥深くでこの戦争を終わらせることができないものだろうか。いやいや、それは無理なことだ。兵卒たちはたき火で魚を焼いて酒を飲み、唄を歌った。兵卒たちは死体が埋められた穴の上に酒と肴を広げて礼をした。そして兵卒たちの歌う唄は葬送歌だった。私が近づくと軍官が杯を差し出し、酒を勧めた。私は飲む気になれなかった。

「あまり飲み過ぎぬがよいぞ」

私はやっとの思いで言葉を口にして立ち去った。私には個々の死の存在というものが理解できなかった。海じゅうが屍に覆われても、それは大きな一つの死であって、一人ひとりの死を取り上げて説明したり、慰めたりはできないはずのものだ。ふと女が死んだら、身体のどの部分から腐るだろうかと考えた。そして私にはその腐敗していく過程をどうするすべもないのだということをすぐに悟った。死者は私にとって味方でも敵でもないのだ。いわばすべての死者がすべての生きた者にとって敵のように思えた。女真の死体の前で私は小さく身を縮ませた。そして死んだ女真にやるせない性欲を感じた。

刀ではこの世を遮る(さえぎ)ことも、かき分けていくこともできない。刀が届かず、矢もおよばない彼方でこの世はもだえ、崩れかけているのだ。刀はまた死んで振り向く者たちの前ではなんら役に立たない。命あるものは切れても死んだものは切れないのだ。いったん引き下がった敵たちはまたすぐに攻めて来るにちがいないし、それに、より遠くで南海(ナムヘ)の海辺を見下ろしている朝鮮王の夢見は夜ごとに忌々しいものとなるはずだ。

その夜、海南の民村に行っていた鹿島の軍官李哲が帰ってきた。百姓にお粥を食べさせ、死体を埋め、疫病患者を隔離し、倒れた百姓の家を建て直したことなどを彼は報告した。李哲はまた敵と内通して百姓を密告していた接長と郷吏ら三人を捕まえてきた。提出した調書によると、三人の罪は紛れもない事実だった。処刑は明け方に執行された。三人の首は村なかに晒され、胴体は女真を埋葬した穴のなかに一緒に埋められた。

朝方、私は下人に煎じ薬を作らせて飲んだ。秋の波が鋭い音を立てていた。

風の中の大根の芽

北西の風に運ばれてくる吹雪が海に舞う。遠海から吹く風が向きを変え、ぶつかりあうたびに、吹雪は交差しあい、渦を巻く。そのとき灰色の島々は大きなつむじ風の中にすっぽりと包み込まれる。

水面をなめるようにして吹く風が満ち潮の流れに逆らうとき、波が逆立ち、白い刃を立てる。そのとき、港に繫がれた船はお互いへりをぶつけ合い、ギィギィと軋む。そんな船をやっとのことで浜辺に引き上げた兵たちは火を焚いて凍えた身体を暖めている。

従事官の金秀哲（キムスチョル）は半月のあいだ、沿岸の村々と内陸の官衙（クァンガ）を巡察し、その結果を私に書面で報告してきた。私はその報告書を読むのに、まる一日かかった。縁側越しに見える冬の海は激しく荒れているが、その海を槍を手に台石の前に立つ衛兵が監視している。金秀哲の報告書は墨を少なめにつけた筆で、なぐり書いたものだった。

鹿津（ノクジン）の万戸（マンホ）は二百三十体の死体を片づけて埋める。そのなかには避難民と敵兵の死体が入り混じっている。鹿津水営の後ろの垣が十尺ほど崩れる。兵糧米はあと五日分しか残っていない。そんななか、色吏（センリ）が二人逃げた。万戸は逃げた色吏を捕まえることができなかった。

碧波津（ピョクパジン）では五十体の死体を焼く。死体を焼くとき、僧が念仏を唱えた。碧波津の兵糧米も底をついている。兵卒と軍官が二人、水営から島内に逃げる。

金甲津（クムカプジン）に疫病が発生する。百姓たちは吐き、下痢をしている。百体あまりの死体を埋める。すべて百姓だ。金甲津の屯田にはやっと白菜の芽が出た。屯田に配属された百姓らが疫病に倒れた。そのため金甲の巫女（ムダン）がお祓（はら）いをした。

龍蔵山（ヨンジャンサン）の烽火台が敵の手に落ちる。龍蔵山から碧波津に続くわが通信線が断ち切られ、そこの兵卒たちも逃亡してしまった。

三枝院（サムジウオン）の船着き場が敵の手に落ちる。山の烽火台も奪われ、そこの兵卒たちは皆逃亡する。玉島（オクト）では避難民の女たちと水軍の将兵たちが一緒になって淫乱な行為に耽（ふ）けっていた。彼らの酒席では全羅道（チョンラ）の女と慶尚道（キョンサン）の女がそれぞれ生まれ故郷の唄を歌ったという。また玉島の軍官たちは百姓の飼っていた犬を奪って喰った。

海南於蘭津（ヘナムオランジン）の船着き場が敵の手に落ちる。敵が海南から出ていったあとも百姓らは村に帰ってこなかった。敵に村を焼き払われたのだ。そのとき川の水が真っ黒になったという。海南の百姓たちの間では「李舜臣（イスンシン）が西海に行ってしまった。敵はまた来る」という噂が立った。

寿義島（スイト）で三十名の兵卒が船を奪って逃げる。軍官があとを追ったが、捕まえられなかった。万戸は軍官を杖打ちの刑に処した。その後、杖打ちにされた軍官も逃げた。とうとう奪われた船は見つからなかった。

光陽(クアンヤン)に敵が上陸したという噂が立ったが、確認できなかった。朝鮮王が降伏し、日本軍がすでにソウルを引き継ぎ、ソウルの美人たちはみんな加藤軍の妾になったという噂が流れた。噂は慶尚沿岸から全羅沿岸まで広まる。

道陽(ドヤン)の百姓らが水営を襲撃して兵糧米を三十俵奪っていく。百姓と一緒に軍官も逃げた。ところが、逃げた百姓十二人が山羊の肉を喰って食当たりし、下痢のあげく全員死んだ。

唐浦津(タンポ)の屯田に冬ネギの芽が出る。屯田を預かっていた百姓が疫病で死んだので死体を埋める。唐浦の軍官が学者(ソンビ)の家の妻を強姦したが、その女はそれを苦に自殺した。巫女を呼んでお祓いをさせた。

梅浦(メポ)の軍官が夜な夜な村の女を水営に引き込む。女たちは酒と肴を持って入り、衙前(アジョン)たちもその女たちのあとについてきた。

芳浦津(パンポジン)の砦が敵の手に落ちる。芳浦津では二隻の探候船が浜に打ち上げられたままで、百姓たちは死んだ敵兵の着物をはがして着ていた。

霊岩(ヨンアム)、羅州(ナジュ)、谷城(コクソン)、咸平(ハムピョン)に泥棒が増え、百姓たちが育てた秋の収穫物を奪っていく。避難民たちが主人のいない田んぼの稲を刈り入れてみると、半分以上は雀に食われていた。

咸平（ハムピョン）で水軍に配属された五十人の壮年男子を陸軍が連れて行く。それで都元帥の送った兵が十日間咸平を探しまわった。咸平の官衙である東軒（トンホン）が敵の手に落ちた。そこでは県監（ヒョンガム）が毎晩のように官娼を相手に酒を飲んでいた。

羅州（ナジュ）に疫病が流行った。百姓らが疫病にかかった者を穴蔵に集めて火をつけた。死んだ者もまだ命のある者もみんな一緒に焼いた。羅州のいくつかの郡（コウル）では人手不足で、稲の刈り入れができなかった。かわりに避難民たちがそれを奪っていった。

加里浦（カリポ）の兵糧米が三百石だと報告されていたが、じつは蔵は空で、ネズミが繁殖していた。

思大浦（サデポ）の県監が逃げた。村の色吏も牛車に兵糧米を積んで県監について逃げて行った。

鳥島（チョド）に三百人の避難民が筏に乗ってやってくる。避難民と原住民が漁場のことで争っていたところ、船がひっくり返って五人の避難民が死んだ。

月明浦（ウォルミョンポ）の武器庫の戸がはずれ、垂木（たるき）が落ちる。戸の肘壺が朽ち落ち、ネズミが鉤（かぎ）のひもをかじっていた。

江浦（カンポ）の漁夫が夜ごと水軍の警戒水域に入ったが、水軍はこれを妨げなかった。江浦の水軍が兵糧米で飯を炊いて漁夫たちと一緒に食べたが、そのおかずは漁夫の捕ってきた魚だった。江浦の女たちも一緒に食べた。

達毛山（タルモ）の僻村の百姓たちが敵と内通していた学者（ソンビ）を二名捕まえ、鎌で切って殺したあと、その娘を強姦した。

碧珍（ピョクジン）に慶尚沿岸から五十人の避難民が入ってきた。碧珍の百姓娘と避難民の息子が崩れかけた郷校の庭で結婚式を挙げた。

夢浦（モンポ）の百姓らが麦を植え、大根の種を蒔いた。繁殖が盛んで山羊の群れも大きくなった。

錦津浦（クムジンポ）の百姓らが敵船の板材をかき集めて筏をつくり、漁労を始めたが、漁にでて帰る途中、筏がひっくり返って五人が死んだ。

郡内（クンネ）で三年ぶりに五日市が立ち、冬芹、粟、大麦、蒸し米、古くなった味噌、メセンイ（海藻の一種）、ジャガイモが売りに出された。鶏二羽と子犬一匹を交換し、卵一個とジャガイモ三個を取り替えていた。

龍蔵山烽火台が敵に落ち、県監はそこの百姓を連れて山に逃避する。夕方、先に山に上った県監たちが帰らないのを知って、他の百姓たちも握り飯を作って山に上った。玉水（オクス）の巫女たちが五十体の死体を埋めた場所で、お祓いをしたが、兵卒たちがその儀式の場に入り込んできて飯をごちそうになった。儀式の終わる夜明けどき、死者の霊が洗濯ひもにへばりついてひぃひぃと泣いたという。

霊岩で水営に送る二百石の兵糧米を馬車に積む。郡守は襲撃が怖くて馬車に十人の警備兵をつけた。

花島津（ファドジン）で港に繋がれていた五隻の探候船が風に押されてぶつかり合い、壊れた。花島津には薪がないので、万戸が玉島にまで船を送って木と藁を積んで来させていた。花島津の兵卒は藁を編んで百姓の家の屋根に被せてやった。

美湖（ミホ）の軍官が三人脱営した。万戸が兵を出して捜したが、捕まらなかった。「李舜臣がふたたび朝廷にしょっ引かれていった」という流言が美湖の百姓の間で広まった。脱営した軍官がそう話したという百姓の話を郷吏が伝えてきた。

一日じゅう海面にはさざ波が立ち、輝いている。夕暮れになるとさらに海は荒々しくなる。燐光が暗闇の中で鋭く光り、真っ暗な夜にまるで無数の刀がしのぎを削っているようだ。波しぶきが水営の中庭まで飛んでくる。遠くの島や水平線は見えない。沿岸の村々までが暗闇に吸い込まれ、はるか遠くに見える。明け方になっても鹿津、金甲津、碧波津、南浦（ナムポ）、加里浦がそのまま湾内に存在しているのか、にわかに信じ難いほどだ。

船を浜に引き上げたあと、私は一日かかって、従事官金秀哲（キムスチョル）の復命報告書を読んだあと、秀哲とともに酒を飲んだ。巡察から帰るとき、金秀哲が珍島（チンド）のクコの実の酒一斗と干しガレイを持ってきたのだ。二人で夜遅くまで飲んだ。

もともと谷城（コクソン）の文官だった秀哲は、壬辰年に義兵将金誠一（キムソンイル）の配下に入り、金烏山（クムオ）で勝利を収めた。俊敏で大胆な青年だ。文章がうまく、行動も早かった。口が固く、目聡いし、移動する際に音をいっさい立てなかった。金秀哲は眠気をかろうじて押し殺しながら正座していた。

「秀哲、ほかの邑(ウプ)もみんな落ちそうか」

「はい、もともとみんな一度は敵の手に落ちていたところです」

「秀哲、けっして死んではならぬぞ。命令だ」

「はい、旦那様。邑には大根の芽も萌えてまいりましたので……旦那様、もう休まれる時間でございます」

金秀哲を私の部屋に寝かせた。十五日ぶりに帰任した金秀哲は横になるやいなや、いびきをかき始めた。明け方見ると、金秀哲が布団を蹴りとばしていたので、掛けなおしてやった。日の昇る頃、私は鼻血を出した。後頭部が引きつり、温かい血が流れた。下人を呼んで床についた血を拭かせた。そして床が冷えたので、竈に薪をくべさせた。海は明け方まで荒れていた。

私の中の死

鳴梁（ミョンリャン）では果して私が勝ったのだろうか。

数え切れないほどの敵が鳴梁に集まり、数え切れないほどの敵が鳴梁で死んだ。南東の引き潮に流されていった敵兵の死体は、ふたたび北西の満ち潮に乗って戻って来ては鳴梁の海を覆った。死ぬとき、敵兵はみんな個々の人間として死んだはずだ。たとえ破壊され、燃えあがり、沈没していく船から海に飛び込むときまでは、みんなが一つの旗のもとに死を遂げたとしても、死体となって海面に浮かんでいる彼らはすべてが個々の死体のように見える。少なくとも朝鮮兵の槍にさされたり、矢に射（い）られたりした瞬間から最後に息絶えるまでのあいだに感じた苦痛や恐怖は、おのおの個人の分であるはずだ。

そしてその個々の分は皆同じ苦痛であり、皆同じ恐怖であったにしても、お互いは決して共有されることのない個々の分なのだ。個々の人間の最期は寂しいものであり、その共有されない寂寞とした最期が過ぎ去れば、皆ゴミと化して広い海を覆うだけなのだ。その共有されない苦痛と恐怖の運命のもとでは、ひょっとしたら敵と味方が刀を捨てあい、和解することが可能なのかも知れないが、死は最後までお互いに共有されないし、あくまでも各自の分である。そんななかで私は相も変わらず、敵の敵としてこのゴミの浮かぶ海上で最後まで刀を腰にさしていなければならない。生きるものを殺す刀はあっても、死者を切ることのできる刀は私にはないのだ。私の存在する場は、あの世ではなく、この世の海なのだ。

鳴梁海峡で起きたことを状啓にしたため、朝廷に送ったというのに、ひと月過ぎても諭示が下りてこなかった。最初、従事官金秀哲（キムスチョル）が書いて私に提出したその状啓の草案は実に正直な内容であり、また正直なだけに愚鈍でもあった。金秀哲の草案は事実に立脚しようとしていたし、確認できたことと確認できないことをはっきりと区分していた。

十万ぐらいに思える敵が攻め寄り、そのうち八万程度と思える敵が死に、敵船百隻あまりを破壊したと金秀哲は書いた。そして敵の死体が海を埋めるように浮かんでいるが、戦闘状況が急迫していたなかで、すくい上げて都元帥府に送った敵の首は、八つに過ぎなかったと文章を結んでいた。

私は金秀哲の草案を大幅に修正せざるを得なかった。敵兵に関する数字をすべて消し、砲撃と火矢で破壊した敵船は三十隻、取った敵将の首は八人と書き直した。それもすべて事実だった。破壊された船の総数が幾隻かはわかりようがなかったが、少なくとも我が軍の攻撃で破壊された敵船は三十隻で、残りは潮に巻き込まれて敵船同士がぶつかりあって壊れたものだった。

船が破壊され、燃えるなか、海に飛び込んで、慶尚海岸に流されていった敵兵たちが、その後死んだのか生き残ったのかは見たわけではないのでわからない。戦闘状況が急迫していて、死んだ敵兵の首を一つ一つ切ることもできなかったし、敵将の首取りに熱心だった元均（ウォンギュン）も死んで今はいない。死んだ敵兵の首を八つ取ったが、それらはすべて我が戦船に乗り込んできて切られた敵兵たちの首だった。

壬辰年（一五九二年）初めのいくつかの海戦で勝利したころ、私は敵兵に関する数字をかならず状啓に記して王に送ったが、それが五年後の丁酉年に朝廷で大きな問題となった。戦功を偽って報告することで王を欺き、朝廷を見くびったというもので、私に死罪を科す罪状のひとつとなったのだ。実をいうと、私はすでに壬辰年の見乃梁で勝利したときから、状啓に敵の数を書くのを控えていた。その日、戦闘を終え、閑山統制営に帰り、いつものように状啓を書きはじめると、ふとその数字がいつの日か、自分を死に追いやるかも知れないという予感に襲われ、身震いがしたのだった。その夜、私は従事官を下がらせ、一人で状啓を書いた。閑山統制営で状啓を書いた夏のその夜は月がとても明るかった。私は武人としての自分の運命について深く思い悩まざるをえなかった。一振りの刀とともに私はまわりから包囲され、この世の罠にはまってしまったが、この世の刀でこの世の目に見えない罠を断ち切ることは不可能だった。閑山統制営やその後のいくつかの港や水営でも私は絶えず、冷たい汗を流し続けた。ときには自分が哀れになり、痛々しく思われて、いっそのこと刀を捨ててしまおうかと思ったこともあった。ところが今、鳴梁戦闘に関して広まっている噂は、私が朝廷に書いて送った状啓の中身をはるかに越えるものだった。噂はどうやら明総兵府（明軍司令部）の間者らが広めたようだった。私は背中に虫酸が走るのを感じた。

鳴梁の状啓を送った二か月後になってやっと論功行賞が下りてきた。宣伝官は来ずに、朝廷の命を受けた都元帥府が儀式を執行した。巨済県令の安衛が正三品の通政大夫の品階をうけ、戦闘に参加した各邑の守令や軍官たちも昇進した。私には賞金として銀銭二十両が送られてきた。二十両の重みや質感に私はどきりとした。王の鋭い目がその二十両を通して南海を見つめているように思えてならなかったのだ。

二十両が送られてきた二日後、王の派遣した宣伝官、李吉元が木浦沖の高下島水営に到着した。部下たちを率いた李吉元は兵営の幕舎の工事現場にいる私を訪ねてきた。ソウル出身の文官で、海を生まれて初めて見たという。体つきが華奢で、色白い指は長い。だが、遠路はるばる来た人間とは思えないほど、彼の衣冠は整い、旅疲れの気配をまったく感じさせなかった。彼は水軍兵営の不潔な光景を見てはそのたびに顔をしかめていた。私は工事現場の天幕に彼を迎え入れ、あいさつをした。

「旅はさぞ大変だったことと存ずる。殿下が水軍のことをこれほどまでにご心配くださるとは、感泣するばかりでござる」

「殿下のご心配、実に多大なるものでござる。特に逃げた裵楔(ペソル)のことでは……」

　鳴梁戦闘直前に脱営逃走した慶尚右水使(キョンサンウスサ)の裵楔を逮捕し、ソウルに連行していくのが自分の任務だと李吉元はあかした。彼が率いてきた部下の中には武官も混じっていた。裵楔はすでに水軍から逃げて久しいのに、単に裵楔を逮捕する任務だけで宣伝官が、わざわざ南海(ナムヘ)の水営くんだりまで来るとはとても考えられないことだった。

「裵楔はすでに逃げたではござらぬか。裵楔を捕まえるにはこちらにではなく、彼の本家のある地、つまり慶尚道の星州(ソンジュ)に行かれた方がよさそうなものだが」

「統制公、ことはそう簡単ではございませぬ。星州に入った痕跡も探せませんでした。裵楔が逃げたとはいっても本来、度胸の座った武将で、慕っている将兵も多いと聞いております。こやつが逃げて一体何をしでかそうというのか。殿下のご心配はまさにそこにござる」

　私はやっと理解した。王はこの水軍統制使を疑っているのだ。そして鳴梁海戦の結果が怖かったのだ。水営の中でひょっとして裵楔を匿(かくま)い、謀反の兵を育てているのではないか、それが王の心配ごとだった。

　李吉元は十日間水営にとどまった。その間、李吉元の部下たちは兵営の中をすべて捜索し、果てには水営近隣の百姓が使う小屋までしらみつぶしに調査した。そして鳴梁戦闘前と後の将兵たちの数を点検し、各村からの脱走者数まで確かめた。また水営の将兵を全員呼びだしては、裵楔の逃走経緯とその直前の状況を調査したが、その焦点は裵楔が水営から本当に脱営したのかどうかに置かれていた。李吉元は帰りぎわに、右水営、碧波津（ピョクパジン）、三枝院（サムジウオン）にも寄って調べて行った。

私は李吉元が帰るとき見送ることができなかった。李吉元が帰る日を知らなかったのだ。その日、私は大工を連れて沖の島の山中に入り、幕舎の新築に使う木材を運び出させていた。ところが、山中の急な斜面で一人の大工が転がってきた丸太の下敷きになって死んでしまった。その収拾に努める私の代わりに、従事官金秀哲が帰る李吉元一行のため、昼飯を作って干し魚と一緒に包んでやった。

李吉元が帰った半月後、私は王から免死帖を受け取った。都元帥府の行政官が私のところに持ってきたものだが、そこに書かれているのは「免死」という二文字だけだった。他には何もなかった。朝廷を見下し、王を欺き、王の出撃命令に従わなかった罪に関して死刑を免じてやるというものなのだ。免死帖を受け取った日は一日中雨が降っていた。私は「免死」という二文字を長いあいだ、眺めていた。罪がないというのではなく、また罪を赦免してやるというのでもなく、ただ単に殺しはしないというだけのことだった。おまえは殺して当然だが、今は殺さないと王は遠くで言っているのだ。「免死」という二つの文字を見ていると、寝返りを打ちながら呟き込んでいる王の声が聞こえてくるようだった。文字の下の玉璽（ぎょくじ）（王印）は触ったら朱が手につくほど赤かった。私は刀が置いてある棚の下に免死帖を掛けた。果たしてその刀は私の刀なのだろうか、それとも王の刀なのだろうか。私にはその二本の刀が私を抹殺しようとする王の刀のように見えてならなかった。

そうは言っても王の刀に私が倒れれば、敵は王のところに近づくはずだし、敵の刀に私が死んでも敵は王のところに近づくはずだ。敵の刀と王の刀のはざまには果てしなく大きい海が広がっているが、そこにはわが身を置く場がないのだ。

免死帖を受け取った日は、敵が来なかった。鳴梁で散り散りになった敵が、慶尚海岸の各港にふたたび集結し始めているという噂が伝わってきた。噂は雨降る日の霧のようにモヤモヤとしてつかみどころのないものだった。

従事官金秀哲が夕方、幕舎の新築工程と水軍の徴募実績について報告するため私の宿舎に入ってきた。

新築案を真ん中に置いて私と向かい合った金秀哲は目を細くして壁に掛けられた免死帖を見たとたん、彼の顔は蒼白になった。私が閑山(ハンサン)統制営で逮捕されたとき、私の乗った檻車のあとを追ってソウルまでついてきた金だった。私が投獄されたあとも金は私の釈放を求めて王に直接会った。地方の一水営の従事官にすぎない彼が、どうして王に対面できたのかはわからない。おそらく領議政(ヨンイジョン)の柳成龍(ユソンニョン)が手を貸したのであろう。金は王の前で額を宮殿の床に打ち付けながら号泣したという。私を尋問していた尉官がその時の金のことを話してくれた。金は泣きながら王にこう言ったという。

「殿下、統制公の罪を糺(ただ)すことはなさっても、なにとぞ統制公の身体だけはお傷つけなさいませぬようにお願い申しまする。殿下が統制公をおなくしになったら、その果ては朝廷まで失うことにならぬか心配でございまする」

王が答えた。

「おまえたちは南海にいながら、本当に心から朝廷のことを心配したとでも言うのか」

そのあと金は水営を離脱したという罪で五十発の杖刑を受け、放免されたのだった。

当時のことが思い出されたのか、金の視線は長いこと免死帖から離れなかった。涙が頰をつたって流れたが、表情は微動だにしなかった。彼はまるで還暦宴での祝辞を述べるかのような語調で私に言った。

「旦那様、なにとぞ長生きしてくだされ」

「わかった。そのつもりだ」

「報告は明日にいたします。今日はお休みくだされ」

「そうするか。わしも疲れたので、もう引き下がるがよい」

金は持ってきた巻物の文書を開かないまま、持って部屋を出ていった。

乳臭さ

私の三男李葂（イミョン）は私より先に敵の刀に倒れてしまった。敵の刀が親子の順序に従ってくれることなど所詮期待するほうがおかしい。丁酉年（一五九七年）の秋、鳴梁（ミョンリャン）戦闘が終わり、私がふたたび右水営に水軍の陣を移したころ、葂は故郷の牙山（アサン）で戦死したのだ。葂は肩から切られた。敵の刀が葂の身体を二つ割りにしたというのだ。死んだとき、葂は二十一歳だった。そして独身だった。

妻が葂を生むとき、私は咸鏡（ハムギョン）道北端の豆満江（トウマンガン）流域である三水（サムス）というところで女真族と対峙していた。そこは虚川江（ホチョンガン）が豆満江と合流する山中だ。山並みに沿って多くの堡（土と石で築いた小さな城）が設けられていた。私は当時陸軍の、朝廷から授けられる官位のうちでも低い階級である従八品の権官だった。夕暮れ時には雪に覆われた峰が紫色に映え、吹雪の中にかすんで消える山々の稜線上に白頭山（ペクトウ）がひときわ高く、そして冷たく見えた。その時私は三十三歳の若年だった。谷間の雪の深みに追い込む方法で捕まえたノロジカを兵営に担ぎ込んでは、よく焼いて食べたものだった。ノロジカの肉は香りがよかった。そこでは胸いっぱいに吸い込む冷たい風すら甘い香りがした。そのころ、従八品の若い権官の刀は切るべき相手の前ではいつも俊敏であり、なんら迷いがなかった。自分の刀で守らなければならないこの世の意味を、深く掘り下げて考えることもなかったし、ましてやこの世の無意味なものは決して刀で切ることができないものだという宿命にも気づかずにいたのだ。

女真族には正規の編制というものがなかった。軍隊が特別にあるわけではなく、いわば種族全体が軍隊のようなものだった。いや軍隊というより山の獣に近かった。いつも十数人ずつ固まってかかって来ては攻撃して逃げた。味方の陣や堡が後ろに退くことがあれば、すぐさま連中は百人あまりで攻めてきて百姓を殺し、作物や家畜、婦女を奪っていった。

彼らにとっては戦いが生業（なりわい）だったのだ。彼らは、音を立てず、瞬時に集まり、瞬時に散らばった。連中の巣窟の位置がわからないため、獣狩りをするように追撃しながら一人ずつ殺す他に方法はなかった。三水甲山（カプサン）の雪の中を私はよく山獣のようにかけずり回ったものだ。

夜になると、樅の木の梢が積もった雪の重みに耐えきれずに音を立てて折れた。そのバリバリバリッという音がまるで断末魔の悲鳴のようにあたり一面に響き渡った。軍幕の中にノロジカの皮を敷き、その上で眠りにつくときはいつも全身の疲れが極度に達しているが、朝、醒めてみると、腕や足にはまたいつものように、新しい力が漲（みなぎ）っていた。

そんな私は北端の地で葂の出生も知らないまま、任をまっとうした。三水甲山で任期を終え、故郷の牙山に帰ったとき、葂はまだ片言も話せないまま満一歳になろうとしていた。その後、葂は一歳が過ぎてもよく飲んだ乳を吐き、緑の便をたれた。乳があまり消化されないせいなのか、便は乳臭かった。妻は久しぶりに辺方から帰った夫の顔を見ると、結婚初夜のときよりも恥じらいを見せた。妻の胸からは若き母の生臭さが漂った。幼い葂は口の中がきれいなせいか、重湯を食べさせれば、米の匂いがし、麦茶を飲ませれば麦の匂いがした。

私が見ても、葂は私によく似ていた。眉毛が太く、額も広かった。物を下から上へなめるようにして見上げ、そして吸いつくような目つきで何かを見つめる動作が私にそっくりだった。その目つきは私の母のものでもあった。視線の方向や目線を投げる角度までもが私に似ていて、血筋というものが空恐ろしくなるくらいだった。小さくて温かい葂を初めてこの胸に抱いたとき、その乳臭さのなかで一抹の悲しさを感じた。それは、おそらく父に似ているという彼の運命に対する哀れみだったのかもしれない。葂が生まれてから、従八品の権官に過ぎなかった私は、咸鏡道の国境と南海岸の水軍の陣地を二、三年ごとに転々としていた。葂は母と祖母のふところで育った。いたずら盛りのときから葂は鋭い刃物を使って木や瓦を削ったり、切ったり、割ったりして、物を変形させることが好きな子だった。彼は道具の刃にはね返ってくる物質の抵抗感を面白がっているようにも見えた。葂のいたずらを見ながら、「こいつも男だな」と感心し、何故かしんみりとしてしまったこともあった。

武科の科挙試験を受ける間もなく葂はこの世を去ったが、彼の刀さばきは大胆かつ繊細だった。葂は相手の攻勢を極限にまで自分のなかに誘い込み、その極限で相手がひるむ一瞬の虚を突いて一気に倒した。敵の刀が右上から振り下ろされるとき、葂の刀は相手の刀を受け止めるのではなく、左の虚を突いていった。足がまず先に出て、次に来る相手の刀の位置を予測する。刀を低く構えていても、葂の刀は頭上からの見えない攻勢の気配を仏像の光背のように自分に従え、備える。葂の刀は守勢の中に攻勢を兼ね備えていて攻守のあいだに距離を置かなかった。滑らかに巻き上げていくような柔らかさのなかに相手を一気に突きさしていく鋭さがあり、相手を突いたあとには、またすぐに自分の柔らかさを取り戻す。わが子ながら、見事な腕前だった。

鳴梁戦闘が終わり、巌泰島(アムテド)へ帰る航路上で、私は不意に故郷の牙山が危ないという予感に襲われた。私が敵将来島の首を帆柱に吊したときから、敵は当然、私の息子の首でも取ろうと躍起になるはずだった。そのころ、葂は故郷の牙山で私の妻や幼い甥っ子たちと一緒に住んでいた。

陸地にいる敵が進路を突然、牙山のほうに変え、葂たちの家と近隣の村々を焼き払ったという知らせを巌泰島で聞いた。兵曹の公文書を持って来た軍官が故郷の知らせだといって伝えてくれたのだ。牙山には朝鮮官軍や義兵は駐屯していなかった。だから敵が李舜臣（イ・スンシン）の故郷だということで牙山を狙ったのは間違いなかったのだ。加藤清正の特攻隊五十名だった。敵は村を焼き払ったあと、すぐに本隊に帰っていった。夜中に奇襲を受けた葹は家族を連れて於羅（オラ）山に逃げた。山頂で葹と幼い甥っ子たちは焼け落ちる村の様子を眼下に見下ろした。敵は葹を殺せなかったためにかならず、また来襲するにちがいなかった。それはただ一人、葹自身が受けて立たなければならない孤独な戦いだった。

そのころ、私は艦隊をふたたび右水営へと移していた。葹の死を知らせる便りは右水営に届いた。大兄の家の召使い治寿（チス）が訪ねてきたのだ。治寿はどもりで片目だが、体格はがっしりしていてすばしこかった。葹が敵の刀に倒れたときも、つるはしを持って一緒に戦っていたという。治寿は戦いの経緯を詳細に知っていた。私はどもりながら話す治寿の話を聞いた。

敵はふたたび牙山の家にやってきたという。そのころ家族を連れて山から下りていた葹は焼け残った家を直して暮らしていた。その日、邑（ウプ）から人が駆けつけてきて敵が葹のいる村へ向かってきていると知らせたという。葹はすぐまた山の上に家族を避難させた。それから五人の私奴を連れて村の入り口の河原に出た。敵は馬に乗った将帥が指揮する三十余名の集団だった。朝鮮人捕虜を引き連れながら葹を探していたのだ。葹と私奴は河原のこちら側の堤に身を隠し、弓を射（う）った。河原の向こう側で敵兵が十人ほど倒れる。それでも敵は膝まで浸かる水をかき分けながら川を渡ってきた。矢が飛び、さらに五人の敵兵が川の中で倒れる。だが、河原を渡りきった敵は堤を越えてかかってくる。私奴が三人敵に切られ、刀を振りかざした敵が葹にも襲いかかってくる。

葹は正面から攻めてくる敵の刀を左によける。敵の刀が空を切り、地面を打つ。葹は近づいて敵の右の虚をつく。切られた敵が地に倒れる前に、すぐさま葹は体勢をとり直し、振り向きながら他の敵の刀を強く叩く。敵の刀が横にはじかれると、葹は近づきながら敵の腰を突き、再度退き、振り向きざまに、もう一人の敵兵に刀を振り下ろす。そのとき、空を切っていた葹の刀は突然向きを変え、左の敵を刺す。息つく暇もなく葹は後ろ向きになって剣先を下げる。左右を狙う葹の刀が空に舞い上がりながら、後ろの敵を切る。

だが、そのあと、葹は振り向くことができなかった。ふたたび振り向こうとする瞬間、敵の刀が葹の右の太股を刺したのだ。葹は左足で踏ん張り、姿勢を低くする。生き残った敵は三人だ。三人の敵を正面に据えるため葹は後に退いた。太股からは血が流れ、履いたわらじが血のりでぬるぬると滑る。葹の姿勢はだんだんと低くなる。葹は後ろに抜けることができない。身体を半分曲げた葹は刀を高く振りかざして頭上を守る。高所に回った敵が飛び降りながら葹の頭に刀を振り下ろす。葹はよろめきながら避ける。敵の刀が地面を打つ瞬間、葹は再度前に出て敵の腰を切る。しかし葹の右足はすでに折れていた。葹がもう一度、体勢を取り直そうと身体をねじった瞬間、右肩に衝撃が走る。葹は刀を落とし、自分の血のりの上にばったりと倒れた。

「家内や甥っ子たちはどうした」

「て、て、敵が帰ったあと、山から下りてきて末のご子息の亡骸に顔を伏して泣かれましたが、そ、そ、そのまま気を失われました。そ、そ、そのあと兄上様が連れて行かれました」

「葹の亡骸をどうした」

「あ、あ、あ、兄上様が宗主家の裏山に埋葬なさいました。は、は、墓は土質が良くて石や草の根がございませぬ。今日が三虞（サムウ）（死んで三度目の祭祀）の法事だと申されました」

「わかった。もう帰るがよい」

葹の悲報を受けた日、私は軍務を休み、刀二本と免死帖の掛けてある宿舎の壁のもとで一日じゅう座っていた。風もおさまり、海は凪いでいた。飲んだものを消化しきれずに乳臭さを漂わせていた莇の緑の便や莇の満一歳の頃に嗅いだ妻の体臭が思い浮かんだ。米や麦の匂いがした莇の小さい口とその口から出る、意味のわからないつぶやきも思い出された。また鋭利な刃物の切れ具合を不思議そうに見ていたいたずら気な莇の姿が目に浮び、太股や肩を切られ、一人で死んでいくときの莇の心細さや山頂から燃えるわが家を眼下に見たときの莇の憤りが胸に伝わってきた。莇の死体に顔をうずめ、泣きわめく老いた妻の姿も頭に浮かんだ。私に似て事物を下から上へなめるようにして見上げる莇の瞳が恋しかったし、私に似た死んだ母の額や眉毛や視線も懐かしかった。若いころ、国の辺境から帰ってきて莇を初めて抱いたとき、その温かい乳臭さの中で突然、湧き上がったあの悲しみにも思いを馳せた。そのとき臍（へそ）の緒に繋がって女の腹から生まれる人間が、肉親と額やまつげ、視線までも似て出てくるという血筋の運命を私は受け入れがたかったのだ。そして、屍で覆われたこの残骸だらけの海では、血筋の運命を受け入れたがらない私のこんな悲しみなど、実に取るに足らないことであるという事実に、さらなる悲しみを覚えたのだ。

身体の奥深くから込み上げる悲しみを私は歯をくいしばってこらえた。どこかに押し込められていた涙が、またどこかの隙間から溢れ出しそうになった。私は一日じゅう一人で座っていた。莇の死を知った従事官や軍官は私の前にいっさい現れなかった。横の部屋からは従事官の金秀哲（キムスチョル）が報告書をめくる音が聞こえ、縁側の外の台石の前ではいつものように槍を持った衛兵が見張りをしている。夕時、私は宿舎を出て浜の塩田に向かった。従事官や当直の軍官を置いて私一人だった。古い塩の倉庫は夕日に染まっていた。私は倉庫の中に入り、塩のかますに顔を伏し、息を殺して泣いた。まだ敵は来なかった。

生魚、船、武器、道具

丁酉年（一五九七年）の秋から冬にかけてわが水軍では七隻の戦船が新しく造られた。しばらく敵の襲来がなかったので、造船に労力を費やすことができたのだ。内陸の官衙（クァンガ）で集めた三十人の大工を右水営に連れて来る一方、警戒兵力をのぞいた将兵すべてを伐採や木材運搬に投入した。だが、いくつかの邑（ウプ）に分散している各々の造船所は木材の備蓄量や大工の数がまちまちであるばかりか、大工の腕前にも大きな差があった。発進浦（パルジンポ）の万戸（マンホ）からは、カンナの刃がすぐにもろくなり、のこぎりの刃も欠けるほど仕事が多いが、交換用の刃が不足して仕事を中断せざるを得ないといって、カンナの刃とのこぎりの刃を送ってくれと報告してきた。また鬱浦（ウルポ）では甲板の下にはさむ麻と木釘を要求してきた。だが、水軍統制使の私が自分の懐にカンナの刃を隠し持っているわけでもなく、また朝廷から木釘が送られてくるわけでもなかった。

私はいくつかの邑に散らばっている造船所を右水営に集結させた。木材と道具をみんなが共同で使うようにし、全体の作業を二名の権官と一人の万戸が統一的に監督するように仕組んだ。統合された造船所は右水営沖の珍島（チンド）の望禽山（マングムサン）が真向かいに見える浜に建てられた。造船所への進入路が平坦で広いので、木材を積んだ牛車の出入りに便利だった。作業場は後ろが山で塞がれているので、冬も冷たい風に吹かれずに済むし、しかも日向なので、比較的暖かかった。造船所からはもっこで丸太を運ぶ兵たちの、足並みをそろえるための歌声が聞こえてくる。前に足を進めようとしない牛に鞭をやる軍官のさけび声も聞こえてきた。ある日私は造船所に済州（チェジュ）の官吏から送られてきた五匹の豚をやった。豚をつぶした日、造船所の兵卒たちは右水営沿岸の百姓らを営内に呼んで一緒に食事をしたという。そのとき百姓らは酒とおかずを持ってきた。もちろん百姓が営内に入るのは規律違反だが、私は見て見ぬふりをすることにした。

暗い水平線の向こうから、迫り来る敵艦の櫓音の幻聴に悩まされる夜や、刀二本と免死帖のかかった宿舎の部屋で全身を濡らす寝汗の冷たさにふと起こされる朝方、私はよく起き出してはその造船所へと足を向けたものだ。

船は生きた魚と同じだ。戦船と漁船が同じで、また板屋船（板屋根のついた主力軍用船）と挟船が同種のものだ。魚体が水を読むように、船も水を読み、水を受け入れながら前に進む。流れに逆らって早瀬を泳ぐとき、魚が体全体をくねらせて水に抵抗するように、流れに向かっていく船も船体全部をくねらせて波間を抜けていく。水に立ち向かう船の抵抗は水に順応するための抵抗だ。船は魚と同じだ。船は水に逆らいはするが、長くは抵抗できずに最後は水を受け入れざるを得ない。鳴梁の逆流に逆らって進むときも船を浮かせているのは水であり、船を前進させているのも水だ。魚のヒレが水流の力や角度を感知するように、櫓を摑む格軍の腕が流れの力と速度、方向を感じ取る。将帥の身体が格軍の身体を感じ取り、櫓を漕ぐ格軍の身体が水の流れを感知する。そして船は人体の一部となって逆流をかき分けていくのだ。船は魚と同じで、人体とも同じである。櫓で水を掻いてこそ船は前に進めるが、それは水が船を押してくれる結果なのである。戦いとはこの世に立ち向かう身体のなす業だ。身体が水と一つになってこそ進み、退き、回り、広げ、狭めることができ、身体が刀と一つになってこそ切って刺すことができる。船と身体と刀と魚は決して別個のものではない。

咸鏡道の辺境警備勤務を終えたあと、私にはしばし昇進できない時期があった。いつも変わらぬ従八品だった。従八品水軍万戸として南海岸の鉢浦鎮に赴任したとき、私は初めて見る海に身震いがし、顔を背けたくなるほど怖かった。私には海に立ち向かうなどということは想像ができなかった。ましてや、海上で敵と戦うなどということは思い浮かべることすら恐ろしかった。海はただ渡ることも、手を出すこともできない、はるか遠い存在として私の前に広がっていた。鉢浦鎮はみすぼらしく、寂しい入り江だった。砂浜に、古い漁船が二、三隻引き上げられているだけだった。畑からの収穫だけで生きながらえる百姓らはやせ細り、目だけがぎらぎらと大きく光っていた。鉢浦鎮にはただ海と浜と空があるだけで、朝廷の影などどこにもなかった。そこはまるでどこの国にも属さない空間のように冷たく荒涼としていた。百姓らは苛斂誅求(かれんちゅうきゅう)の血税を牛の背荷物のように負い、担ぎ、絶えず姿勢を低くひれ伏していた。万戸鎮(マンホジン)の石垣は崩れ、その端の浜には両側の櫓がすべて折れた二隻の板屋船と穴の開いた十隻の挟船が青苔に覆われたまま繋がれていた。それが万戸鎮水軍の全部だった。

そのとき、鉢浦万戸鎮の船は戦争の道具というにはあまりにもみすぼらしいものだった。私は壊れた板屋戦船を見ながら初めて船体を私の身体と同じ条件を持った生命体であると悟った。水の上で前進し、後退するすべての動きは体のなす業であり、その点で身体も船体と同じだったのだ。壬辰年の玉浦(オクポ)、閑山島(ハンサン)、安骨浦(アンゴルポ)でも、丁酉年の鳴梁でも船体と身体はやはり同一のものだった。

鳴梁の戦いから帰ってきた板屋戦船のうち三隻を右水営の造船所に引いていって解体した。繋ぎ目が食い違って軋み、船底が朽ちていた。船を解体して得た木材のうち使えそうな材を選んで小さい挟船を造らせた。珍島の木は丈が低く曲がっていて船材として使えなかったので、松ヤニだけを取って来させた。巨済島(コジェ)には高くてまっすぐ伸びた松の林があったが、それは敵の手中にあった。探したあげく海南(ヘナム)半島沿岸の松を切ると同時に、多少使えそうな材木のある安眠島(アンミョン)に兵を遣り、赤松を切らせそれを筏に組んで運搬させた。

私は時々造船所にいって船大工たちの仕事に目を凝らした。大工たちは丸い敷き木を船の下に並べ、その上で船を造っていった。敷き木は船体を進水させるとき車輪の役割をする。船底に板材を張るとき、その繋ぎ目には松ヤニを塗り込む。板材を重ねて打ちつけるときは木釘を使う。木釘は垂直に打たずに斜めに打ち、上下を貫通させ、はみ出たところをカンナで削る。船首と船尾を繋げるときは木釘を使わずに、木材の接合部に穴を穿って蟻差しの方法ではめ合わせる。甲板は板の間を敷くように化粧大引に繋げて木材をはめてゆき、さらに甲板の下に厚い麻を敷く。竹の内側の柔らかい部分を掻きだしてお粥のように造ったものをすべての隙間にすり込む。松ヤニの多い板材は、常時、海水に浸かる下側の面に張り、木目が細かく固いオノオレカンバでその節穴を埋める。櫓は香椿（チャンチン）の木の真ん中部分を切って作る。

大工たちが船を作る仕事は人体を生み出す仕事と似ている。戦場に近い海辺の造船所で大工が戦船を建造するのに使うカンナやのこぎりは、武器ではなく大工道具であり、戦闘的なものではなく平和的なものなのだろうか。右水営に統合された造船所においては道具と武器のあいだに、どんな差があるのか私にはわからなかった。七隻の戦船を進水させる日にいたっても私はとうとう答えを見つけ出せなかった。進水した新しい船からは松ヤニの匂いが漂った。大工たちが船べりから厄払い用の蒸餅（シルトック）を海に投げいれると、軍官たちは新しい船を漕いで沿海を一周した。船上からは礼砲が撃たれ、大きな歓声が上がった。そんな光景を私はひとり右水営の海辺に座ってながめていた。

死地で

丁酉年（一五九七年）の秋、内陸では敵の陸軍が劣勢に置かれていた。敵の水軍は鳴梁(ミョンリャン)海峡で大きな打撃を受けた。その結果、朝鮮西海を北上し、漢江(ハンガン)に進攻しようとしていた敵の水軍主力は鳴梁水路を通過できなかっただけでなく、殲滅的(せんめつてき)な打撃を受けた水軍は四方に散り散りになってしまった。それまで加藤清正が指揮する敵の陸軍主力は忠清(チュンチョン)、京畿(キョンギ)に迫り、朝鮮官軍の防御線を漢江流域にまで押しやっていた。そしてさらに漢江を朝鮮の喉元と見て、水軍との合同作戦でソウルをふたたび奪おうと策していたが、この戦略が鳴梁での水軍の大敗でいったん粉砕されたのだ。冬が近づくなか水路を通じた補給線が切れた敵の陸軍主力は、それ以上北上できなくなった。さらに漢江以北でもたついていた明の陸軍がこれを機に攻勢に移ると、日本の各陸軍部隊は方面別に南へと後退せざるを得なくなった。慶尚道(キョンサンド)の内陸深くまで進出していた加藤の部隊は昌寧(チャンニョン)を経て南に向い、錦江(クムガン)を越えて、京畿道の境界まで進んでいた小西の部隊は順天(スンチョン)まで後退した。だが、明軍のほうから戦闘を仕掛けたことはなかった。戦いを極力避けながら、ただ逃走する敵を南へと追い立てただけなのだ。結果、敵はなんら損害を被ることなく移動できた。南下する敵の隊列では捕虜になった朝鮮の百姓らが敵将の駕籠(かご)を担ぎ、銃砲と馬のえさを積んだ車を引いた。

また、捕まった朝鮮の女たちは駕籠のなかで敵将に身を捧げ、朝鮮農楽を得意とする者たちは移動する隊列の先頭で楽器を鳴らした。敵はさながら凱旋隊列のように風楽を先立てて退却したのだった。

道中、朝鮮の女や捕虜たちが倒れると、馬車の車輪でひき殺し、かわりに他の郡(コウル)で捕まえた女や百姓で補った。敵の隊列が通り過ぎた道端では生き残った子どもたちが、馬のたらしていった糞を串のような物でさかんにつついていた。糞の中に混じっている穀物の種をほじくり出して食べているのだ。力のある子らが馬の糞に群がると、力のない子らは後ろに押しのけられ泣いた。ここに及んで朝鮮朝廷はただ宗墓の祭壇上にあるだけで、現世には存在しないも等しかった。

敵の陸軍主力はこのように南下した。敵は慶尚道の蔚山(ウルサン)から全羅道(チョンラ)順天に至るまでの南海岸八十里の入り江ごとに、城を建て長期間籠城できる態勢を作った。ところが明軍はそれ以上敵を圧迫しなかった。鳴梁水道で痛い目に遭った敵の水軍は慶尚海岸に退き、陸軍に加勢していた。そんななか日本で新しく建造された戦船が海を越え、釜山浦(プサン)と蔚山に入ってきていたのだ。

敵は南海岸に水陸連合の総兵力を集中させた。その中心は釜山浦や蔚山であり、沿岸の他の港にも分散された兵力が置かれた。敵はそこから陸軍の地上拠点と水軍の機動力をふたたび結びつけて攻勢に出ようと企てていたが、そのための西の前進基地は順天だった。順天から釜山に至る敵の陣地はお互い烽火と軽船で常時、密な連絡を取り合っていた。

順天はわが水軍のいる右水営から一日の距離だった。順天の北西、曹渓(チョゲイ)山方面に忍び込ませた昇州(スンジュ)人のさぐりが、山越えで右水営に敵の動静を知らせてきた。それによると、慶尚海岸側の敵の兵力は順天に移動していた。北上するための陸路が閉ざされた敵は、ふたたび漢江を狙うため南海を回って西海に出るための水路に戦力を集中させているというのだ。右水営と順天はあまりにも近すぎた。

敵の水陸合同軍が水路に沿って西進するとなると、私の死地は鳴梁ではなくなるはずだ。私の死地はさらにはるか後方、つまり西方でなければならない。敵はすでに鳴梁の水路を一度経験している。だから順天から発進する敵の艦隊は鳴梁には入らず、珍島(チンド)の南を迂回するにちがいない。百歩譲って敵の主力がふたたび鳴梁に入るとしても、そのときは全火力を最前列に配置するはずだ。敵の主力が鳴梁に入り、同時に別働艦隊が珍島南端を迂回するとするならば、我々が鳴梁で敵を迎え撃つことなどあり得なかった。

丁酉年の冬にいたるまで敵は私の隣接地帯で着実に兵力を蓄積していた。壬辰年(一五九二年)の時のように、私が艦隊を引き連れて、港ごと敵を探し回りながら打撃するという有利な状況ではもちろんない。あのときとはちがって敵はすでに沿岸の陸上基地を確保しているのだ。だから敵がまだ攻めてこないうちに私は右水営を捨てるべきではないかという考えにずっととらわれていた。これから敵が再来するとしたら、右水営沖の鳴梁水路は楽な死に場所ではあった。だが、鳴梁水路では死にたくなかった。死に至るまでの過程があまりにも、たやすそうだったのである。私の死すべき場所は敵との熾烈な戦いを繰り広げるために右水営よりさらに後方でなければならなかった。

丁酉年の秋ごろから、私は、迫ってくる敵の気配が夜な夜な肌で感じられた。僧兵の、、、さ、ぐ、りが二日おきに、山越えで隠密に動く敵の状況を報告してきた。敵の陸軍が順天に集結したことで、右水営はその後方にあたる陸地が危険に陥った。右水営でもたついていたために、ある日突然陸地と海から挟み撃ちの夜襲を受け、発進を前にして艦隊を全て失うという悪夢にそのころの私は絶えずうなされていた。……右水営を捨てるべきだ……捨てねばならぬ……心の中では何度もこう繰り返したが、いざとなると、刀でばさりと右水営を斬り捨てるような具合にはいかなかったのだ。

右水営を捨て、西海の方に移動することについて私は守令(スリョン)たちとも相談しなかったし、従事官にも話さなかった。そのとき将卒たちはみんな船を作る作業にかり出され、夜も休めないほど忙しく働いていたのだ。また秘密が漏れると、水軍の動く前に水営周辺の民家の百姓や避難民たちが動揺するにちがいなかった。慶尚海岸が完全に敵に占領されたために、その地の百姓らは全羅道西沿岸へやってきていた。彼らは陸地沿岸と島に散らばって住んでいるが、これから水営が移るとなると、また泣きわめきながら、水軍についていくと言い出すに決まっていた。百姓らを新たに居座らせる土地の目星など私にはついていなかった。右水営を捨てなければならないという切迫した要求に迫られながらも、死すべき土地を決められないもどかしさに私は悩んでいた。

私は右水営を捨てた場合、次にどこへ行くかをまだ決めていなかった。

私の退くべき場所は全羅道の西北部沿岸か、忠清道西海岸にあるどこかの島もしくは港だった。だが、忠清の水路を私は知らなかった。忠清の海域では一度も交戦したことがなかったのだ。また忠清の水軍は開戦後、すぐ全羅道水軍に配属されて独自の作戦経験がなかったため、忠清海域の水路に関する情報を期待することはできなかった。

丁酉年の秋、風のない日を選んで私は戦船に乗り、西海に向かった。そこには従事官と五人の軍官を同行させた。私は蝟島(ウィド)を経て古群山(コグンサン)群島まで行った。遠くて未経験の航路だった。古群山群島にも陸地から渡っていった避難民がいた。彼らは戦船に乗って現れた我ら水軍を見ると、カニ歩きで逃げていった。突然の水軍の出現で百姓は恐怖におののいたのだ。彼らはさながらどこの国にも属していない民のようだった。ただ沿岸を移動する渡り鳥の群れのように思えた。その潮の引いた干潟では冬の渡り鳥がえさを漁っていた。

古群山群島や蝟島はとても水軍基地を置けそうなところではなかった。たしかに島の沖が何の遮るものもなく開(ひら)けていて、死ぬには楽そうなところだった。しかし、死ぬべきところではなく、また戦うところでもなかった。私は船を陸地の方に回させ、沿岸線を巡ってみた。入り江ごとに島に渡ろうとする避難民が群れをなしていた。日なたでは髪の乱れた女たちが赤子に乳を飲ませている。西海の潮は大きく満ちては大きく引く。小さな川は押し寄せる満ち潮を、内陸奥深くまで引き入れた。潮が引いて露出した干潟が遠くまで続いていてとても艦隊の出入りなど不可能に見えた。

どこまで退いたらよいか私にはわからなかった。だが、蝟島と沿岸のあいだの海でもし私が死んだら、そこから漢江の入り口までのわずか一昼夜の航路は誰も妨害することのない無人の海になる。いくら考えても西海ではなく、南海西端のどこかの海に水営を動かさざるを得なかった。南海の後ろには引き下がる場所がないのだ。

軍官たちは今回の航海の目的について最後まで怪訝そうな目つきだった。私がただ「沿岸視察」とだけ言っておいたためだ。退くべき具体的な場所を見つけられないまま、私はふたたび右水営に戻ってきた。六日間の航海だった。帰ってくる船の上で私は最終的に右水営を捨てることを決心した。ただ西海には退く場所がない。右水営を捨てて南海西端に行くことにした。そこが私の場所だと確信した。敵全体を迎え撃つ日は確実に近づいていた。右水営に帰った日の夜、私は久しぶりにぐっすりと眠れた。

獣臭さと生臭さ

新造の七隻の戦船が進水する日、私は造船所の大工と将卒たちに、五匹の豚と十斗の酒をふるまうよう指示した。古い戦船からはずした木材で造った十隻の挟船もその日までに完成を見た。一方、珍島(チンド)の小さい造船所でも二隻の戦船が産声を上げた。当然、珍島にも酒と肉が送られた。支え木の上に載せられた新しい船は実に新鮮に見えた。いよいよ進水だ。押したり引いたりの奮闘の結果、船はようやく海に乗り入れた。格軍(キョッグン)がいっせいに歓声をあげながら水上に高々と櫓を持ち上げ、大きく振る。そして次の瞬間、すべての櫓先が同時に海面に突き刺さったかと思うと、船は静かに動きはじめる。そして生まれたばかりの稚魚のように慎重にかつ注意深く海に出ていく。兵卒たちは舳先に旗幟を立て、軍官は太鼓を鳴らす。射夫たちは礼砲を撃ちまくる。造船所の庭でも兵卒と百姓が打楽器を鳴らしながら、戦船の門出を祝う。私は右水営の浜辺から誕生を迎えた船に向かって大将旗を振ってやるよう軍官に指示した。突然の銃の発射音に驚いた鳥たちがいっせいに飛び立つ。珍島で造った二隻の船が礼砲を撃ちながら右水営の港に入ってきたのだ。ふたたび船ごとに歓声があがり、銃弾が炸裂する。旗のびっしり立てられた都合九隻の戦船は早い速度で何度も何度も内港を回った。銃口ごとに白い火薬の煙が立ち上り、それは帯をなして船の後方へ流れていく。私は火薬の匂いを深く吸い込んだ。肺に染みこむ硝煙は煙たくはあるが、心地よい。硫黄の燃える匂いは遠海を覆っている敵の匂いであり、同時に私とわが艦隊の匂いでもあった。

壬辰年の戦さは力に余る戦いだったが、丁酉年の戦さは慌ただしい戦闘だった。各々の戦闘に対する私の記憶はどれも漠然としたものだ。戦さはそれぞれ個別なものであって、新しい戦さを始めるときは、それはすべて私にとって最初の戦さとなる。今はもう鳴梁（ミョンリャン）の戦いに対する記憶も遠い夢のようではっきりとしない。次の戦さは過ぎ去ったすべての戦さとは違うまったく新しい戦さになるのだ。戦さはいくら重ねても経験にはならず、過ぎ去ったすべての戦さは次の戦さにとっては、まるで無効なのだ。

毎日初体験の戦い、新しい戦いを重ねるなかで、どういうわけか硝煙の記憶だけはいつまでも心の中に染みついている。鳴梁や閑山島（ハンサン）では敵の硝煙とわが硝煙が入り交じって風に流れた。戦いが終わり、力つきた艦隊が母港に帰った後も、生死存亡の残骸に覆われた海上には敵味方を分かつことのできない硝煙の匂いが久しく残っていた。

九隻の戦船は内港を数回まわってから船着き場に戻ってきた。戦船が近づくと、硝煙の匂いはさらに強くなる。死んだ女の股から漂ってきた塩辛の匂いと、死んだ葂（ミョン）が幼いときに垂れた緑の便の、消化し切れていない乳臭さ、そして死んだ母にしみついた竈（かまど）の匂いのような体臭が私の記憶の中で硝煙と混じり合っていた。

進水式は夕方になって終わった。船大工たちに二俵の兵糧米と一反の木綿の生地を与え、故郷に帰した。監督万戸（マンホ）や軍官たちには十日ずつの休暇をやった。酒に酔って木材運搬を一日遅らせた罪で、二十発の杖刑を受け、獄に繋がれていた莞島（ワンド）の三人の郷吏も放免された。

その日の夜、造船所の監督をしていた万戸が進水式の供え物に使った豚の頭を持って私の宿舎にやってきた。だが、母が死に、続いて息子の葂が死んでからというもの、私は哺乳類の獣臭さに耐えられず、いっさい肉を口にしていなかった。私は豚の頭を従事官の金秀哲（キムスチョル）にやって、衛兵たちに食べさせるようにした。夕方から降り始めたみぞれが、水気の多いぼたん雪に変わった。風は静まったが、遠くの灰色の空は穏やかではなかった。朝方もまた雨混じりの雪が降っていた。壬辰年に銃に撃たれたところが疼（うず）いた。竈に薪をくべるよう召使いに言いつけ、早めに床についた。外では水営で飼っている珍島犬が雪の中を駆けずり回っていた。そのとき、

「旦那様、都元帥府から軍官が参りました」

と従事官金秀哲が戸の外で告げた。私は起き、障子戸を開けた。馬から下りた軍官が台石の下に立ち、王が送ってきた諭示を高く掲げ持っていた。私は庭に下りて礼をし、諭示を受けた。軍官は王からの下賜品だといって、竹の箱を置いて行った。私は諭示の封筒を開いてみた。紙はすぐにでも裂けそうなほど薄い。すでに折ったところは穴があいて文字の画が消えていた。朝廷の窮状が想像に難くない。私は諭示を読んでいった。

……先に来た宣伝官によると、卿はまだ喪礼を守るために肉を口にしないとのこと。卿の気持ちは切なるものと察するが、国事はさらに厳なるものなり。戦さに出ても勇猛ならねば、孝とならぬ故、蔬菜やナムルのみ食していては国事をやり遂げられぬではないか。喪礼にはきまりもあるが、方便もあるではないか。余は思う。卿は余の意に従い、方便を使うがよい。ここに酒と肉を送る故、受け取るがよい……

私は軍官の置いていった竹の箱を開いてみた。五斤の牛肉と二本の酒だ。王命に基づいて都元帥府が送ってきたものだった。つぶしたばかりの牛の肉は、いまもなお筋肉がぷるぷるっと痙攣でも起こすかのように新鮮だった。切り口には切り分ける途中、包丁の刃が一度止まったような跡が残っていた。切り口の面には筋肉と毛細血管の複雑な模様が浮き出ている。赤い肉の筋がど

こへとなくすべてつながっていた。包丁の刃が通り過ぎていった生命体の内面にはまだこのような模様が残っていたのだ。私が敵の刀、もしくは王の刀に切られたときも、はたしてその断面はこうなるのだろうか。

下人に熾した炭火を部屋のほうへ持ってこさせた。従事官金秀哲と宮内の当直をしていた安衛を呼んだ。

「受けろ。御賜酒だ」

安衛が杯を差し出し受けた。刀二本と免死帖の掛かっている壁に私はもたれて座っていた。金秀哲は焼き網の上の肉をひっくり返した。

「旦那様が肉を召し上がるようになられて、私ども将兵はとてもうれしゅうございます」

金秀哲の杯がこちらに回ってきた。私は飲んだ。

「殿下の肉だ。沢山食うがよい」

金秀哲と安衛が立ち上がって焼き網の上の肉に向かってお辞儀をした。安衛が言った。

「焦げます。どうぞお召し上がりください」

私は食べた。金秀哲が言った。

「旦那様のお身体はわが水軍のお身体です」

「いや、違う。水軍あってのわしだ」

私は飲んだ。強い酒が内臓を刺激しながら下っていく。黄色い煙が部屋中に立ちこめる。煙越しに金秀哲と安衛の赤らんだ、艶のある顔が見えた。炭火の煙は立ち続けた。獣の匂いと死んだ葂の乳臭さ、女真の塩辛の匂いがふたたび私の心の中で重なりあう。私は言った。

「五日後に水営を木浦沖の高下島に移す。望軍と諜報と烽火は今の位置に残し、邑ごとにいる五人の軍官もそのままおく。碧波、金甲、鹿島には明朝、先発隊を出船させろ。先発隊は兵糧米と武器を移送し、現地を治めるのだ。安衛は百の兵卒を従えて右水営に残るがよい。おまえに二十隻の挟船をやる。だから、すぐにでも足の速い伝令兵を立てて高下島に行かせ、そこに誰か頼れる人間をつくるのだ。そして慶尚海岸の奥深くには諜報網をつくるのだ。いいか。

金秀哲、おまえは五日後の夜明けどきに全艦隊を右水営内港に集結させろ。五日後は晦日(みそか)だ。その日は風にかまわず、出船する。明日から移動準備に入るようすべての邑に指示しろ。我々は高下島に行く。以上だ。下がるがよい」

金秀哲と安衛が帰ったあと障子戸を開けて部屋の煙を抜き、床についた。獣臭さは一晩中部屋に染みついていた。

さざ波

丁酉年（一五九七年）十月晦日（みそか）の明け方、二十隻の戦船と五十隻あまりの挟船が右水営の内港に集結した。海は真っ暗だ。殴りつける雨と雹（ひょう）に加えて突風まで襲う。船邑鎮の守令（スリヨン）と軍官が全員船着き場に召集された。戦船に乗ってきた守令は挟船に乗りかえ、船着き場に近づいてきた。兵卒たちの持つ雨に濡れた槍や刀がたいまつの火に輝く。私は言った。

「次にどこで敵を迎え撃つことになるかはまだわからぬ。我々の望むところで敵を迎えることなどとうていできない。そうかと言って敵の望むところで敵を迎えるわけにもいかぬ。敵もやはりそう思うはずだ。ただ、我々は高下島（コガ）よりもさらに後退することはできない。故に高下島に行くことにした。そこで至急もっと多くの船を作り、兵を集めるのだ。我々は我々の予想できないところで敵を迎え撃つしかないのだ」

守令と軍官らが自分の船に戻っていく。私は大将船に乗って、内港に向かい、戦船の兵卒らを検閲した。雨は冷たい。甲板に積んだ火薬に筵（むしろ）を被せさせた。

戦船二十隻が並んでいる内港の外から、多数の漁船と筏が近づいてきた。さながら暗い海と空のはざまから忍び寄ってくるようだった。近づくにつれ、無数の泣き声が一つの痛哭となって聞こえてきた。

「一体どうしたことだ」

私の問いに従事官の金秀哲（キムスチヨル）が答えた。

「沿岸の百姓らが水軍について来ようとしております。数日前から百姓らはこっそりと荷をまとめておりました」

（どうしたらよいのだ）

私は心の中でつぶやいた。数知れない人間たちの泣き声が近づいてくる。軍官が挟船に乗って出て百姓らの船を妨げようとした。

「妨げてはならぬ。こっちに来させろ」

私は軍官を呼び戻した。漁船と筏が大将船の周辺に集まる。一つの筏が大将船の右舷の方に近づいた。船には櫓を握った年寄りと雨に濡れた三人の家族、それに鶏が乗っていた。私は年寄りに訊いた。

「おまえら百姓がどうして戦さに行く水軍について来ようというのだ」

年寄りが泣き声で答えた。

「旦那様、旦那様が右水営を捨てられたら、ただちに敵が襲ってくるじゃありませぬか。わしらは水軍について行くほかありませぬ。それとも敵についていけとでもおっしゃるのですか。水軍だって所詮は百姓の子どもらじゃありませぬか。わしの息子も甥っ子もみんな壬辰年の戦さで死んでいるんですよ」

年寄りの泣き声は次第に怒声に変わっていく。痛哭する漁船と筏が大将船の周りを取り囲む。大将船にぶつかったある漁船は揺れて転覆しそうになった。

「櫓をとめろ」

私の指示を従事官が格軍長に伝え、大将船は止まった。

「旦那様、どういたしましょうか」

従事官の金秀哲が訊いた。私は答えた。

「ついて来させるがよい。だが筏では高下島までいけないはずだ……」

私は軍官を百姓たちのところにやって人数を数えさせた。漁船三十二隻、筏十隻に三百五十人あまりの人間が乗っていた。筏に乗っていた百姓らを戦船に乗せるため、縄ばしごを投げ下ろす。百姓らは縄ばしごをつたって戦船の右舷からはい上がってくる。船が揺れて女たちが縄ばしごを摑めないのを見ると、軍官が数名筏に飛び降り、女子どもを綱に結んで引き上げた。百姓らの乗っていた筏は戦船の船尾に繫いだ。漁船は航海順序を決め、五隻ずつの船団を組んだが、各船団には挟船に乗った軍官を一人ずつ配置した。発進時間が大幅に遅れた。

雨が止み、夜が明けてくる。海南於蘭津（ヘナムオランジン）のほうから昇る朝日に照らされ、鳴梁（ミョンリャン）水道の島々が朱色の霧の中から姿を現す。遠海から水面に映える朝焼けが右水営の内港深くにまでおよぶ。消えゆく霧の下で海は赤く映え、またしても北西の満ち潮が木浦（モクポ）の方から押し寄せてくる。

私はふと思いつき、大将船を船着き場に戻らせた。そして船着き場につくと獄に繫がれていた金愛南（キムエナム）、宋献鐘（ソンホンジョン）、鄭銀夫（チョンウンブ）を外に引き出した。敵が海南に侵入したとき百姓の娘七人を捕まえ、敵に引き渡した者と鳴梁海戦のとき軍官でありながらわが船舶に火をつけ、陸地に逃げたところを捕まった者たちだった。すでに尋問と調査は終わっていた。

朝の船着き場に立つと海上のさざ波が朝陽に照らされ、まぶしく輝いた。そこで軍官に三人の首を打たせた。鄭銀夫の首は一振りでは切れず、二回振り下ろしてやっと落とした。その間、戦船は近くの海上で整列していた。

「錨を揚げろ」

ラッパが鳴り響いた。

……錨を揚げろ……錨を揚げろ……錨を揚げろ……

船から船へと命令が伝わる。格軍長が太鼓を鳴らす。

「長蛇陣を布け」

艦隊は二列縦隊で長く伸びる。大将船の後ろに二十隻の板屋船と五十隻あまりの挟船が続く。そのあとに三十二隻の漁船がついてくる。朝風は止んだが、長山島の海域では百姓らの乗った漁船が荒波に揉まれ転覆しそうになった。戦船の速度を遅らせるように格軍長らに指示し、漁船を待った。そうこうしているうちに、艦隊が高下島に到着したのは夕方になってしまった。

高下島は栄山江の河口沖にある。島の北東側は高くそびえた崖になっていて栄山江の河口と向かい合っている。もし内陸の敵が栄山江の水路にそって来るのであるなら、高下島東北部の崖を突破できない敵を島の西南部の狭い道におびきだして、迎え撃つこともできるだろう。だが、敵の陸軍が水路を使う可能性は非常に少なかった。高下島は木浦の儒達山に近いし、栄山江の水路にそって羅州や務安にたやすく行き着くこともできる。狭い川をはさんで東側にある霊岩や羅州、務安一帯に広がる平野はまだ敵の手に落ちておらず、温存されていたし、百姓の生活や風習がそのまま保たれ、食糧も得やすいところだった。私はまるで百姓の陰にかくまわれに来たようで、帯刀した武人として一抹の恥ずかしさを感じざるを得なかった。

島の西の沖には大小の島々が浮かび、そのあいだを行き来する潮の流れはとらえようのないほど複雑だ。満ち潮が海中奥深くから押し寄せると、大きな川はその逆流を受け入れきれずにもだえるが、引き潮がはるか遠くまで退くと、まるで海は開闢したかのように静まりかえる。

島の西南側には広い平野が開けているが、海に向かって緩やかに下っているので、海を監視するのに便利だった。また近くの島々は北西風を防いでくれるとともに船を隠すのに都合がよかった。島の山裾に広がる丘は軍幕を張るのに適していたし、島の北東側には高くてまっすぐな海松が鬱蒼と茂っていて、船材が得られそうだった。ただ山の傾斜が急なため、切った木材を運び出すのが難儀そうだった。私は到着したすぐ次の日から、兵を出して山を南側から迂回する道を造らせた。

連れてきた百姓らはいくつかの組に分けて、高下島西南側の平野か、島々に行かせた。住んでいた村ごとにまとまった百姓たちは、われ先にと近くの島へ渡っていった。少しでも水軍の陣営がある高下島の近くにいようというのだった。小屋を建てるまでの期間、雨の降る日に限って百姓らを戦船の中の船室に泊まらせてやった。冬が迫っていた。百姓らは筏で魚を捕ったり、島に上がって冬用の野菜を育てたり、小屋を建てたりと越冬準備にせわしく動き始めた。右水営からついてきた百姓がその冬十五人死んだ。筏がひっくり返って溺死した者、病死した者、凍死した者、餓死した者、木材の運搬中牛車に轢(ひ)かれて死んだ者たちだった。

西海の潮はなかなか馴染めず、実に扱いにくかった。激しくて狭い流れを一つ選び、そこでうまく敵を迎え撃つことができるなら、もう一度戦局を大きく転換させることも可能だろう。だが、一方でここにむやみに敵を迎え入れたら、逆にまだ無傷の百姓らと彼らの住む広い平野が敵の手に侵されるようなことになりはしないかと危惧していた。ここで私が倒れるようなことがあれば、敵は西海に沿ってひと息に王のところまで到達するにちがいないし、栄山江に沿って百姓の住むところにも入り込むはずだ。高下島はこれ以上退くことのできない私の死地だが、と言って楽に死ねる死地ではない。ここでも私は本当の自分の死地を探せずにいたのだ。おそらく私の死地はもう少し慶尚海岸寄りになるだろう。

高下島に落ち着いてからすぐ、私は右水営を経由して慶尚海岸側へと伸びるわが諜報網と望軍を試験的に作動させてみた。結果、望軍同士の連絡が速やかで、敵に対するさぐりたちの接近状態もよかった。

「目で見たものをすべて報告せよ。耳で聞いたこともすべて報告せよ。ただ見たものと聞いたことを区別して報告せよ。目で見ないものや耳で聞かなかったことは一字一句たりとも報告してはならぬ」

私はこの指示を水営に帰る望軍を通して安衛（アンウィ）に伝えた。右水営に残った安衛に二反の木綿生地と五斤の牛肉を褒美として与えた。彼からはまだ敵に関する情報はなかった。

おまえの刀

高下島（コガ）では近辺で木材を手に入れることができた。また霊岩（ヨンアム）、務安（ムアン）の百姓たちの中には腕の立つ大工も何人かいた。そのおかげで軍幕の新築工事は思いのほか早く進んだ。日に日に寒くなるなか、監督を任された軍官らは作業を最大限早めていた。

高下島に水軍陣営を移してからも、私は宿舎の自分の部屋に二本の刀と免死帖を掛けた。それがまるで私の御守りでもあるかのように。だが、死んだ葂（ミョン）が夢に現れる日々が続いた。夢から覚める朝方はいつも冷たい汗に全身が濡れていた。背中を温床（オンドル）の床につけたまま身体を起こすことすらできなかった。毎晩同じ夢を見た。

肩から真二つにされた葂の身体が小川の中から起き上がる。頭は死んでいるのに胴体は生きたままだ。死人の首が生きた身体の上でゆらゆらと揺れているのだ。葂には刀がない。肩から切られた葂の身体が跪（ひざまず）いたまま近づいてくる。葂が何か話すときのその声は、切られた肩の断面から聞こえてくる。

「父上、私は死にました」

葂が話すときその首は横に垂れている。眉と額は私にそっくりだ。あれが私だなと夢の中で考えた。私は葂を叱責する。

「なにも死んだのはおまえだけではないぞ。わしの殺した敵は数え切れず、おまえの殺した敵も少なくなかろう。なのに、どうしておまえはこのわしの夢見をこんなにも煩わせるのだ」

「父上、わたくしの刀を探してくださいませ」

「刀をどうしたというのだ」

「下がれ。武士たる者、刀を落としたのであるなら、それだけでも死んで当然ではないか」

　葹が近寄り、私の足にすがって泣く。葹は切られた肩で泣き、そこから涙を落とす。

「父上、わたくしは死ぬのが怖かったのです。刀を探してくださいませ」

「立ち去れ。死んだのならここから消え失せろ。命はもう戻ってこない。刀もそうだ。二度とわしの夢の中に現れたりするのではないぞ」

　葹は泣きながら振り向く。そして膝歩きで遠のいていく。葹が跪きながら歩いていくほうには夕焼けが赤く輝いている。真っ赤に染まった葦原の中に葹が入ろうとする瞬間、私は叫ぶ。

「葹や、葹や」

　自分の叫び声にうなされて、私は眠りから覚めた。冷たい汗に濡れた背中を温床から離すことができなかった。壁に掛けられた刀に月光が射し込む。私は汗が乾くまで悪寒に震えながら寝ている。なんとなく波の上に浮かんでいるようだ。外からは勤務交代する衛兵の足音が聞こえてくる。


　昇州曹渓山に潜ませておいた僧兵長の処云が捕虜にした十五人の敵兵を船に乗せてやってきた。処云の任務はもともとさぐりだったが、棒剣の使い手でもある彼はときどき敵の小さな隊を襲ったりしたのだ。捕虜たちは順天に南下してきた敵の陸軍で、曹渓山南の外郭陣地に配置されていた。二十人あまりの敵兵が衛兵を立てて陣地内で寝ているところを、処云は僧兵五人で奇襲を掛けたのだった。まず二人の衛兵を後ろから口を塞いで刺し殺してから、寝入っていた敵たちの武器を奪った。そして眠りからさめない敵の喉もとに刀を突きつけては一人ずつ揺り起こして捕縛した。抵抗したほかの十人はすべて切り殺し、その場で首を塩漬けにし、かますに詰めて持ち帰ってきた。だが、日本語のわからない処云は日本人捕虜を尋問することができなかったのだ。

捕虜たちは麻ひもで縛られ、私の宿舎の前庭で一列に並ばされ尋問を受けた。二十歳前後に見える者もいるが、私と同年配で白いひげをはやした者もいた。みんな背中に旗を一本ずつ差しており、朝鮮の百姓たちが穿く綿入りのパジにわらじという出で立ちの者もいた。

私は済州（チェジュ）を故郷とする格軍長李満守（イマンス）を呼んだ。李満守は朝鮮語より日本語の方が流暢な男だ。もともと李満守の親父は済州島の漁夫だったが、ある日妻とともに漁に出て遭難し、対馬に漂着し、そこに住み着いた。李満守は対馬で生まれ育ち、李満守の親父は対馬で死んだ。李満守は壬辰年に海を渡ってくる加藤の軍隊に徴集され、釜山（プサン）に来たが、加藤軍が密陽（ミリャン）に進攻するとき、脱営して朝鮮官軍に投降したのだ。祖先が済州出であり、また海に熟練していた李満守を、官軍は水軍に送ってきた。私は壬辰年の夏、閑山（ハンサン）統制営ではじめて李満守と会った。そのとき彼は二十八歳だった。その後ほぼ十日おきに行われた戦闘で李満守は櫓を漕いだ。淀みのない力と全身の柔らかい屈伸で彼の櫓幅はじつに大きく力強かった。その後私が義禁府（ウイグムブ）の獄に繋がれているわずかなあいだに李満守が、元均（ウオンギュン）のもとで格軍長にまで昇進したというのもうなずける話だった。

私は李満守に捕虜を尋問させ報告書を他の者に書かせた。李満守は諺文（ハングル）すら書けなかったのだ。従事官金秀哲（キムスチョル）を李満守につけてやった。所詮、敵の外郭陣地にいて捕まった下級の軍卒に機密性の高い情報を期待することのほうが無理な話だった。私は敵の内陸での移動経路、補給及び訓練状況、敵に対する朝鮮官衙（クァンガ）の官吏たちの対応などを集中的に尋問しろと従事官に指示した。捕虜たちは昼は山で伐採作業をさせられ、夜だけ尋問を受けた。

報告書は十日後にできてきた。個別の尋問調書だった。捕まった敵は大体が所属部隊を離脱した散兵で、そのときの所属部隊も順天に来た小西行長が村ごとに散り散りになっていた者をかき集めて作った部隊だ。日本での出身地や朝鮮に派遣された時期はみなまちまちだった。私は尋問内容の中から重要な情報事項を要約して都元帥府に報告しなければならなかった。報告書を見るのに一日費やした。予想したとおり尋問内容には敵の首脳部に関するものはなく、ましてや戦略情報といえるものは全くなかった。私は報告書を読み下していった。

……阿部順一。二十三歳。下位の武士階級。派兵される前、名護屋城の衛兵分哨長。丁酉年の夏、蟾津江河口(ソムジンガン)から上陸。以後所属部隊とともに北上を続け、錦山城(クムサン)攻略戦闘に参加。錦山城の落城直後、一階級昇進。牙山(アサン)作戦後、もとの隊からはぐれる。扶余(プヨ)で小西行長の部隊に合流して順天に来る。牙山戦闘のときは加藤清正の部隊に所属。捕虜兵の中での階級序列は二位。

牙山……牙山……

私は従事官を呼んだ。

「阿部順一はどこにおる」

「伐採の労役に行かせております」

「すぐに連れて参れ」

二名の軍官が阿部を縛って連れてきた。軍官が阿部の向こう脛を蹴り飛ばして地べたに跪かせる。李満守は阿部の横に椅子を置いて座る。阿部が頭を上げる。射て差すような視線だ。鼻筋が通り、唇が赤い。がっしりとして、角張った肩が頑強に立ち向かってくるようだ。

「これから尋問をする。李満守、通訳をしろ。まず牙山作戦とはなにかを話せ」

阿部の答えを李満守が訳した。

「我が主君の特命に従ったものだ。牙山のある山村の住民をすべて殺せという命令だった」

「作戦の意図はなんだったのだ」

「知らぬ。我々は主君の深い意図は知らない」

「牙山で交戦があったのか」

「牙山には朝鮮官軍がいなかった。だから村に火をつけ、朝鮮の民兵と戦った」

「李葂(イミョン)という青年を特に殺せという命令はなかったか」

「あった。ただ現地では李葂を識別できなかった」

「川をあいだにおいて戦ったことがあるか」

「ある。その時、朝鮮の民兵らは川向こうから弓で射(う)ってきたが、我々は火薬が濡れて銃を撃てなかった。それで刀を振りかざして川を渡っていった」

「おまえの年はいくつだ」

「二十三だ」

私は訊くのをやめて阿部の顔をのぞき込む。乱れ髪に隠れた目は大きく、澄んでいる。阿部の首を見る。太くて短い首だ。首の後ろは肉付きが良く、盛り上がっている。私はふたたび訊いた。

「生きたいか」

「武士を愚弄するな」

阿部は言い切った。

（……父上、私の刀を探してくださいませ。目が見えなくて探せませぬ……）

突然、夢の中で跪いて去っていった葂の後ろ姿が思い浮かぶ。葂は死に、阿部は生きて私の前で捕縛されている。だが、葩の死を阿部の死と取り替えることはできない。阿部の二の腕の静脈が青く浮き上がり、ぴくぴくと動いている。生きるものの力が感じられる。その中には熱い血が流れているはずだ。遠き日の幼い葩の乳臭さが蘇ってくる。私が嗅いだことのない阿部の乳臭さも匂ってくるようだ。

（生かしてやろう。生かして帰してやろう……）

私の中で自分ではないもう一人の私がそう叫んでいる。阿部を殺してはならないという叫びと阿部を生かしておいてはならぬという絶叫、その両方が混在している。でも、どちらも完全な叫び声になっていない。そのとき私の身体の奥深くで刀が泣いた。その刀の泣き声が、もっとも鮮明な道を示してくれた。私はもう一度訊いた。

「死にたいのか」

「自分の手で死にたい。刀を貸してくれぬか」

阿部が答えると、私は軍官に言った。

「連れ出して首を切れ」

李満守が阿部の腕を摑んで庭の外に連れ出す。刀を腰に差した軍官がそのあとについていく。二人が門外に出ようとする瞬間、私は呼び止めた。

「もう一度連れ戻せ」

阿部はふたたび私の前に跪かされる。

「刀を持って来い」

軍官が刀を持ってきた。私は刀を引き抜いた。青い刃から鉄の生臭さが漂ってくる。従事官の金秀哲が私の腕を摑んで言った。

「旦那様がどうして直に……」

「下がれ。血が飛ぶ」

金秀哲は引き下がる。私は阿部を切った。首を切り落とす瞬間、刀には、生きているものの熱くて鈍重な感触が伝わってきた。


夕方になると、波が静かになった。遠くの島々が夕焼けの中に浮かび上がってくる。夕日の沈む海ではいつも日の没する側の島々が輝いて見える。従事官を残し、私は一人で浜にでた。下人の姜莫只（カンマクチ）が浜辺の小屋に帰ってきてねぎ畑の草を取っていた。私はその小屋に入り、横になった。するとと姜莫只が走り寄ってきて深々とお辞儀をした。

「旦那様、床が冷たいでしょうから、薪をくべましょう」

「いい、行け。行って働くがよい」

姜莫只は畑に戻って行った。島向こうに沈む太陽の光が部屋の中に射してきた。土壁の隙間から虱（しらみ）がはい上がってくる。右手には刀が阿部の首を断ち切ったときの感触が残っていた。阿部を尋問するとき、最後まで叫び切れなかった二つの叫び声が同時に聞こえてきた。阿部を殺してはいけないという声と阿部を生かしておいてはならないという声だ。私の涙はすでに乾き、かろうじて瞳を濡らす程度のものだった。山の方からは木材を運ぶ兵卒らの歩調を合わせる歌声が聞こえてきた。

重い身体

赤い夕焼け雲と黒い雨雲が遠海の上空を覆い、湿気をたっぷり含んだ風が吹き寄せてくると、いつも右膝の関節が疼いた。すると、その次の日は必ず雨が降ったものだ。夏の梅雨どきは壬辰年（一五九二年）の栗浦（ユルポ）戦闘で銃弾に当たった左肩が痛み、天候の寒くなる頃になるとこんどは刑杖で痛めた膝と腰が疼いた。腰痛は太股とふくらはぎの神経を伝わって足の指先まで痺（しび）れさせた。六日間に渡って繰り広げられた栗浦戦闘では、わが水軍が巨済島（コジェド）固城（コソン）沿岸の唐浦（タンポ）、唐項浦（タンハンポ）、栗浦を奇襲して五十隻あまりの敵船を海におびき出し、壊滅させた。隊列が乱れ、混乱状態に陥った敵船は一隻ずつ攻撃された。あちこちで三、四隻ずつの船団を組んだわが艦隊が一隻ずつ捕らえては完全につぶしたのだった。そのとき死者の数など数えてはいられなかった。

私の肩に突き刺さった弾丸がいったいいつ飛んできたのか記憶にない。陣を片付け、近くの宿営地に帰ろうとするとき、突然肩が抜けるように痛み、脇の下が濡れてぬるぬるとする感触を覚えた。突き刺さった銃弾はずっしりと重く痛かった。弾は奥深く突き刺さっていた。もう少し深いか、角度が心臓寄りだったら、多分その場で私は死んでいたことだろう。敵弾は死に至るわずか手前で留まってくれたのだ。しかし、身体のなかの敵弾はまるで遠い昔からそこに突き刺さっているかのように重かった。

宿営地で斥候将の趙炳植（チョビョンシク）を呼んだ。そして彼に短刀の先を焼き、肉を切り開いて弾を取り出させた。趙炳植の額からは脂汗が吹き出ていた。傷を海水で洗い、桑の木を燃やして取った灰汁を塗った。

銃弾は近くで発射されたようだった。突き刺さった弾から火薬の毒が広がり、傷が化膿した。一日も鎧を脱ぐことのない日々だった。夏の南海(ナムヘ)は蒸し暑く、全身がべとつく。夏じゅう、鎧の下では傷口から膿が流れていた。膿が止まったあとも、湿った日が続くと、肩骨が疼き、左腕に力が入らない。傷は治っても、痛みは消えなかった。生きる痛みが生きた身体の中にはびこっていたが、病気の実体はまるで見えない。病いは遠くにいる敵と同じだった。曇った日の肩の痛みは私の身体の中に忍び込んできた敵の悪あがきのように思われた。

一方、ソウル義禁府(ウィグムブ)の刑台で受けた王の刑杖は全身の肌に深く食い込んだものだ。目の前が突然真っ黒な絶壁に塞がれたかと思うと、その絶壁は杖が振りおろされるたびに白くなって崩れ落ちる。そしてすぐにまた目前には黒い絶壁が立ちはだかったのだ。杖が身体にくい込むとき、稲妻のような痛みが敵弾の突き刺さった左肩骨の芯にまで走った。王の刑杖の激痛が弾傷の痛みと重なる瞬間、私は気絶した。だが、目を覚ますと、すぐまた尋問する尉官の怒声が飛んでくる。

「おまえが釜山(プサン)の倭営を焼き討ちにしたと朝廷に虚偽報告したのか」

「敵が目の前にいるというのに、兵を出して討とうとしなかった理由は何なのだ。海を渡ってくる加藤軍を迎え撃とうとしなかった意図はいったい何なのだ」

「おまえは一体誰の軍隊だ。加藤の軍隊か」

「おまえはどうして戦さの時、元均(ウォンギュン)の後ろにばかりついていたのだ」

「おまえが軍功を虚偽報告していたのは、武将として王を蔑む気持ちがあったからではないのか」

「臣下として王を騙した罪は当然死に値する。知っておるのか」

「殿下はおまえがこれから加藤の首を取って来たとしても、許せないとおっしゃった。おまえも本当に武将なら、朝廷の前で自分の罪を洗いざらい告白し、潔く自決するんだ」

気絶と失神のはざまで私は何も答えられなかった。いや、尉官の問いには予め答えが用意してあって、それ以外の答えはさせなかったのだ。尉官の尋問はしつこくはあったが、結局は何一つ訊いてはいなかったのだ。おそらくその尋問に答えられるのは王だけだっただろう。王は私を殺して朝廷を保存したかったはずだろうが、反面、私を生かしておくことで朝廷を保存したくもあったはずだ。豊臣秀吉が日本中から軍隊を掻き集め、自らが直接指揮して海を渡ってくるという噂は朝廷を重苦しい沈黙に包み込んだ。私を殺したら自分を生かすことができない。だから王は私を釈放したようだ。結局、私を生かしてくれたのは敵だった。だが、生き残った私は、ふたたび私を生かしてくれた敵の前に立ちはだかる。この世はこんなにも錯綜しているのだ。この錯綜はいうまでもなく、なんら中身のないものだ。

義禁府で放免されてから寒い日は腰が痛み、右膝が疼いた。冷たくなると、両足で地べたを踏めないほど膝がズキズキした。まるで骨の芯に冷たい風が吹き込むかのようだ。骨の中に吹き込むその風は私の身体の中に忍び込んで生きている王の息吹であり、呟きのようであった。私の肩には敵が潜り込んで生きており、腰や膝には王が入り込んで生きているのだ。弓を引いて的を狙うとき、私は肩にまとわりついている敵の存在を感じ、刀を切り返そうと身体の向きを変えるとき、腰と膝の中に忍んでいる王の存在を意識した。膝が疼き、地べたを満足に踏めないときも、私の身体はずしりと重かった。

敵と王の混在するこの身体は朝方になると、冷たい汗を流す。温床（オンドル）に火をくべずに寝た日にも、汗は流れる。背中と脇の下と股は汗にぐっしょり濡れ、まるで鳥もちのように私の身体を寝床にへばりつかせる。私は自分の身体から分泌された松ヤニのような液体の上で寝ているのだ。眠りから覚めたとき、私は一瞬自分がどこにいるのか見失う。ただ海に向かって飛んでいく鳥の啼き声だけが聞こえてくるのだ。

脇の下の汗がひんやりとさめるその冷たさに驚き、ようやく身体をのけぞらせるころになって初めて私の意識は水営の宿所に戻ってくるのだった。

軍法を執行する日の夕方はしょっちゅう鼻血に悩まされた。報告書を見ようと頭を垂れると、生温かい鼻血がどっと流れ出し、書類を濡らしたものだ。鼻血が出ると、頭の中に野原が広がるごとき頭痛が襲い、熱が上がる。下人を呼んで着物を着替え、床につくと、私は失神したかのように深い眠りに落ちた。底なしの深みに落ち込んだ私は、眠りから覚める朝方になると、また冷たい汗にまみれる。そして意識が戻ったとき、私の目はいつも暗闇の中にかかっている二本の刀を凝視していた。王の身体と敵の身体が重なり合ったこの身体はいつも重かったのだ。

水営のある高下島裏山の南側斜面に武器製造廠を設けた。そしてそれを大興寺の若い僧幕老と霊光官衙の下級官吏武億を連れてきて運営させた。もともと農具などを作っていた鍛冶屋の倅である幕老と武億は、鉄を溶かし、武器を作るすべての工程を自分一人でこなせる男たちだ。鍛冶屋はほかに務安、霊岩からも呼び寄せた。彼らは木を焼いて炭をつくり、その炭火で鉄を溶かした。幕老と武億は鉄に関しては実に精通していた。それまで武器を作ったことはないが、銃を一丁やれば、その構造をのぞき込みながらそっくりそのままの物を作り上げた。もちろん刀や槍、長柄鎌もたやすく作った。海で敵は刀を振りかざしながら、スキさえあれば我が艦船に接近して乗り込もうと狙っている。だが、私は敵の接近を許さなかった。いつも一定の射程距離をおいて攻撃するのが、私の戦法だ。敵兵の数はいつも数え切れないほど多い。だから陸戦でのように敵兵を一人一人倒していって戦さを終えるというような戦術は想像すらできないのだ。敵船を破壊し、また焼くことで一気に七、八人ずつ海中に葬らない限り、海戦で勝つことは難しいのだ。しかし、軽船に乗ったり、浮き板に摑まったりしてでもわが艦船に乗り込もうとする敵を防ぐためには、やはり刀や長柄鎌が必要だった。下からはい上がってくる敵兵を船上から殺すのに槍は適当でない。いったん敵の身体に刺さった槍はなかなか抜けないからだ。それより横に振り抜ける鎌のほうが便利だった。高下島の武器製造廠では銃弾と弓の鏃をおもに作り、槍の刃と長柄鎌は古くて使えなくなった分だけ新たに補充した。

丁酉年（一五九七年）師走のある日、百丁の火縄銃が完成した。私は将卒らを浜に集め、沖に向かって試射させてみた。油が塗られてぴかぴかに輝く百丁の銃が台の上に並べられた。射夫たちは一列に並んで地に伏せる。銃口に火薬を押し込んでから、銃弾を十発ずつ入れた。

「発砲しろ」

射夫たちが火縄に火をつける。銃口からいっせいに煙が上がり、同時に大きな喊声も上がった。銃の発射音が喊声に掻き消されてしまうほどだった。銃弾は八百歩離れたところに立てられた標的に命中した。その日は皆が十発ずつ撃った。銃口が滑らかでなかったり、弾道がまっすぐでなかったりした七丁の銃はもう一度溶かして作り直させた。私はこの間苦労の多かった鍛冶屋たちに二俵の米と干しワカメ一束ずつを褒美にやって故郷へ帰らせた。だが、幕老と武億だけは後のことを考え、水営に引き留めておいた。

みんなが帰郷するなか、仕事を終えても、水営に残っている鍛冶屋が数人いた。私に軍刀を作って贈呈したいというのだ。ちょうどそのころ私は肩に力が入らず、それまで使っていた普通の刀すら重く感じられていたので、彼らの好意を受け入れることにした。刀の厚さを薄くして軽量にしてくれるように私は頼んだ。

「旦那様、鍛冶屋たちが剣銘を刻みたいと申しております。一文書いてくださいますよう」

刀の完成が近づいたある日、金秀哲（キムスチョル）が私の宿舎までやってきてこう言った。

「刀に字や飾りなど必要ない」

「しかしながら、百姓の気持ちでございますので、剣銘を刻んでおかれる方がよろしいかと存じます。是非お願い申し上げます」

金秀哲はなかなか引き下がりそうになかった。やむなく私は硯を引き寄せ、墨を磨った。刀に字を刻むということが照れくさく、武道を逸した行動のようにも思われた。だが、墨をゆっくり磨りながら、その気まずさを押しのけるような文を考えた。文はすぐには思い浮かばなかった。私は敵を切ってすぐ元の位置に戻り、次に姿勢を変える瞬間の刀の動きを頭に思い浮かべた。

一振りの刀に
血が山河を染める

と書くことにした。金秀哲が紙を広げてくれた。私は筆を取って書いた。

一揮掃蕩　血染山河

山河を染めるというところで私は最初に色を塗るという「塗」の字を使ったが止め、代わりに「染」の字を選んだ。

しばらく字をのぞき込んでいた金秀哲が口を開いた。

「染めるという字が意味深いように思われます」

「染は工(たくみ)なり。生地を染め抜くように海の色を赤く染めるのだ」

「染めるには海はあまりにも広うございます」

「だが、敵もまた数知れず多いではないか」

そのとき、私は心底からこの南海(ナムヘ)を敵の血で赤く染めたいと願った。金秀哲が字を書いた紙をまるめ持って出ていった。新しい刀は四日後にできてきた。鞘(さや)にはアワビの貝殻で造った龍の模様がはめ込まれ、オノオレカンバの木で作った柄には麻ひもが巻かれていた。刀を抜くと、鞘から陽光がこぼれた。張り出した刃先は敵を刺すのにちょうどよい角度であり、やや斜めに傾き、くびれながら下りてくる刀身は敵を切るのに絶妙な案配だった。刃には雲紋が揺らめき、刀の峰に沿って細長い血溝が刃先まで伸びていた。重さも以前の物より軽くて、私の傷んだ肩でも扱えそうだし、麻ひもを巻いた柄はすぐに手に馴染みそうだった。

海では刀を振りかざして敵と肉薄戦を繰り広げるような戦いはそう多くない。敵船に接近され、敵兵が舳先を越えて乗り込んでくるときや、船の底から這い上がってくるときそれを排除するためにのみ刀が必要だ。だが、咸鏡道から南海へ来てからは、刀はいつも自分の存亡を左右するものとして心の中に重く位置づけられたため、私はいつも部屋のなかに刀をかかげていた。

敵と立ち合ったとき、刀は刃の向かっていないすべての空間を同時に狙う。刀は刃が狙っていないところを狙い、狙っているところは狙わない。刀で瞬間を狙うというのは、刃には達しないその次の瞬間を狙うことなのだ。敵もやはりそうだ。攻勢のなかに守勢が生きていないと死ぬし、その反対も死ぬ。守と攻は瞬間ごとに明滅する。敵の一点だけを狙ってかかっていく攻勢は、虚をつかれ、逆に敵の攻勢を招く。前に突き進む攻勢が目に見えない守勢を伴わないとき、それは死を意味する。敵とともに、動き、流れても、敵の流れに巻き込まれることがなく、流れるにしても流れの外側から内側を突き、最後には逆に流れをつくるのが本当の刀なのだ。刀は相手に命を委ねながら、命を奪う。しかし、その生死の痕跡は土の上には残るが、刀自体には残らない。

新しい刀には八つの字が、私の筆跡のまま刻まれている。すべて消してしまって、染めるという染の字だけを残しても良かったのかも知れない。刀に刻まれた文字というのはどう見ても決まりが悪いものだ。

新しい刀をもらった日、軍役で徴集されていた鍛冶屋たちが故郷に帰って行った。私は従事官を通してかれらに感謝の気持ちを伝えた。

その日も正午頃、都元帥府から伝令がやって来た。伝令の持ってきた文書には慶尚道内陸の山間にあるいくつかの邑(ウプ)が敵の手に落ちたと記されていた。だが、実際は敵の手に落ちたというよりは空いていた邑に敵が入り込み、居すわったというのが事実なのだろう。私には何の希望も見えなかった。あるとしたらそれは、ただ死というものにだけ見いだせそうだった。私は作ってもらった刀を鞘から抜いて、免死帖の上に掛けた。

切っても切れないもの

朝廷では明の軍隊のことを天兵と呼んだ。天兵は朝鮮を救う天子の軍隊であり、天から来た軍隊だという意味だ。明軍も自らをそう呼んだ。明の水軍は戦艦五百隻と兵一万五千を率いて、丁酉年（一五九七年）二月に忠清道唐津（チュンチョンドタンジン）に到着した。総兵官陳璘が指揮する浙江省の軍隊だという。ソウルと都元帥府のあいだを行き来する官吏を通じて、明の水軍が朝鮮に出兵したという知らせはすでに私も聞いていた。私には戦艦五百隻の軍隊が一体どんなものなのかまるで想像がつかなかった。一方、すでに前から朝鮮に来ていた明の陸軍は丁酉年のころになっても、内陸の敵を海へと駆逐することなく、敵から遠く離れて、ただ静観していた。いまだに攻撃対象がはっきり定まっていないようだった。朝鮮の百姓は草を刈って明軍の馬に食わせたり、冬になると凍り付いた河原でカエルを捕まえて明兵に捧げたりした。それにもかかわらず、明が出兵したのは軍事作戦のためではなく、日本との和平交渉のためだけのように見えた。和平交渉が日本と明の間でどのように進んでいるかはここ南海（ナムヘ）の水営にいてはわかるはずもない。ただ、朝鮮朝廷がこの交渉から除外されていることだけは誰の目にも明白だった。

明の水軍が出兵したという知らせを聞いても、私は淡々としていた。私は明の水軍の船の構造や機能も知らないし、櫓の角度も知らなかった。だから、山東半島沿岸の船が朝鮮半島南海岸の屈曲した沿岸での作戦にどの程度適応できるものか判断できなかった。明国水軍の武器や火砲の性能もどんなものかわからなかった。またそれにもまして、私は政治的な動機から出兵している軍隊の実戦能力を疑問視せざるをえなかった。

唐津に着いた明の水軍が敵の水軍のいる南海には来ないで、逆に漢江（ハンガン）を遡って、ソウルに入っていった理由が私には理解できなかった。明国水軍は、ソウルの玄関口である銅雀（トンジャク）渡し場に出迎えた朝鮮王から、痛哭から始まる懇切な歓迎を受けた。ところが、そのとき銅雀渡し場で明水軍総兵官陳璘は、逮捕した一人の朝鮮人下級官吏の首をひもでくくってこれ見よがしに引き回していた。血だらけになった朝鮮官吏は四つん這いになって犬のように引きずり回されていた。王は見て見ぬふりをした。朝鮮の重臣らがやめさせようとしたが、陳璘は聞かなかった。その下級官吏は明水軍出迎えのため、麻浦（マポ）の渡し場に派遣された朝鮮朝廷の接待実務者だったが、上陸するとき、陳璘の履き物が水に濡れたということだけで彼の逆鱗（げきりん）に触れ、こんな惨めな目に遭（あ）わされたのである。

出迎えの行事が終わり、ふたたび漢江に沿って下ってきた明の水軍は江華島（カンファド）に居すわった。それからその年の夏の終わりまで、明の水軍は江華島から一歩も外に出なかったのだ。

丁酉年のある日、捕虜たちの過去を詳細に調べろという王の諭示が高下島（コガ）の水営に届いた。朝廷では壬辰年（一五九二年）の秋に京畿道（キョンギ）広州（クァンジュ）にある成宗（ソンジョン）陵と中宗（チュンジョン）陵を盗掘した敵兵を探していたのだ。諭示は水軍だけでなく、都元帥府指揮下のすべての陸軍部隊と地方の官衙（クァンガ）にも伝えられた。今いる捕虜の中から五年前の壬辰年の秋に京畿道広州地域を通り過ぎたことのある者たちを探し出し、そのなかから先王の陵を盗掘した敵兵を見つけ出せというのだ。壬辰年の開戦以来、敵兵は何度も交替したのだから、所詮無理な話だった。

だが、先王の墓を盗掘された王の失望は実に大きかった。終戦の知らせを先祖の祭壇に告げる前に、まずは陵を侵した敵兵の首を祭壇に捧げねばならないというのが、焦燥感に満ちた王の気持ちだった。そのとき、高下島の水営に拘留されていた捕虜は僧兵長の処云が昇州曹渓山で捕まえてきた十五人だけだった。その捕虜たちは壬辰年に日本から渡ってきた者たちでなく、すべてその五年後である丁酉年に派兵されてきた者たちだった。

成宗王と中宗王の陵は壬辰年の秋に盗掘されたというが、実際はその前なのかその後なのかわからない。その翌年の癸巳年春に京畿道使が領議政である柳成龍に告げ、柳成龍が王に報告した。避難地の義州を出てソウルに帰る途中だった王は、そのとき平壌南にある領有地に留まっていた。私は麗水の左水営に布陣して鬱浦の敵を駆逐していたころだ。戦況が慌ただしい時期だったので、朝廷の宣伝官たちもたびたび水営を訪れ、そのつど私は朝廷の話を伝え聞くことができた。その日も水営に来た宣伝官たちは夜遅く部下たちを引き下がらせたあと、小さい声で王陵盗掘の悲惨な状況について話してくれた。

二つの先王陵が盗掘されたことを京畿道使から報告を受けた領議政柳成龍は王に報告すると即座に明陸軍総兵官の軍幕を訪ね、まずはその門外で痛哭した。ついで柳成龍は満月台の東屋に上がり、陵のある南の方向を向いて額を地面に叩きつけながら痛哭した。一方、王は行在所の庭にひれ伏して最初、成宗陵と中宗陵のある南に向かって泣いてから今度は明の天子がいる北を向いて痛哭した。さらに王は何度も向きを変えながら長いあいだ泣き続けた。王は向きを変えるたびに三回ずつお辞儀をしたが、重臣たちもそのつど、隊列の方向を変えながら痛哭した。痛哭しながら重臣たちは額を地面に叩きつけ、拳で地面を打ち、手で頭を掻きむしりながらこう叫んだ。

「殿下、このいたらない臣下どもを殺してくださいませ」

柳成龍は行在所の守門長である李興国を盗掘現場へ遣った。李興国は行在所のとなりの寺院にいた十名の寺奴を連れて、臨津江と漢江を小舟で遡っていった。着いてみると墓は空だった。朽ち掛けた棺桶が、墓に土を盛り上げた封墳の外に引き出され、亡骸が露わになっていた。亡骸は手のつけようのないほどばらばらになっていた。王陵の盗掘された付近では他にも多くの古い墓が掘られて、あちこちに死体の断片が散らばっていた。

李興国の報告を受けた王はまたも痛哭を始めた。王と臣下たちは白い喪服に黒い笠を被り、南北に方向を変えながら痛哭した。柳成龍が十人の兵を送ってあたりに散らばった亡骸と棺桶の周辺を守らせた。

朝廷は都監（国葬・造営など国家の大事のとき臨時に設けられた官庁）を設置して二つの先王陵の復旧にあたらせた。だが、土の中に埋められて四、五十年が過ぎた亡骸だった。その周辺には他の墓の白骨も散らばっていたし、馬の骨まで転がっていた。復旧は困難を極めた。現場を見てきた重臣たちは先を争って王に惨状を報告した。

……お顔の肉はすべてなくなり、二つの目は抜け落ち、唇もございませんでした。鼻筋は折れて、両耳もなくなっていました。何本かの髪の毛が白骨についていて風になびいておりました。それから右の手首も左の肩もなくなっておりました。身体の長さはわずか三尺二寸あまりでした……

……胸と背中の皮がくっつき、関節が見えませんでした。胸の骨が高く盛り上がっておりました。背中がわの肩骨に穴が二つ空いておりましたが、一つは大きく一つは小さいものです……

……墓の周辺に人骨を燃やした灰がひろがっておりました。灰の中をよくかき回してみましたが、玉体を焼いたものであるかどうかはわかりませんでした……

……私はお仕えをして日が浅いので、先王にお会いしたことがございませぬ。近くでお仕えしていた年老いた尚宮（サングン）（宮中に仕える女官）に聞きますと、先王の額には緑豆ぐらいのイボがあり、お体は太りすぎでも痩せすぎでもなくお鼻が高かったと申します。しかし亡骸をよく見ても、イボを探すことができず、鼻骨は崩れていました。また太っていたか痩せていたかもわかりませぬ……

……私は若いときに先王にお会いしたことがございますが、すでにそれから四十年以上が過ぎました。亡骸を拝見した瞬間、気を失いそうで、まるで悪夢を見ているようでございました……

……画工の絵では先王は鼻ひげが長く、あごひげは真ん中に集まっておりました。また両頰のお肉が下に若干下がっております。しかし亡骸を拝見するに、ひげはすべてなくなり、両頰の肉がすべて落ちてただただ訝（いぶか）しいだけでございます……

……墓の中に一体の亡骸がございました。肉がまだ残っていて四十年以上前に埋めた亡骸とはとても思えませんでした。敵が他の亡骸を墓の中に移したとしたならば、この亡骸はどうしても玉体と見ることはできないものと存じます……

……いくつかの亡骸を拝見いたしましたが、気が遠くなって、玉体を探すことができませんでした。畏れおおくてとてもお話し申し上げられません。どの亡骸が玉体なのかは朝廷でお決めになるべきことと存じます。願わくば一刻も早く玉体を探しだされ、手厚く祭祀を施された後、先王の霊魂を安らかにしてさしあげて、朝廷の安泰を図られますように……

……奸悪な盗賊がいくつもの墓の遺骨をあちこちにばらまき、亡骸を取り替えてしまいましたし、また人馬の死体を一緒に焼いて灰を混ぜてしまいましたので、玉体を見分けることができませぬ。なにとぞこの臣下たちに処罰を……

二つの先王陵の惨事を私に伝える宣伝官の顔は蒼白そのものだった。そのとき私は熊浦（ウンポ）から帰ってきたところだった。その日、敵は港の奥深くに停泊していて広い海に出て来なかったし、われわれの誘引にも引っかからなかった。港の入り口の水路が狭いので、わが艦隊が湾内に攻め入ることもできなかった。結局、何ら戦果なしに帰ってきたのだった。先王陵の話は麗水の左水営で宣伝官たちに酒を飲ませる場で聞いたのだった。そのとき、私はこの世が耐えられないほど哀れに思われ、恐ろしくなったのを覚えている。

私は虚しいもの、内容のないものが怖かった。あれから数年後の今にいたり、王陵を侵した者を捕虜の中から探し出せという王の諭示が下されたことは、この世の虚しさと内容のなさを完成させているかのように思われた。私は筆をとって王への状啓を書いた。

……癸巳年に王陵が侵された事件につきましては、あまりの悲惨さに申し上げる言葉もございませぬ。今わたくしが使役しております捕虜は十五名でございまする。厳しく尋問した結果、すべて丁酉年の春に派遣されてきた者で、癸巳年の事件とは関係のない者たちでございました。臣は遠くからただただ痛哭するばかりでございまする……

三道水軍統制使　臣　李　拝上

私は状啓を都元帥府に送り、早めに床についた。敵は来なかった。一方、江華島に入った明の水軍も来なかった。

汁

丁酉年（一五九七年）の冬は戦闘もなく、戦局は膠着していた。戦争はゆっくりと死に向かう癌の末期症状にも似ていた。敵が死に向かっているのか、それとも私が死に一歩一歩近づいているのか。だが、私は死について考えなかったし、また希望についても考えなかった。言葉で表現される、いかなる未来についても考えていなかったのだ。希望は遠くて見えないが、希望のないこの世では死もやはり見えないのだ。ただ目には見えなくても、私にとって自分が生きているという事実だけは疑いの余地もなかった。数え切れない日々が一日一日やっとのことで流れすぎていく。夕方、遠い島々のはざまに沈む夕陽にさざなみが輝き、その上に長い影を落としながら、消滅していく一日一日がとても疲れ果てて見える日々だった。

戦線は動かなかった。すでに内陸奥深くに進攻して漢江（ハンガン）にまで肉薄していた敵の陸軍主力は南海（ナムヘ）沿岸まで押し戻されてきて久しかった。敵の陸軍は南海沿岸の海岸線約八十里すべての入り江に、堡を築いて居すわろうとしていた。捕まった朝鮮の百姓らが敵の堡を築く労力となっていた。堡の建設工事は速やかに進んだ。兵糧米のない敵は引き連れてきた朝鮮の百姓に充分な飯を与えなかった。死んだら捨てて、また新しい百姓を連れてきて補充するだけだった。敵はそこで冬を越す算段のようだった。

右水営の安衛（アンウィ）からの情報によると、巨済（コジェ）島海岸の敵の港に新しく数百隻の戦船が集結したという。だが、安衛の諜報活動は敵に対する近接度が低かったため、戦船が慶尚（キョンサン）道の海岸から移動してきたものなのか、それとも日本から新しく増強されたものなのかは判断できなかった。また補充兵力や兵站補給品を積んでいるのかどうかも安衛の報告ではわからなかった。しかし、巨済島方面に敵の勢力が集結しているという状況だけは確実のようだった。一方、慶尚道の西部海岸で敵は水、陸軍を連合させようとしていたが、その中心はどこか見えなかったし、また分散しているようすもなかった。敵の陸軍が沿岸の城で兵力と兵站を増強しながら冬を越し、春さきからまた陸戦で戦線を押し上げていこうという魂胆なのか、それともそこで水陸軍の合同作戦を繰り広げ、南海を迂回してソウルに向かおうという企みなのか、さもなければ水陸が同時に両方面への攻勢に移ろうという腹づもりなのか、私にはわからなかった。内陸の小さな邑が連日敵の手に落ちていった。都元帥府の伝令は朝のあいさつのように、陥落の知らせを伝えてきた。だが、都元帥府も敵全体を見渡せるような戦略情報を得ているわけではなかった。敵は見えないのだ。ただ、見えなくても敵が強大であることには間違いがなかった。

明の陸軍は敵の主力部隊を海に追い立てようとはまるで考えていないようだった。日本軍から遠く離れた山岳地や交通要衝地に陣地を構え、かろうじて敵の陸軍の北上を阻止するにとどまっている。かれらもそこで冬越しするつもりなのだ。その年の雪は濡れていて重かった。雪が野に散らばった人馬の白骨を覆い、南海岸の百姓たちが住むみすぼらしい掘っ立て小屋を白く埋めた。

丁酉年大晦日の夕、私は将卒らを水営に集めて送年拝賀式を行った。練兵場の真ん中に大将旗を立て、火を焚いた。のりを巻いたにぎり飯と青のりを入れて作ったお粥でみんなをもてなした。焚き火の横で軍官たちが双六をして遊んでいる。兵卒たちは取ってきた魚を刺身にし、その粗を火で焼いている。幾人かの兵卒は村にいって味噌をもらってきた。この戦時に、百姓の家の味噌瓶のなかで味噌が作られ、熟成しているということがとても不思議でならなかった。刺身はその味噌につけて食べた。百姓たちは干したヨモギの粉をまぶした麦餅を水営に持ってきた。その日、将兵らが向かい合って送年のあいさつをするころあいになると、雪が降ってきた。魚を焼く匂いをかいで集まったのか、村の犬が積もり始めた雪の中で転がったり、嘗め合ったりしている。冬の真っ直中だった。

戊戌年（一五九八年）春先に、私は挟船に乗って栄山江(ヨンサンガン)を遡ってみた。それには鹿島万戸(ノクトマンホ)の宋(ソン)汝悰(ヨジョン)と従事官金秀哲(キムスチョル)が同行し、十人の格軍(キョツグン)に挟船を漕がせた。高下(コガ)島に水軍の陣営を移してからというもの、私はいつも栄山江が気になっていたのだ。春になって敵の陸軍が全羅(チョンラ)道の内陸に奥深く進攻した場合、まず栄山江は内陸から高下島を狙う敵の水路になりかねなかった。陸軍が水路にそってやって来ることは、常識としてはあまりないだろうが、全然ないとも断定できなかったのだ。また通路というものはいつも特定の持ち主がいるわけではないので、逆にわれわれが内陸の敵を狙う水路としてこの栄山江を使える可能性もあった。だが、私は栄山江のことについて何も知らなかったのだ。私が知っていることといえば、自分がいままでこの身を張って戦ってきた山岳と海のことくらいだ。川ではどういうふうに敵と戦ったらいいのか見当もつかなかった。

船は夢灘(モンタン)、鶴の足と呼ばれる早瀬を通って栄山浦まで遡った。そこは羅州(ナジュ)平野という奥深い要衝への入り口だ。川面には波がなく、船は絹の上を滑って行くかのようだ。毎年襲う疫病と、供出と軍役の重い負担で、どこにいっても百姓たちの生活は破綻をきたしていたが、羅州と務安(ムアン)の地に限っては、民の生活がか細いながらも息づいていた。雪解けの春水で川は母の豊満な胸のように水かさを増し、青黒く流れている。務安の丘陵に広がった赤色の土地は春の陽に盛り上がって見える。春の気配に膨れ上がった山河を通り過ぎていくとき、風の香りはまた、こよなく甘く感じられた。

遠くから見ると、百姓らの使う船着き場は、川沿いに細長く伸びた、単なる石を積んだだけのものだった。その石すらところどころ崩れ落ちている。秋に新たに葺き替えのできなかった民家の屋根の藁が黒々と腐って見える。川辺の休耕地には冬を越した雑草が倒れたままだが、その下からは青い草が顔をのぞかせている。百姓家は門と垣根が崩れ、田圃はあぜ道が途切れている。男たちはみんな死んでしまったのか、それともどこかに連れて行かれてしまったのか。残っているのは老人と婦女だけだ。黒く汚れた山羊たちが春光のなかで交尾をし、老いた農夫らは曲がった腰で地面を耕している。だが、そんな農夫らも川を遡っていく軍船を見つけると、慌てて農具を投げ捨て、家の中に逃げ込んでいった。

夢灘の早瀬を過ぎ、半日ほど川を遡ると、川辺に位置した村に出会った。川の大きな曲線の内側に白い砂原があったが、その向こう側にある村だった。村は結構大きく、五十戸あまりの農家が見えた。村の船着き場には川向こうから渡ってきたとみられる百姓らの小舟が十艘あまり繋がれている。その桟橋ではなにやら人が集まってがやついていた。私は叫んだ。

「村に船をつけろ」

格軍が船の向きを変えた。船着き場は川底が浅くて軍船をつけることができなかった。それで格軍らを軍船にのこしたまま、私らだけが百姓の船を呼んで、船着き場に向かった。安衛と宋汝悰、それに私の三人だ。船着き場では五日市が開かれていた。船から下りる水軍を見た商い人らは、驚いて売り物を風呂敷にくるみ、立ち去ろうとした。

「驚かないでよい。我々は朝鮮水軍だ。水路を見に来ただけだ。危害は加えないから、安心するがよい」

安衛が商い人たちに向かって声をかけた。その声に商い人たちは元の場所に戻り、また座り込む。私は刀を持たず、平服を着ていたので、百姓らは気づかなかった。市場は船着き場から砂原に向かって百歩あまりの範囲で広がっていた。山羊、子犬、鶏、ウサギが足を縛られたまま売られてきた若者の横には暦が何冊か置いてあった。その若者は足を引いていた。

「何の暦じゃ」

安衛が若者に訊いた。若者は身体をすくめて答えた。

「農事が始まるので、暦が必要になると思い……」

「どこで手に入れたのじゃ」

「家で書き写しました」

「暦がよく売れるのか」

「川向こうの村人が粟二升と交換してまいりました」

商いを終えた商い人らが渡し船を漕いで川を渡っていくと、かわりに遅く出向いてきた商い人がその船に乗って渡ってくる。市場の端で薪をたいて飯や汁を作っている女に安衛が訊いた。

「飯を食わせてくれぬか。代金は穀物で払ってやる」

「全部で何方でございましょう」

「十三人じゃ。船の中に十人おる」

「わたしどもには米が足りないので、穀物さえくだされば、炊いて差し上げます。汁は充分にありますから……」

安衛は軍船に向かって大声で叫び、米の入った袋を持って来させた。

「穀物が足りないようですので、粟を混ぜたらいかがでしょう」

「とにかく量の多い方がよい」

女が飯を炊くあいだ、私は市場の地べたに座っていた。宋汝悰が筵を借りてきて敷いてくれた。

さらに私はその上に寝そべった。百姓らは言い争い、笑い、叱り合いながら、その日一日の商いに早くケリをつけようとしていた。炊きあがる飯の匂いが空腹感を呼ぶ。そして気だるさの中に眠気が差してくる。私は市場の筵の上で眠った。春光が掛け布団のように温かい。しばらくして私は宋汝悰に揺すり起こされた。

「お口に合うかどうか……」

女はこういいながら膳を筵の上に並べた。私は宋汝悰や安衛とともに昼飯を食べた。女は汁と飯を十杯ずつ盛って、渡し船で戦船にいる格軍たちに持っていった。干した里芋の茎とワラビに、家畜をつぶしたときに取った血を入れて煮た汁だった。豆腐も何切れか入っている。汁に粟の混じった飯を混ぜて食べた。百姓の作った汁は深みがあり、ぬくもりが感じられる。汁は人体に流れる分泌物のように私の身体にしみ込んでいく。おかずは大根の漬け物と芹の和え物だった。粟飯の粒々が歯と歯のあいだでつぶれると、心地よい香りが口のなかいっぱいに広がる。粟の香りが何となく切なく感じられた。女は熱い汁をもう一杯盛ってくれた。私は漬け物をじっくりかみしめた。春の漬け物の塩加減は絶妙で新鮮な味がした。安衛はすでに三杯目のおかわりをした。汁に混ぜた飯を呑み込むとき、はらわたが食い物を早くよこせと手招きをするかのようだった。それでつい私も食べ過ぎてしまった。帰りに安衛は女に米を一袋渡した。どこまで行かれるのかは分かりませぬが、戻ってこられたらまた寄ってくださいましと女は言った。

渡し場の左側の砂場には死後、相当な時間が経ったと見える五十体あまりの死体があった。死体にはかますが掛けられていたが、ところどころ手足や頭がはみ出ていた。その死体は、ふたたび船にもどろうとするときに、安衛が発見したものだった。安衛は商いの女に訊いた。

「何の死体じゃ」

「この冬、疫病で死んだ人たちでございます」

「何故埋めないのじゃ」

「うちの村人の死体だけではなくて、川に流れてきた他の死体も混じっております」

「それでも埋めるべきではないのか」

「ご覧のとおり、若い男衆がいなくて、白髪の老人だけでは……」

死体置き場は渡し場の横だった。市場まではわずか百歩あまりの距離なのだ。死体の横でも市場は平和な雰囲気に包まれていた。死と生がはっきりと区別されているというべきなのか、あるいはされていないというべきなのか私にはわからなかった。

　私は軍船のなかで待機していた格軍を呼びだして、死体を埋めさせることにした。穴を掘り、全部の死体を移すのにまる一日かかった。下に敷かれていた死体はすでに腐り崩れ、持ち運べなかった。それで格軍は担架に死体の部位を集めて運んだ。そして死体が積まれていたところは火を燃やした。

　日が暮れたので、その日はその村に泊まった。百姓たちが譲り合って家を一軒空けてくれた。夜、農家の土間で安衛や宋汝悰と一緒に酒を飲んだ。昼間、汁飯を作ってくれた女が、どぶろくと漬け物を持ってきてくれたのだ。私は安衛に訊いた。

「川で戦さができると思うか」

　安衛が答えた。

「川は海ではなく陸です。川の両側から敵の陸軍に攻撃されたら、おそらくわが水軍はひとたまりもないでしょう」

　私は言った。

「そうだろう。敵が川にそって下って来たら、川幅の狭い上流では戦えない。敵を迎えるなら海に近い河口だ。だが、そことても死地にちがいない」

日が暮れると生臭い匂いが強く漂い、川面に霧が立ちこめた。もうすっかり春だった。

王の言葉と泣き声

王はよく泣いた。鴨緑江(アムノクカン)の川辺で王が泣いた話は大臣や宣伝官、明軍総兵部の官吏たちの口伝で広く伝わった。王の泣き声は南海(ナムヘ)にも聞こえてきた。王は悲しく泣き、しかも長々と泣いた。避難用の行宮(あんぐう)が置かれた、義州(ウィジュ)の長官である牧使(モクサ)の東軒(トンホン)は、屋根が落ち込み、床が軋んでギィギィと音を立てた。溝や床の隙間からは雑草が生え上がり、大臣たちの会議室である台聴室(テチョンシル)の大梁(おおはり)も蟻差(ありさし)がかみ合っていなかった。川辺の行宮は人気のない古刹のように閑寂としていた。満ち潮で鴨緑江が逆流するとき、川の水は渦巻き、音を立てた。川向こうは他国だ。北の土地では陽が早く沈み、夜が長いうえに、いつも雪に埋もれて道は見えずじまいだ。そんな冷え冷えとした黄昏時に、素服を着た王は東軒の床に伏して泣いた。義州まで扈従(こしょう)してきた重臣たちも王にならって泣いた。

平壌(ピョンヤン)は敵に攻め込まれて久しいのに、派兵を求めに北京へ行った使いはまだ帰ってこない。ソウルに入った敵は宗廟に火をつけ、その焼け跡に馬小屋を建てたが、そのとき儒者らはみんな逃げてしまい、勤王精神のかけらすら見せなかった。そんななか王はさめざめと泣いた。王は宗廟のあった南に向かって泣き、北京のある北を向いて泣いた。また日の昇る東に向かっても泣いた。泣き伏す王の華奢な肩が大きく震えた。王の泣き方は変わらない。いつも痛々しく泣いた。誰も泣き出した王を宥めることなどできない。川向こうに沈む陽の光が、並んで座った重臣らの影を長く床に落とす。彼らは王が泣きやむまで一緒に泣かざるをえなかった。

ソウルを捨てる前日、王は言った。

「宗廟と朝廷を残して余がどこへ行くというのだ」

しかしそのとき王はすでに市場で売られていたわらじをすべて買い占め、王子と王妃に避難する準備をさせていた。ソウルを捨てるときも王は泣いた。臨津江(イムジンガン)を渡るときも王は重臣たちの名前を呼びながら泣いた。

「成龍(ソニョン)よ、斗寿(トゥス)よ、余は今一体どこへ向かっているのじゃ。一体どこへ行こうというのじゃ」

王は開城(ケソン)を捨てるときも泣き、平壌に着いても泣き、平壌を捨てるときも泣いた。平壌を捨てる前日、左議政の尹斗寿(ユンドゥス)が王に言った。

「平壌のすべての百姓が殿下とともに、死ぬ覚悟でこの城を守ることを望んでおりまする。民の心がこのようであるが故、城はかならず守られることと存じます。殿下が平壌をお離れになると、国は即座に崩れてしまうことになりましょう」

「卿の言うことはもっともだが、さも聞くに忍びがたいのう」

こう言ったあと、王は慶尚(キョンサン)、全羅(チョンラ)、忠清(チュンチョン)の下三道がお互い連携を取り合い、直ちに義兵を起こして馳せ参じろという諭示を書き、それを全羅道に送ってからまた長いあいだ泣いた。その諭示は障子紙を小さく切った紙に細かい文字で書いたものだった。

王が平壌を出るときは雨が降っていた。そして王が義州に着いたとき、扈従の官吏はわずか五十人あまりに過ぎなかった。川を渡るたびに逃げ、逃げたものは最後まで捕まらなかったのだ。

義州は空だった。百姓らが逃げてしまった村には人気はなく、犬の仔一匹現れなかった。誰もいない村にクロフネツツジの花だけが咲き乱れていた。義州が遠くに見える丘の上に立った王は駕籠を止め、南に向かってまた長時間泣いたという。

時たま、明の皇帝の使臣が国境の鴨緑江を渡ってきた。王は川辺の渡し場で直接、皇帝の使臣を迎え入れた。ある日、渡江してきた使臣は朝鮮王に明皇帝の言葉を伝えた。

「おまえたちは自国を本来富強の地と言っていたにもかかわらず、何故一日でこのようにまでなったのか、朕は不可思議でならぬ」

それを聞いて朝鮮王はまた泣いた。臣下たちも一緒に泣いた。使臣がさらに皇帝の言葉を伝えた。

「わが臣下として頑強さを失わずに、自力で対処せよ」

王が泣き、重臣らが泣き、百姓たちが泣いた。その後、明の救援兵が鴨緑江を渡ってくると、王は川辺にまで迎えに出て歓喜の涙を流した。

癸巳年（一五九三年）に王はソウルに戻った。正月に義州を出た王の駕籠はその年十月に首都に着いたのだ。西大門の母岳峠（ムアク）を越えると慕華館（モファ）（中国使臣のための迎賓館）のあたりから、白骨があちこちに積み上げられていた。焼けた宮殿と官庁の跡にはヨメナが生い茂り、死んだばかりの仔牛が焼失した宮殿の前で倒れていた。ソウルに戻ったその日王は諭示を下した。

……ソウル市中には死者が数え切れない。当然生き残った百姓は喪服を着用すべきところであるに、喪服姿も見あたらぬ。これ誠にゆゆしきこととなり。戦争中であるが故に、山河が乱れ、倫紀も汚（けが）された由、わからぬではないが、余はこれをはなはだ恥と思う……

ソウルに戻った王は宗廟の廃墟に出向いては、うら悲しい泣き声を長々と上げた。王は日を定めては定期的に泣いた。そのころ、儒生たちはこんな上訴をした。

……今日、わが国がこの有様になりましたのは、すべて柳成龍（ユソンニョン）、李山海（イサンヘ）の罪でございまする。願わくは、この者らを切り捨てて百姓を慰め、御先祖にお告げくださいますよう……

王は答えを出さずに、また泣いた。泣いている王を宥められる者はいなかった。王は精根尽き果てるまで悲しく、そして長く泣いた。王にとっては泣くことが政務だったのだ。王の泣き声は骨髄まで溶けて流れ出るのではないかというほど、身体の奥底から出るものだった。南海にまで聞こえる王の泣き声の合間合間には、見えない刃が隠されているようだった。王は常に孤独だったし、王だけが敵のなかに囲まれた朝廷の長子だった。つまり敵が最終的に狙うのは王なのだ。壬辰年から丁酉年に至るあいだ、私は南海岸のあちこちを転々とした水営で王の勅書を受けとった。宣伝官が遠路はるばる義州やソウルから南海まで伝え持ってきた王の勅書は、いつも美辞麗句がちりばめられていた。王の言葉もまさに王の泣き方そのものだったのだ。

……おまえたちが父として子どもを育てることもできず、夫として妻を守ってやることもできないばかりか、死んでも死体は肝と脳がばらばらにされ、楽に目を閉じることもできないのはすべて余のせいなり。今年もまた暮れゆき、風は冷たい。余は客地でさまよい、病になった今、あの「詩経」にある「みぞれの降るころ旅立ったが、いつのまにか柳の花が風になびく」という詩文のような、歳月の無常さを禁じ得なくなってしまった……

……余があたたかい着物に身を包むとき、そちたちには着る物がなく、余が山盛りの飯を食すとき、そちたちには飯がない。余はいつもそちたちのひもじさに思いを馳せている。また寝床で眠りにつくときは、外で寒さに震え、眠れないそちたちの夜を考えた。国が貧しく、百姓の力も尽きて、そちたちの服や飯を賄うことができなくなった余の心痛は、どんな病のつらさにも比べるべくもないものなり。

鎧兜を脱ぐこともできず、髪に虱がたかっているそちたちが、槍を枕に寝入るその苦しみ、どうやって耐え忍んでおることか。つめたい風の中で眠り、一人道をさまようその辛い気持ちはいかばかりか。霧のなかで病に伏したとき、いつ死ぬかも知れないその懼れもさぞ大きかろう。

これから秋風が吹き、そちたちのいる南海はいっそう寒さが増すだろう。しかし、一枚の着物も着せてやれないこの我が身の恥ずかしさよ。そちたちが腹を空かせていることを考えると、ここで脂気の満ちた食物をいくら口にしたところで余の心はどうして満たされよう。

風が吹き、冷たい霜の下りるなか、余の駕籠は国境にまで逃避してきた。今、鎧兜が輝き、馬蹄の音が騒がしかった都城の先王廟から、遠く離れること百里なり。帰りたい切なる思いは、水が流れるが如く一途なるが、今になって敵の形勢が傾き始めたのを見ると、わがこの心ついに天に届いたものと思うなり……

私は王の勅書を将卒たちに読みあげた。将卒たちは地面にひれ伏し、泣いた。彼らには勅書とともに王が贈ってきた木綿が一尺ずつ配られた。王の諭示を受ける日には、北の国境にある行宮台聴室の床にひれ伏して泣く王の泣き声がじかに耳に届くようだった。だが、王の言葉と王の泣き声を私は区分できなかった。言葉と泣くことが王の権力であり、言葉と泣き声のかげに王の刀が隠されていた。王の戦う戦争と私の戦う戦争は大きく違っていた。壬辰年に王はよく泣き、美辞麗句をちりばめた勅書をよく送ってきたが、そのなかには王の涙のかげに隠れた刀がいつもきらりと光っていた。同じ壬辰年に戦さに暮れていた私は鎧兜を脱げる日がなかった。故にそのときの私は王の言葉と泣き声の背後にあるものをよく見極められなかったのだ。

飯

時分時(じぶんどき)は絶えずめぐってくる。過ぎ去ったすべての食事はこれからの一度の食事に対しては、何の意味も持たない。食べたにしろ、食べられなかったにしろ、すでに過ぎ去った食事は、これからの一度の食事に代われないのだ。食事とは時間と同じものだ。無数の食事が列をつくって近づいて来るが、それは過ぎ去ったすべての食事とは断絶されている。たとえ食べられないとしても次の食事を避けて通ることはできない。食事は波のように決まり正しく、しかも休む暇なく押し寄せてくるのだ。食事を飛び越えて時間を早めることはできないし、逆に先に伸ばすこともできない。食事は時間の新しい満ち潮として迫ってくるものなので、人間はそこに干渉することができない。食べようが、食べまいが、ただ手をこまねいて身を預けるしかない。食事は刀で切ることができないし、銃砲で撃つこともできないのだ。

数え切れないほどの多くの食事が、時間の車輪のように兵糧米が底をついた水営を襲ってきた。丁酉年（一五九七年）の秋、海南(ヘナム)、康津(カンジン)、長興(チャンフン)、宝城(ポソン)、高興(コフン)では、収穫期に百姓らが逃げたせいで、刈り入れができなかったのだ。秋雨が長いあいだ降って、水に浸かった田圃の稲がくさり、ヨコバイもわいた。人のいない村では鳥の群れが押し寄せて夕陽の中を飛び回った。

慶尚(キョンサン)沿岸の収穫物は敵のものだった。敵は麗水(ヨス)、順天(スンチョン)に布陣しているが、戦闘は小康状態だ。敵は沿岸に築いた城の中に兵糧米を積み上げていた。敵の兵糧米を奪うための戦闘を考えねばならなかったが、敵の陸の要塞を海から攻撃することは不可能だし、そうかといってわが水軍を上陸させて敵の後方基地を攻撃させるわけにもいかなかった。

敵から奪って食うこともできないなか、百姓を守ってもやれない軍隊がその百姓から米をもらって食べてばかりいるのも気が引けた。そんなとき珍島から百石の兵糧米が送られてきた。他に比べれば珍島はましな方だった。莞島では耕作地が狭く、昔から島民は海に頼って暮らしてきたので、敵が来なくて無事ではあったが、兵糧米は豆三百石に過ぎなかった。水営では莞島から来た豆で玉麹を作り、味噌を生産した。水営から遠く離れた内陸の官衙からはそれまで三、四百石の兵糧米を送ってきていたが、その年は秋が過ぎ去っても何ら知らせがなかった。従事官を行かせて催促すると、邑の守令は空の倉庫を開けて見せるのだった。

しかたなく邑と港に備蓄しておいた兵糧米を切り崩して食べ始めた。邑の兵糧米はせいぜい五十石から百石程度だ。もともと万戸鎮の水軍に食べさせるとともに、戦闘が終わって近くの港に帰ってきた艦隊のために分散備蓄させておいた非常食糧だった。しかし、戦闘がなくても食事の時間はめぐって来たし、すべての食事はすでに非常食になっていた。義州に逃げた王は、水軍のひもじさと凍えを思い量っては悲しみに浸っているという勅書をよく水営に送ってきた。勅書は王の泣き声そのものだった。だが、腹を空かせた将卒たちを集めて勅書を読みあげるその日にも食事の時間はめぐってきたのだ。

昼飯を抜き、朝晩あわせて一人五合ずつ与えたとしても、射夫と格軍全体の食事には一日八十石が必要だった。そのころ、魚と塩をたやすく手に入れられるだけでも幸いだった。魚は魚種にこだわらずなんでも一つの釜に入れ、味噌をといて煮た。屯田で作られた大根と白菜は塩漬けにした。兵卒たちが味噌や漬け物を作るとき、私はいつも塩を沢山入れろと指示したものだ。

十一月の一日から一人当たりの食糧を五合から四合に減らし、半月後にはさらに三合に落とした。そうしてためた食糧を三、四日に一度ずつ伝令兵を通して右水営に送り、順天、麗水に潜んでいるわがさぐりたちの食糧に充てさせた。秋は深まって師走からは大麦の粉を水にといて夕飯にした。水上進法訓練を中止し、水営外郭の衛兵哨所の数を半分に減らした。邑と水営のあいだを行き来する連絡船と沿岸の巡察船の運行回数も少なくした。

腹を空かせた軍官たちは宿舎から出てこなかった。兵卒たちは一日じゅう日当たりのよいところに裸で寝そべって、干しワカメをしゃぶりながら、服についた虱をとっていた。港に繋がれた船には青苔が生えていた。

格軍たちの中で虚弱な者を二百名選んで故郷に帰した。そのとき彼らに、帰郷したら官衙に申告しておいてふたたび召集するときにはすぐに応じるよう指示した。帰郷処分を受けた格軍のうち半分は、帰郷せずに営内に留まった。彼らの故郷はすでに焼けてしまい、帰るところも、食糧もなかったのだ。彼らはただ船室の中でぐったりとして寝ていたかと思うと、夕食時に起き出しては、給食所で麦飯をもらって食べていた。金甲津（クムカプジン）では飢えた兵卒が三十人、集団で脱営した。夜中に軍船に乗って莞島の方に逃げ去ったという。連絡船の運行回数が減ったせいで四日後にやっとこの報告を受け、捜索を始めたが、一人の脱営者も捕らえられなかった。

冬になると、赤痢が流行った。飢えて干し草のように痩せた六百名あまりの兵卒が船室の中で倒れ、白い便を垂れた。垂れた便は甲板の上にまで流れ出た。人が便とごっちゃになって高熱に呻き、悶えた。食ったものはなくても便は際限なく出た。昼は船から出て、日向で便に濡れた体を干し、日が暮れるとまた船室に戻った。便はだんだん水っぽくなり、最後に全く水のようになると、患者はまもなく死んだ。

水営内外のすべての井戸水と湧き水に立ち入り禁止の縄を張り、船を出して近くの島から飲み水を運ばせた。ところが、冬の日照りがひどくて島々では水が不足していた。船は島から島へとさまよいながら水をもらってきた。だが、井戸を閉鎖したあとも赤痢はさらに広がった。山の日当たりのいい斜面に小屋を建て、壊れた船の木材で壁を作り、藁で屋根を葺いた。そしてそこに赤痢にかかった兵卒たちを運ぶと同時に、かれらが入っていた船を焼いてしまった。小屋は全部で三棟だった。一番下の小屋には病状の軽い者を入れ、重症患者はその次の小屋に入れ、死んだ者の死体は一番上の小屋に移した。赤痢にかかった兵卒たちは順番にこの小屋に移されながら死んでいった。最後に死体のある小屋を燃やし、燃え残った死体を穴に埋めた。その穴は生き残った兵卒が憔悴した身体でやっと掘ったものだった。穴を掘る兵卒の顔には表情というものがみじんもなかった。その無表情の人間たちにとって穴に死体を埋める作業は辛くて無意味な労役に過ぎなかった。穴を掘っていた兵卒たちも数日後には赤痢にかかり、自分が同じ場所に埋められるのだ。生きた者が死んだ者の穴を掘り、死んでまた自分がそこに埋められる。従事官金秀哲(キムスチョル)は死亡者名簿を作った。縁故者のあるものは故郷に通報してやったし、縁故者の分からないものはその名簿を都元帥府に提出した。小寒の寒さが押し寄せてやっと赤痢の勢いが衰えてきた。ふたたび井戸を開放した。

その年の冬、数え切れないほど多くの格軍と射夫が病死し、餓死したものだ。だが、私は飢え死にしなかった。私は水軍統制使なので食事ができたのだ。全身のむくんだ部下たちが次々に死んでいくなかでも私は時分時ごとに食事をした。私はよく宿舎の部屋のなかで安衛(アンウィ)、宋汝悰(ソンヨジョン)、金秀哲らと一緒に食べた。台所を任された下人が麦飯に漬け物とみそ汁を持ってきた。私たちはほとんど言葉もなく黙々と食べた。港に繋がれた船の船室のなかで飢えた兵卒たちが重なりあって倒れていた。麦飯の粒が口のなかで散らばった。私は散らばった麦粒を一粒一粒、奥歯でかみ締めた。漬け物をかじっていた宋汝悰が言った。

「冬が早く過ぎたら良いのですが……」

その言葉は飯を食べることを済まなく思う者が発する、まるで意味のない言葉のように聞こえた。

「冬が早まったり、遅くなったりするものか」

私は宋汝悰と同じように、無意味な言葉で答えた。誰もが黙りこくっていた。私は言った。

「麦粒が少し固いから、よく嚙んで食べるがよい」

答える者はいなかった。その年の冬は飯もひどいものだった。時分時は絶えずめぐってきたし、そのつど、私は食べた。ただ黙々と。慶尚海岸側には敵がわが百姓から奪った食糧が山積みになっていた。

私は死を死として覚悟することができない。そんな覚悟されていない死が怖い。生命体としての命の終わりが怖いというより、死んでこれ以上内容のない、苦痛に満ちたこの世の中に手をつけられなくなるという運命のほうが怖いのだ。しかし、死というものは肉体的にしろ運命的にしろ後戻りできないものだから結局は同じことだ。つまり、私は生命体としての命の終わりが怖いということなのだ。この世の中で自分という存在が死んでなくなり、真っ暗な海底の砂中に白骨と化して埋もれてしまう儚(はかな)さを、私はとうてい受け入れられそうもない。所詮耐えられそうもないこの世の中だが、完全に耐えることができなくなるまでは少しでも長く生きたいのだ。海で生きていくということは絶えず死に逆らい、死をすり抜けていく方式でしか考えられない。私にあるものは命だけだから、たやすく命を差し出すわけにはいかないのだ。無我夢中で死をすり抜けていってこそ、最後の瞬間まで死について考えないだろうし、それまでは精一杯生きるはずだ。生と切り離された死は私にとってもはや死として覚悟できないものだった。

おそらく生を捨てたものが死に逆らい死をすり抜けることなどできないはずだが、海では生と死の境界がいつも不明確だ。長くて熾烈な戦闘が終わった夕焼けの海は死んだ人間、砕けた船、浮かんだゴミに覆われ、火薬の煙が立ちこめる。しかしその夕焼けのなかで私は生き残り、疲れ果てていた。

いつも真正面から攻めてくる敵の艦隊は無数の旗を掲げている。敵は若い雄鳥のように殺気立ち、旗幟をなびかせながらあたり一帯にその殺気を漂わせる。殺気は燦然と光り輝きながら、敵の艦隊よりも一足先に風に乗ってわれわれに伝わってくる。海風になびく敵の旗幟が島々の陰から視野に入ってくると、もうそのときは牛頭や鬼の面頬(めんぽお)を被った敵兵の喊声で海は大きく揺れ動く。敵の戦闘隊列は突撃船を中心にした放射陣だ。海上にはなにひとつ隠れるところがないため、我々が敵を発見すると同時に敵も我々を発見する。

敵の先頭隊列は慌ただしく攻め込んでくるか、あるいは前方で翼を広げながら近づいてくる。私がわが艦隊を分散させると、敵は翼を大きく広げ、私が艦隊を集中させると、敵は翼をすぼめる。我々の翼と敵の翼がお互い絡み合いながら狭まっていく。敵の戦闘力はいつもわが大将船の前方に配置された船団に集中する。その集中した戦闘力を先鋒にして敵はかかってくるのだ。敵の中軍が攻めてくるとき、遠くから敵の両翼も狭まりながら迫ってくる。攻め寄る敵の勢いは早くて激烈だ。その勢いをそぐために私は陣を後退させたり、両翼に分散させたりする。刀を振りかざした一人ひとりの敵兵がわれわれの一人一人をめがけて切り込んでくるかのように、敵の主力艦隊の攻撃密度は高い。荒々しい殺気に満ちた攻撃時の敵はさながら稲妻のようでもあり、狭い谷間を流れ下る急流のようでもある。

攻めてくるときの敵は集中していて、動きは軽快だ。そんななか、私は敵と一対一で命を取りかわすような戦さはできなかった。私はよく陣を後退させた。陣を後退させると敵はそれだけ近付いてくる。伏兵の船団を隠しておいた島陰をまわり、敵をぴったり引き寄せた瞬間、初めて私は攻勢に転じる。

敵は死を軽く考え、生も軽視していた。死を軽く考える敵はたやすく殺せるし、生を軽視する敵もたやすく倒せる。敵の攻撃はいつも執拗で、船べりをつたってわが戦船に乗り込み、肉薄戦に持ち込もうと常に狙っている。敵の水軍は長いあいだに身に付いた陸軍の習性を持っているのだ。水軍というより船に乗った陸軍という方がふさわしいだろう。敵は無数の兵卒たちの個別の肉体で突撃してくる。その時の攻撃は猛吹雪のようだ。敵の気勢は強烈になびき、はためき、炸裂する。攻める時の敵は死を願っているのか、それとも生を望んでいるのかわからないほどだ。私はそのように攻め入る敵の前ではいつも艦隊を後退させ、迂回させ、分散させた。

敵の殺気が自然に散漫になると、私は艦隊を集中させる。狭い水路では必然的に敵の隊列は長く伸びる。そのときを逃さず、突撃隊長の指揮する一隻の亀甲船が敵の隊列奥深くへとくい込んでいく。亀甲船は敵の中心部まで深く突きささると、ぐるりと向きを変え、両側の隊列をひっかき回す。敵の隊列が揺らぎはじめ、指揮系統が乱れると、今度は、戦闘力を集中した先頭隊列で敵の後尾からたたみかけていく。三、四隻の戦船の火力を敵船一隻に集めながら一隻ずつつぶしていくのだ。これが私の戦法だった。

生き残る可能性は集中のなかにあるのでも、また分散のなかにあるのでもない。よくはわからないが、生はその転換の中にあるように思える。殺気を帯びた個々の敵兵が吹雪のように攻めてくる前で固着してしまうことは即座に死を意味する。攻め入る敵の前で我が艦隊は絶えず陣形を広げ、狭め、集まり、分散した。隊列の後尾についた大将船から船首越しに見ると、戦場はわが艦隊と敵がつかみ合いながら休みなしに回り踊る舞踏場を彷彿とさせる。

自分を移動させながら固定した敵を撃つことも難しいが、自分を固定しながら移動する敵を撃つのも難しい。さらに自分を移動させながら移動する敵を撃つのは至難のわざだが、有効な攻撃はいつでも移動と移動のあいだにだけ可能なものだった。私が敵を撃つ場所は敵が私を撃つ場所でもある。艦隊が移動するとき敵を狙う私の照準線は大きく円を描き、回転するのだ。

敵の崩れゆく姿は敵が攻め入る姿によく似ていた。敵は攻めるがごとく崩れ、あがきながら死んでいった。指揮系統が麻痺し、統制を失った敵の艦隊は最初から乱戦に突入する。そのとき敵には集中もなければ、分散もない。ただ統制を失った敵は一隻ずつむやみに突撃して来るだけだ。敵が隊形を崩したその瞬間、わが艦隊は隊列を整えて力を集中させた。統制を失った敵船を一隻ずつまめに叩き潰していく戦いは、夏の日の農事のように長くて退屈で骨が折れた。船が壊れ傾くと、刀を振りかざしていた敵兵は板を抱きかかえて海に飛び込む。船に残っている者は海に浮かんでいる仲間を救い上げようとはしない。それどころか敵船は海に浮かんだ兵をかまわず船首で掻きわけながら攻めてきた。

数隻の敵船が方向を変えて逃げはじめると、指揮系統を失くした敵は一隻ずつわが艦隊の餌食になった。戦況を収拾できなくなってくると、生き残った敵船は自分たちの大将船の周りに集結したものだ。敵の大将船は三階建ての楼閣船だ。敵船は大将船の周りを翼のように囲み、守りながら逃走した。逃げながら敵はふたたび隊列を整えようと試みた。

海では死と生が単純な形では存在せず、複雑に絡まりあっている。私はその中に巻き込まれて死ぬのが怖かった。海で私の艦隊はいつも舞いを舞うように移動しながら陣を変えていた。ふたたび母港に帰るために長蛇陣をつくる頃になると、海はもう戦闘後の残骸に覆われているのだ。

夕焼けと硝煙

海は私がいつも立脚せねばならぬ唯一の現実だが、風の静まった夕方の海はまるで夢幻の世界を見るようだった。遠い水平線から斜めに射しこむ夕陽の光はゆったりとしている。光のかけらが遠く広がり海にしみ入るかと思うと、水面をかすめてそよ風が吹き、ふたたび海は数億個の生命の存亡を示すかのようにきらめき輝く。夕陽に輝いていた遠くの島々が暗闇の中に引き込まれると、水平線に沈む太陽は海上の残光をすべて引き連れて消えてゆく。その風の静まった夕暮れの風景からは強風に荒立つ白い波など想像すらできなかった。海は戦闘の痕跡をすぐさま消し去り、艦隊同士がぶつかり合った水路はまるで何事もなかったかのように元に戻る。光の発生と消滅が繰り返されるだけで、海は常に何ごともないかのようなのだ。

そんな海の前で、壬辰年（一五九二年）についての私の記憶はかなたに遠のき、ぼやけていた。海は記憶を消すのだ。ただ、夜警の兵卒らが吹く笛の音に起こされ、頭に突然、私が殺した阿部順一の瞳や阿部が殺した葂（ミョン）の乳臭さ、敵の手で殺された女真（ヨジン）の塩辛の匂いや私の指示で処刑された部下たちの目の見開かれた首のことが思い浮かぶとき、それとともに過ぎ去った戦闘の記憶が断片的に蘇るだけだった。

壬辰年四月、慶尚（キョンサン）道左水営では交戦がなかった。慶尚海岸は空だったのだ。しかし、その後小西行長指揮下の一万三千を数える第一陣が釜山（プサン）に攻め入ったのを皮切りに、三十万の日本軍がその年じゅうに海を渡って朝鮮に来襲した。侵略の兆しはずいぶん前からあるにはあった。ところが、朝廷は恐れをなして信じたくないことは信じようとしなかった。従って慶尚沿岸の各港には軍隊が誰ひとりいない状態だった。敵はいともたやすく各地に陣を布いた。春の農事を始めた沿岸の百姓たちは村を捨て、遠い島々や谷間に逃げ込んだ。

　壬辰年五月四日の朝方、私は麗水（ヨス）にある全羅（チョンラ）左水営から二十四隻の板屋船を出動させた。十五隻の挟船と四十六隻の漁船がついて来た。長い戦争の始まりだった。私には海戦の経験がなかった。将卒たちも同様だ。私には敵のいる港に関する情報もなかった。ただ目に見えない敵を探し求め東へと進んだのだ。私はこの揺れる海上でどうやって戦えばいいのかまるでわからなかった。そのときはただ、敵がわが国の奥深くまで入り込んできたというので、むやみやたらと出陣するだけだった。艦隊は海岸と島々のあいだの狭い水路にそって航行した。閑山（ハンサン）島沖で当時慶尚右水（ウス）使（サ）だった元均（ウォンギュン）の艦隊と合流したが、元均は四隻の戦船を率いていた。合流した艦隊は加徳（カドク）海路を過ぎ、巨済（コジェ）島南端を迂回した。通り過ぎる港ごとに斥候を入れたが、敵の気配はなかった。敵の布陣がわからないので、斥候を左右に分散させ、はるか先方にまで行かせた。

　巨済島東、玉浦湾入り口で斥候兵は火矢を打ち上げた。「敵発見」の合図だった。そのとき私の艦隊は玉浦湾外に位置していた。私は艦隊を湾の入り口へと導いた。

　玉浦湾は海が袋のように丸く島の内側に入り込んだ入り江で、外海につながる出口は狭かった。多分五馬場（マジャン）ぐらいにしか見えなかった。敵は湾の内側に停泊していた。港の後方は急な山で険しかった。

　湾の狭い入り口をいかに利用するかが生死の分かれ目だった。攻勢を掛けて湾内に攻め入ればなかの敵は逃げ場がない。しかし、わが艦隊が湾内に深く入ったとき、敵に迂回され入り口を逆に封鎖された場合はわれわれに逃げ場がなかった。敵と私にとって生きるか死ぬかの条件はいつも同じなのだ。

艦隊は湾内に突入した。官衙（クァンガ）や民家の燃える煙が巨済島を覆うなか、敵船は山麓の船着き場に停泊していた。無数の旗幟をなびかせている敵船は見るからに忌々しい。上陸していた敵兵はわが艦隊を発見すると、慌てて船に乗り込み、戦闘位置につこうとした。私は間髪を入れずに移動隊列を戦闘隊列に変え、敵の船着き場を放射陣で包囲し攻撃した。敵船の大部分が出動もできないまま、海の藻屑と化した。そのなかでかろうじて出動できた戦船数隻が、わが艦隊の両翼を迂回しながら、水路の出口へ向かった。狭い出口を塞ぎ、わが艦隊を湾内に閉じこめて叩こうという作戦だ。私はすぐに五隻の突撃船を派遣し、迂回していく敵船を追わせた。やがてわが突撃船と敵船の交戦が始まり、そのあいだに、わが本隊は外海へ抜け出ることができた。これが私にとっての初海戦だった。生死の道は敵にも私にも狭いものだ。その道には生と死が重なり合っていて識別がむずかしい。死の向こうにある生を見極められる者だけが、その道を行き来することができるのだが、海では死の向こうにある生は遠くて見えず、言葉で言い表すことも不可能だ。

麗水の左水営から玉浦に移動するあいだ、沿岸の入江ごとに避難民が群がっているのが見えた。荷物を担いだ老人と子どもが、お互い支え合いながら海辺に立っていた。そして私の艦隊に向かって地団駄を踏みながら痛哭した。小舟に乗って艦隊の方に向かって来ようとする百姓もいた。私はやっとの思いで彼らに告げた。

「わしが戦さを終えて帰るとき、おまえらを連れて帰る。そのときまでは敵に見つかるのではないぞ。浜辺に姿を見せず、山の中に入っているがよい」

玉浦での戦いを終え、麗水に帰りながら見ると、避難民は相変わらずその場に座っていた。しかし、私は避難民を連れて行くわけにはいかなかった。その数があまりにも多いため、連れて行ってもあとの面倒を見られそうもなかったのだ。避難民が泣き叫ぶなか、曲がりくねった水路を通り抜け、艦隊は麗水の左水営に到着した。行きとは違い、帰りには避難民に対し何も言えなかった。私も他の将兵たちも大きな屈辱感を噛みしめていた。左水営に戻った日、敵がソウルに入城し、すでに王の乗った駕籠がソウルを出て、西北に向かったという全羅道使の知らせを伝え聞いた。

壬辰年六月は唐項浦（タンハンポ）で戦った。唐項浦の湾内は川のように内陸へ深くえぐれ込んでいた。そのなかに敵は停泊していた。斥候将の報告によると、敵の戦船は二十六隻だった。楼閣船では黒い帳を張り、青い日傘を立て、白い花柄模様の幕を下げていた。あまたの寺院が建ち並んだように錯覚させるほど、船ごとに「南無妙法蓮華経」とかかれた無数の旗幟が風になびいていた。わが艦隊は水路にそって湾内に入り込み、敵の中心部を突いた。不意打ちをされた敵兵は、海に飛び込んだり山に逃げたりして大混乱に陥った。私は停泊中の敵船のうち二隻だけをそのまま残して、あとはすべて焼き払うよう指示した。思惑どおり次の日の朝方、山に逃げていた敵兵がその二隻の船に乗って湾外に出てきた。時を移さず、私の潜ませておいた伏兵が敗残兵を攻撃して全滅させた。

壬辰年九月は釜山浦で戦った。百六十六隻の三道水軍を率いて、麗水の左水営を出陣した。敵は釜山浦を海陸両面から要塞化していた。釜山は敵の橋頭堡であり、補給、兵站、輸送の前進基地だった。

釜山津の埠頭には敵船が五百隻あまり停泊していた。船は大部分が無人で、敵兵は陸の陣地に上がっていた。それでわが艦隊は長蛇陣で攻め入り、すぐに横列陣に展開した。敵船に火を放ち、破壊しようというとき、陸上陣地から敵の砲撃が始まった。戦闘は一日中続いた。敵は七つの陸上拠点から撃ちまくった。ところが我々の矢と銃弾は敵の陸上拠点まで届かない。洞窟の中から撃つ敵に海からは照準を合わせることさえできなかった。上から撃ちまくる敵を下から撃ちかえすなどということは無理な話だったのだ。私は敵の陸上拠点は放っておいて、船着き場に停泊していた敵船をすべて破壊し、焼き払った。わが艦隊は敵船を射程距離に置きながら、敵の地上砲からはその射程外にでた。敵は遠くからでもやたらに撃ちまくったが、砲弾はすべてむなしく海に落ちた。この日の戦闘は長くて退屈だった。将卒たちは労働者が働くように戦った。二百三十隻の敵船を破壊して、日没後に退却した。

私は加徳島(カドクド)に寄って兵を休ませた。敵船は破壊されたが、敵兵は全滅させられなかった。我々の手は彼らにまで届かなかった。弓矢も届かなかったし、銃弾も達しなかったのだ。

壬辰年はこのように港と水路を駆け巡りながら、敵を探し討った。おそらく手の届く敵より手の届かない敵のほうがずっと多かったはずだ。ただ壬辰年の私の記憶は遠くてぼんやりしている。過ぎ去った戦闘の記憶は、もう意識の届かないものだ。海は戦闘の痕跡をすぐさまに消し去っていたのだ。夕方水平線に沈んだ陽が、朝になると、また海に現れ輝いた。しかし、過ぎ去った過去の痕跡は海上に残っていない。海はいつも新しいのだ。

桜の花びら

丁酉年（一五九七年）、順天（スンチョン）の内陸基地とその沿岸一帯に布陣していたのは小西行長の部隊だった。小西には規模も指揮系統もわからない水軍が加勢しているという。これは右水営に残っていた安衛（アンウィ）が捕虜にした敵の斥候将を尋問して得た情報だった。小西は豊臣秀吉の側近で、二十四万石の領地を持っていた。

小西は壬辰年四月に海を渡ってきた倭軍第一陣の大将だった。そのとき小西部隊は釜山（プサン）、東萊（トンネ）、密陽（ミリャン）を順番に攻め落とし、鳥嶺（チョリョン）を越えて北進していった。私が海で玉浦（オクポ）の敵を叩いているとき、小西はソウルを攻撃し、私が栗浦（ユルポ）、見乃梁（キョンネリャン）、安骨浦（アンゴルポ）の敵を討っているとき、小西は平壌（ピョンヤン）に進攻していた。

小西部隊の大将旗は絹の赤い生地に白の十字を刺繡したものだったが、その十字は小西が信奉する耶蘇教の文様だと安衛は報告してきた。壬辰年に釜山から平壌まで北上するとき、小西は駕籠の前にいつもこの十字の旗幟を立てた。私はその十字模様の意味を安衛の報告によって初めて知ったが、人間の罪をほかの何かが代わりに担ってくれるというのが耶蘇教の教理だというのだ。全く理解のできない言葉だった。

敵の内陸基地に十字の旗幟が立てられているところが敵将のいる位置で、その旗の向いた方向が火力を集中すべき照準点だという。安衛が捕まえた敵の斥候将はその後右水営の監獄で自分の手首の動脈を歯で嚙み切って自決したので、それ以上の情報は得られなかった。安衛のさぐりたちは敵の心臓部にまでは接近できずにいたのだ。諜報網が敵のなかに深く食い込めず、しばしば途切れたし、いくつかの連絡網は混線状態にあった。敵の内陸後方に布陣していた明軍のさぐりたちは敵の内部に接近していたようだが、明軍からは何の情報も入ってこなかった。朝鮮水軍を情報から遠ざけることで、作戦指揮上、自らの優位を保とうということのようだった。私はそれを肌で感じ取っていた。敵は近くにいて、巨大だったが、その実態は全くの五里霧中だった。

慶尚海岸側の諜報活動状況を掌握するために伝令をやって安衛を呼び寄せた。安衛は船でやってきた。その直前、安衛は高興(コフン)東海岸で引き潮時の干潟にはまった敵の斥候船を拿捕していた。斥候将と三人の水夫を捕虜にし、残り二十人の敵兵はその場で撃ち殺した。敵船は破壊されずそのまま拿捕されたので、満ち潮のときに右水営まで引いていって、今その構造と機能を分析していると安衛は言った。

安衛の船には敵から奪った戦利品が積んであった。兵糧米十石、干し魚二十束、サツマイモ十かます、塩三斗、刀十本、火縄銃七丁、火薬百斤に被服と履物だった。飲み残しの茶葉と茶碗もあった。私は安衛の船に乗って、戦利品を点検し、従事官金秀哲(キムスチョル)が目録を作成した。私は安衛に聞いた。

「斥候船に食糧がいとも多いのはなにごとだ」

「長期の斥候であるためでございます。十日間、高興、宝城(ポソン)側の沿岸などをくまなく探っておりました」

「敵は我々をさがしておるのだな」

敵の主力がふたたび西進を準備しているのか、それともただ高興、宝城沿岸の我が軍を探っているだけなのか判断がつかなかった。高興、宝城側に敵に見せられるような兵力はなかった。敵に弱点を知られるのではないかといつもそちらの方が気がかりだった。私は戦利品のうち火縄銃は都元帥府に送り、火薬は水営の倉庫に保管し、食糧は安衛に持ち帰らせることにした。

「刀をみせてみろ」

安衛が戦利品のなかから刀を引き出して私に渡した。

「死んだ斥候将の刀でございます」

まるで鋼が生き物のようだった。柄は巻かれた麻ひもが擦れて、てかてかになっている。生きて刀を握っていた者の掌の跡がはっきりと残っているようだ。無数の人を切り、刺し、そして血にまみれた刀だ。その刀を握ってみる。死んだ者の掌が私の掌に感じられる。死んだ者と握手をする気分だ。

敵の刀は厳か(おごそ)だ。柄に目をあて先端を透かして見ると、終わりが点に見える。その点は鋼の極限だ。刀はその点の向こう側に消え失せてしまったかのようだ。刃の上で鋼は猛烈な勢いで消滅している。鋼は鋼の外に飛び出そうとし、その境界に沿って刃は消滅するぎりぎりの痕跡を残している。その上には長い血溝が刃に沿って消滅点まで伸びている。刃についた血を集め、流れさせる血溝は光に満ちあふれている。

刃から刀の峰の方向へと研がれた刀は、鋼の青い地肌を露わにしている。その地肌の上で光が雲模様に揺れている。鋼の地肌は皮膚の剝がれた肉のように見える。いつか王が養生しろと送ってくれた牛肉の断面が思い浮かぶ。その牛肉の断面には生命を成り立たせている難解で複雑な模様が露出していた。鋼の中にもこんな模様があるのだ！　いつか敵の刀に切られたら、このような鋼の模様が私の生命を通り過ぎていくのだ。そして刀の鉄の匂いが私の血の生臭さと混じり合うのだ。私は敵の刀を前にこんな思いにふけった。

その刀からにじみ出ている敵意が一体何なのか、私はその根元がわからなかった。しかし私は敵の敵だった。それはあまりにも明白な私の運命であり、何よりも目の前の敵の刀がそのことを教えてくれていた。

刀の下の方にいくつかの文字が書いてあった。死んだ敵の斥候将の剣銘のようだ。私は刀を目の前に引き寄せてその字を読んだ。

馬は雨に濡れ、青春は血に濡れる

私は安衛にその剣銘を見せた。安衛は言った。

「文が甚だ哀れっぽくてよこしまに見えまする」

「斥候将は何歳だったのだ」

「二十六歳とのことです」

「生い立ちは聞いたか」

「詳しくは存じませぬが、世襲的な武家の子息と聞いております る」

「文が哀れに見えるというのだな」

「ええ。しかし敵ながら俊英な奴でございました。拙者の部下にしたいほどでした」

「相当荒々しい奴に違いなさそうだな」

安衛が敵から奪った刀は十本を数えた。私は他の刀も引き抜いてみた。長い間使いこまれたものらしく血溝が錆び付いていた。その刀にも銘が刻まれていた。私はその錆び付いた文字を覗いてみた。

青春の日々は花と散り、散り乱れた白骨の上に桜が舞う

「この刀の持ち主は死んだのか」

「船を拿捕するときに二十人ほど撃ち殺しましたが、その中の一人でございます。まだみんな若い連中でございまする」

「こやつも相当残忍な奴だったにちがいあるまい」

敵の刀を一本ずつ眺めながら、私は一日中船を漕いできた安衛を相手にそんなとりとめもない話をしていた。

馬は雨に濡れ、青春は血に濡れる。青春の日々は花と散り、散り乱れた白骨の上に桜が舞う。両方とも若い者の文だった。海で殺した無数の敵兵の白骨が思い浮かぶ。私の刀に刻まれた「染」の字も思い出された。われわれの若い敵たちは人を刺して切る武人であると同時に、文にも興じる詩人たちだったのだ。若い敵たちの文はかれらの刀に似ていた。このような敵、数万名が慶尚海岸に集結しているのだ。散り乱れた白骨の上に桜が舞う……私が殺した人間の白骨の上にたとえ桜の花が舞い散ったとしても、私はこの海の上でずっと生き残っていなければならなかった。

その夜、酒を飲ませて安衛を休ませた。鳴梁(ミョンリャン)での戦いでは私が怖じ気づいた安衛を船上で切り捨てようとしたことがあった。安衛はその後、深みのある、物静かな武人に成長していた。彼もまた恰好な死に場を求めているに違いなかった。その夜、安衛は酔った。敵の内陸基地に連れて行かれている数百人の朝鮮の百姓が、敵の第一線に配置されているが、順天を攻撃する場合には、まずこの前線に配置された朝鮮の百姓らとぶつからざるを得ないだろうと安衛は無表情に話した。そしてただただ酒を飲んだのだった。

安衛は翌朝、右水営に戻った。私は船着き場まで見送ってやった。そのとき安衛は言った。

「順天の敵との戦いが始まったら、連行された朝鮮人をどうなさいまする」

私は答えることができずに、訊き返した。

「おまえの考えはどうだ」

安衛は答えなかった。

安衛が戦利品として持ってきた十本の刀を水営の中の鍛冶屋に渡した。敵の刀は長すぎてわれわれの剣法にそぐわないので、将兵に分けてやることができなかった。結局、鉄を溶かし、銃筒を作るときに混ぜて使うように指示したのだった。

生臭い霧の追憶

春の海は朝霧が早く消える。水上に低く垂れこめた霧は軽く柔らかい。風の力を借りるまでもなく、遠くから朝焼けの空が海面に映れば、霧は島々の間を帯のように流れながら遠海へと退いていく。朝日が水平線を踏み台にして海上に姿を現すと、日の出方向に退いた霧の帯は朱色の尾を長く引きながら消え去っていく。消えゆく霧の向こうに見える遠島は赤みを帯び、近くの島々は青く見える。

消えゆく霧を船でかき分けながら朝の巡察に出ると、春の海の生臭さが体中に巻き付いてくる。私は冷たくて生臭い朝霧を胸一杯吸い込む。すると霧の粒子が肺のなか深くにしみ入った。その生臭さは新しい時間の生臭さなのかもしれない。新しい時間は遠海から朝霧をかき分けてやってくるのだ。

朝方の海の生臭さのなかで私は、時々死んだ女真（ヨジン）の体臭のことを思い出した。生きた者の体臭は鼻をつき、息をつまらせる。その匂いが一体平和を感じさせるのか、それとも戦争を感じさせるのかは区分がつかない。おそらくその両者の区分を超越して生きているし、生きて他の生きた者たちを呼んでいるのだ。生きた者はいつも他の生きた者を呼ぶものらしい。……旦那さま、夜が明けたら私を切ってくださいまし……と言っていた女真の声は、他の生きた者を求める生きた者の声にちがいなかった。その声は一声の叫び声のように単純明快だ。だが、私にはその単純な声が聞き取れなかったのだ。しかし、女真の身体のなかに入ったときは実に平和だった。平和でいとても熱かった。生きた者の身体の中では、すぐにでも泣きたくなりそうな切なさが脈打っているのだ。蟾津江（ソムジンガン）の川辺に立つ空き家の土間で女真を抱いたとき、私は生きた者が生きた者を求めるが如く、いつ終わるとも知れない戦争の終結を心から願った。その願いは女真の身体のなかでだけ可能な願いだった。……旦那さま、夜が明けたら私を切ってくださいまし……女真の泣き声は、女真の身体のなかにだけ存在する世界が外の世界をどうにも受け入れられないといって泣く、泣き声のようだった。女真は死んだが、死んだ女真の体臭は朝の生臭さに乗せられて私の心にまで届いてきたのだ。

朝の巡察時の海霧は目に見えない海向こうの匂いまで乗せてきた。新しい戦闘を予告する新たな時間が、霧に乗せられ、私の身体にしみ入ってきたのだ。海には過ぎ去ったものの痕跡は残っていない。海はいつまでたっても見慣れることのない太古の海だ。水平線の向こうから新しく近づいてくる時間が私にとって敵なのか味方なのか、それはわからない。ただ、その時間はまだ戦さによって汚されていない無垢な時間だ。敵味方を区分できないその新しい時間だけが新たに戦さを戦っていける源だ。明け方の海で、まだ見知らぬ汚れ（けが）のない時間が霧に乗って私の身に訪れてくるのだった。そんな時間をすべて乗り超えたとき、はじめてやっと私の戦争は終わり、私の生と死、存と亡が一つになって平穏を取り戻せそうなのに、どういうわけか時間の波は限りなく押し寄せてくるのだ。朝の海に出たとき、死んだ女真へと向かう私の性欲はとてもやるせないものだった。朝の霧が早く消えれば、その日は晴れるが、霧が消えてから虹が架かれば、その日は雨が降った。

栄山江（ヨンサンガン）流域には百姓らの耕す畑が青々と広がっていた。敵も、明の水軍も来ないので、百姓らは生気を取り戻し始めていたのだ。ふたたび百姓は自らの力だけで生き返った。晩春には内陸の村でも麦をちゃんと収穫できた。麦が豊作になると、島と沿岸を行き交う小さな商いが増え、五日市が一つずつ蘇った。市の日には港の船着き場ごとに百姓らの船がいっぱいに停泊し、満潮に合わせて漁船が沿岸の漁場に集まった。遠く慶尚海岸からの避難民は小さな漁船一隻に四、五十人ずつ乗って、帆もなしに水営にやってきた。

魚を捕る漁民らの船が水軍の作戦区域内に入りはじめると、邑(ウプ)の警備兵力とのあいだで頻繁に衝突が生じた。警備船によって漁場から追われた漁民らが大挙、水軍万戸鎮の港内に船で乗り込み、鉦(かね)を打ち汽笛を鳴らしながら抗議したこともあった。

「この海は一体誰の海なのじゃ。そしてあの魚は一体誰の魚なのじゃ」

「国がだらしないせいで、民がこんな目に遭っているではないか」

怒りちらしながら漁民は軍官の胸ぐらを摑んだ。

その後、私は作戦区域内にある漁場と水路を漁民に開放してやった。ところが、敵のさぐりが漁民を装って全羅(チョンラ)海域に深く入り込んできたり、また腹を空かせた避難民たちが強盗と化したりしていた。強盗は夜間に船で海に出て漁船を襲う一方、港を回りながら強奪を繰り返した。考えた末、漁民の船をその村の水軍に登録させ、船主と船員を調査して通行証を配布したが、通行証を出すときは米でその代金を受け取るようにした。大船は三石、中船は二石、小船は一石の通行料だった。結果、一か月足らずで兵糧米千石を得ることができた。水路ごとに軍船を一隻ずつ配置して漁民の通行と漁労を監視させるようにした。夜は監視する軍船を二隻に増やした。夜間の漁労は申告した区域から出られないようにし、通行目的の運行も禁じたが、漁民はいうことをよく聞いた。漁船はお礼だといって警備の軍官に魚をくれた。これは漁民たちの昔からの慣習であり、また全体量が取るに足らなかったため、見て見ぬふりをすることにした。凪の静まった夜は沿岸で漁船の焚く漁火(いさりび)が復活した。だが敵はすぐ近くにいた。

私は行政官を内陸の郡(コウル)に遣って、麦の収穫量を確認させ、割り当てられた分量を徴収させた。

兵糧を積んだ牛車が、連日水営に到着し始めた。そんなとき務安から水営に向っていた十台の牛車が川の早瀬を渡っていたところ、急流に巻き込まれた。水営から送った牛が十頭も死に、牛車は壊れて流された。麦五百石が水に濡れ、残り五百石は川に沈んで見つからなかった。

私は従事官金秀哲を派遣してこの事故を調査させた。調べたところによると、運送責任者としてついて来た務安の官吏金判洙は夢灘の渡し場の売春宿に居座って酒ばかり飲んでいたのだった。結果、流れも知らない十五、六歳の二人の官奴が早瀬の中に牛車を追い込んだのだ。また夢灘の渡し場にある売春宿の娼婦は金判洙の妾だが、金判洙は運送中に兵糧二百石を横領してその妾に渡していた。金秀哲は金判洙を連行してきて処刑した。そして牛車と兵士をふたたび現地に送って濡れた麦と十頭の死んだ牛を運ばせた。水営に濡れた麦が到着すると、庭に茣蓙を敷き、その上に広げて乾かした。ちょうどその日は霧も早く晴れて、陽も強かった。

死んだ牛は船に載せて近くの水軍部隊に一頭ずつ送ってやった。水営でも二頭を食べ、一頭を近隣の村にやった。その日、村からは夜遅くになっても歌声が聞こえてきた。金秀哲は務安官吏金判洙の尋問調書と執行報告書を作成し、書類に判子を押して都元帥府に送った。金判洙の死体は牛車に乗せて務安へ返した。その日、村人の歌声は結局朝方まで響いた。

戦闘のない時の水軍は漁夫と何ら変わりがない。兵卒たちは二組に分かれて沿岸警備と漁労を交互にやった。戦船に網を載せて海に出、二隻が一組になって双曳き網を曳いたりもした。沿岸漁場は漁民たちが占めていたから、兵卒たちは戦船で遠海まで出て捕ってきたのだ。捕った魚は日干しにしたり、塩漬けにしたりして水営の中に建てた倉庫に保管した。近辺の旅籠の主人が鉄くずや銅のかけらを積んできては魚と交換していくこともあった。その鉄くずは鍛冶屋の鞴で溶かされた。敵はまだ順天にいた。敵が来ないあいだに、銃筒を百丁あまり新しく作り、四千石の兵糧米を備蓄した。米はいくつかの港に百石あまりずつ分散して保管した。ふたたびもとに戻りつつある百姓たちの生活に私はかえって不安を感じた。その年の春、敵はあまりにも近くにいた。それでも海にはそれまでの戦争の痕跡がまるでなく、ただ魚を追う船の漁火だけが霧の中にぼんやりと見えた。春の朝方はよく霧がかかるものだ。朝方、巡察船の甲板に立ち、冷たい霧を胸いっぱい吸い込むころ、夜を徹した漁船が港へと帰ってくる。

……島と島の間に敵の伏兵がいないことを確かめたうえで移動するがよい。卿は三道の水軍を指揮して至急に敵を攻撃せよ。余は遠くで痛哭している……

……卿は各港の兵船を指揮して即刻慶尚道(キョンサン)海岸側にいる敵を全滅させろ。ああ、この国の恥辱をいったいどうすれば晴らせるというのじゃ。どうすれば……

……釜山(プサン)、東莱(トンネ)沿岸に倭船が無数に停泊し、敵の勢力がますます増大しているというのに、南海(ナムヘ)の将帥たちは一体何をしておるのじゃ……

……卿は水軍を率いて海に進出し、敵の増員部隊を海上で叩け。海で攻撃すれば敵は上陸できぬではないか。秋が深まると悩みも深まる。どうやってまたこの一年をすごすというのじゃ……

……ソウルにいる兵に火縄銃の撃ち方を訓練させているが銃が足りず、壊れたものが多くて兵士は棒きれを持って銃を撃つ真似をしている有り様だと余は聞いておる。余が知るに、戦法がなく、武器が足りなければ良い結果は期待できぬ。まねごとでどうして実戦を戦えよう。卿は敵の銃を沢山持っているということだが、そのうちまともなものを選んでソウルに送るがよい……

……戦乱はいつ終わるのじゃ。もう朝廷の貧しさは水ですべてを洗い去ってしまったあとのようじゃ。紙もなくて文書や書物をまともに出せずにおる。書物もまともに出せないようではどうして聖賢の遺志を後世に伝えることができるのじゃ。余は痩せ細った股（もも）を掻き掻き悲しみにくれている。余が聞くに、卿たちの南海には紙を作れそうなよい木が茂っているそうじゃが、早く紙をつくって朝廷に送ってほしい。これがどうして王たる者のいうことかと思うであろう。恥を忍んでの頼みであることをそちも当然察すべし……

敵が来なくて、敵と戦えなかったあいだにも王は南海の水営にこんな諭示を下したのだった。王は遠くから、だだをこねることでこの戦争に参加していたのだ。

私は海南（ヘナム）の山間にあるこうぞ林に軍官を派遣して紙を作らせた。軍官は百姓らを動員して状紙を二十冊作った。また戦利品の銃の中から使えるものを二百丁選び、兵糧米百俵や竹の矢一万本とともに軍船に積んだ。兵糧米と弓矢は国事と軍事をつかさどっている備辺司（ビビョンサ）で要求してきたものだった。物資を積んだ軍船は西海沿岸にそって北上し、漢江（ハンガン）に入った。紙は承政院に届けられ、銃、弓矢、兵糧米は備辺司に渡された。軍船はその後十日ぶりに水営に戻ってきたが、私は軍船が上京するとき次のような状啓もしたため王に送ったのだった。

……国土に人気がなくなって久しいなか、武人たるもの朝廷に文を送る面目がどうして立ちましょう。殿下のご憂慮を深くお察し申し上げまする。されども敵は狡猾でかつ海は荒いので、水軍の進退につきましては臣の指揮にお任せ頂きたく存じまする。最後の敵一人まで討つことで帯刀した武人として受けたこの恥辱を必ずや晴らしたく存じまする……

順天では敵が増え続けていた。宝城、高興沿岸には敵の斥候がしばしば出没し、右水営でも安衛の船が敵の斥候船としばしば遭遇し、交戦した。敵は夜現れたので、戦闘は朝方まで続いたが、敵の斥候船は砲と銃で重武装していた。交戦を覚悟の上でやってくる斥候船だったが、大体船団を組まずに一、二隻でやってきた。敵もすでにわが水軍の窮状を知っているようだった。敵の斥候船は交戦中に順天の方に逃走したが、伏兵を恐れた安衛は、それ以上追跡できなかった。順天の沖合は敵の海域だったのだ。敵は海岸線にぴったりとそって移動し、満潮時と干潮時には水路上で動かずにしばし止まっていた。敵はあちこちの港に出入りし、沿岸の水路と港の地形を偵察していった。

敵は順天よりもさらにわれわれに近いところに、新しい前進基地を作るつもりのようだった。目には見えない敵の気配が、真綿で首を絞めるように、じわじわと私を圧迫してきた。敵が前足を一歩踏み出した結果、右水営は危険にさらされることになったのだ。私は宋汝悰に戦船七隻と将兵四百を与えて右水営の守備を補強させるようにした。宋汝悰の戦闘指揮は臨機応変で、柔軟だと定評があった。宋汝悰は敵の末端を引き出しながら、その中枢を突くという芸当ができたし、いつも集中した力で素早く攻撃し、攻撃したあとには軽快に退散したものだ。宋汝悰は右水営を任されている安衛の指揮下に置かれることになった。一方、敵の順天基地の内部に僧軍の諜報網を張るよう指示した。それまでなかなか順天に網が張れず、情報は入って来ていなかった。敵の斥候船を拿捕し敵の戦略情報に接近すること、われわれの新しい前進基地を探ろうとする敵の先発隊をいち早く撃破すること、この二つが作戦目標として右水営の将兵に伝えられた。敵の出没はそれまでになく頻繁になっていた。右水営では全艦隊が完全武装していた。武装した艦隊は水営を離れ、島々や沿岸の港に分散配置された。兵糧米と火薬は船の隻数によって分けられた。右水営に属した格軍(キョッグン)のなかで虚弱で年老いたものはすべて交代させ、新しい格軍を本営から増派した。また、右水営の管轄下にある烽火を整備して試験的に作動させる一方、港と港のあいだを速力のある伝令船で繋いだ。

私の全戦力で敵全体を迎え討たねばならない日が近づいていることを私は肌で感じていた。夜の遠海で我が斥候はいつも雨に濡れていた。迫り来る時間を避けられないのと同様に、手探りでむかってくる敵は避けられない。敵の姿はみえなかったが、たしかに敵は来ている。まだ来ぬ敵の気配が潮の流れに乗って漂ってきていた。

右水営の艦隊はそれまでこれといった戦果を上げられずにいた。敵の逃げ足が速かったためだ。敵船の速さに安衛と宋汝悰は業を煮やしていた。敵は攻めずに、発見されると向きを変え逃げていくだけだったのだ。そんな内容を伝えるために安衛の伝令兵は二日に一度ずつ高下(コガ)島水営にやってきた。そのころ私は高下島水営の海上でおこなっていた陣法訓練に気をとられていた。艦隊の隊列が一文字の陣から鶴翼の陣に転換する過程が気に入らなかったのだ。太鼓を叩き、ラッパを吹いても艦隊はそのテンポについて来られなかった。太鼓と櫓との格差、それは私にとっての現実だった。そのはざまで悩んでいた私はいつも訓練場の水営沖に出て指導していた。だから安衛が送ってきた伝令兵は私に会えず、従事官金秀哲(キムスチョル)に報告して帰って行った。報告はいつも敵発見、追跡、敵逃走、帰港という決まった内容の繰り返しばかりだった。安衛はあるとき伝令兵にことづけて珍島(チンド)の碧波津(ピョクパジン)で取れるアワビと何匹かの鯛を寄こしてきた。珍島産のクコの実の酒も数本送ってきた。それで私は帰る伝令兵に茹でた犬の頭一つと屯田で収穫した薬草を持たせてやった。

右水営の艦隊は半月のあいだに三度にわたって満潮時を狙ってしのび込んできた敵の斥候船を、包囲し交戦した。渦巻く満ち潮に乗った安衛の艦隊が逃げる敵を追い掛けると、島の陰に隠れていたわが伏兵が敵前を遮って包囲したのだ。安衛がこのように敵の進路と退路を遮断する一方で、宋汝悰は敵の中枢にくい込む攻撃を試みた。そう大きくない戦いで、夕方に始まり、夜中には終わった。宋汝悰は火がついて逃げる敵船をとび口で引き寄せ、火砲で破壊した。海に飛び込んだ敵兵は満ち潮に巻き込まれていった。わが方でも宋汝悰の乗った船の右舷に位置した射夫三人が銃に撃たれ、海に落ちた。玉泉寺(オクチョンサ)の寺奴二人と長興(チャンフン)の行李作りの職人だった。宋汝悰は部下たちの死体をとうとう見つけられなかった。その日の戦闘で宋汝悰は敵船で櫓をこいでいた水夫を七人捕虜にした。夜中に霧雨が降って敵船の火が消えたので、宋汝悰の兵が船上に乗り込んだところ、甲板の下に隠れていたのだった。

宋汝悰が捕虜にした七人の水夫は全員敵にとらわれの身になっていた朝鮮の百姓だった。宋汝悰が彼らを高下島水営に引き連れて来ると、私は軍官に尋問させた。敵に捕まってすでに一年以上経つ者たちだった。海南が陥落するとき捕まった者が五人で、のこり二人は海辺で海草を採っていたところ捕まった者だ。年は全員六十に近かった。始めの六か月間は順天で敵の城郭工事に動員され、その後は敵船で櫓を漕いだという。ときには敵の射夫として我が艦隊に向かって銃も撃ち、また沿岸の水路と潮の流れ、島の井戸の位置に関する情報も敵に漏らしたという。目尻のあたりに矢を受けた海南の農夫は尋問中に息絶えた。彼らからは敵の順天基地に抑留されている朝鮮人捕虜全体についての情報すら得られなかった。尋問が続くあいだ、捕虜は牢に入れることにした。捕虜がわれわれに引き渡された日の夕時、宋汝悰が私の宿所にやってきた。捕虜の引き渡しを終えた後も宋汝悰は帰らずにいたのだ。

「旦那様、あの者たちの処分を、この私にお任せくださいませぬか」

私は宋汝悰の顔をのぞき込んだ。両目が血走り、疲労困憊しているように見えた。私は安衛が送ってくれたクコの実の酒を注いでやった。宋汝悰は三杯立て続けに飲んだ。

「交戦中でないかぎり、軍法は統制使が司るものだ。軍律はそうなっておる。それも知らぬのか」

「それはそうですが……」

「ところであの連中を連れていってどうするつもりなのだ」

「拙者の部下が三人今度の戦さで死にました。報告はお受けになっていると存じますが……」

「それはおまえの手落ちではないか。部下が死ぬのは上官の責任だ」

「しかし拙者はそのようなことで死ぬ気は毛頭ありませぬ」

宋汝悰の語気は荒い。

「あの中には私の腹を銃で撃った者もおりまする。あの者たちの首を吊さないことには、この右水営の中で示しがつきませぬ。どうか……」

私は下人を呼んで冷めた煮物をもう一度温めて来させた。

「どうしてもそうしたいというのか」

「そうでございまする」

「宋汝悰、切らねばならぬのはおまえの方だ」

宋汝悰は目を剝いた。私は続けた。

「それとわしだ。わしらが百姓をちゃんと守ってやれたなら、百姓がおまえに銃口を向けるようなことにはならなかったはずではあらぬか」

宋汝悰は顔をそむけた。

「連れていくがよい。おまえの処分に任せる」

次の日の朝、宋汝悰は右水営に戻って行った。朝鮮人捕虜は連れて行かなかった。私は捕虜のなかで病気や怪我をした者を帰郷させ、残りはその後右水営で挟船の格軍として使った。がりがりに痩せこけた年寄りたちだった。味方の櫓と敵の櫓を代わりばんこに漕がねばならない彼らの運命を考えながら私は頭を掻いた。私は突然、冷たくて清らかな水が飲みたくなった。朝鮮人捕虜一千人あまりがいまも敵の順天の要塞で最前線に配置されている。私は敵と百姓の両方に包囲されているのだ。海には過去の痕跡が残っていない。捕まえた百姓を先立てて敵がふたたび迫ってきていた。

翼

私は敵の攻勢のなかに敵の死が潜んでいることを願った。攻めてくる敵の殺気のなかに敵の死の気配が潜んでいないとしたら、敵を殺すということ自体が不可能だ。私についてもまた、同じことが言える。それまで私はすでに敵のなかに潜んでいた死をただ現実の死に至らしめてきただけなのだ。

壬辰年（一五九二年）は戦闘の終わった日の翌朝も、艦隊は母港に帰るひまがなかった。港から港へと移動しながら、埠頭にへばりついている敵を誘い出し、全滅させたのだ。壬辰年に頻繁にあった戦闘で私は敵のなかに潜在している敵の死を見た。そのとき私の中に存在する私の死も敵に見えたはずだ。

一文字の陣から鶴翼の陣に転換する海上訓練はいっこうに進まなかった。わが艦隊を追跡してくる敵を敵の射程ぎりぎりまで引き寄せたあと、突然、後ろ向きになって攻勢に出るこの戦術は、難儀ではあるが、不可能ではないと私は信じていた。そのとき長い一文字になった全艦隊がいっせいに百八十度向きを変えなければならない。先頭が後尾になり、後尾が先頭になるのだ。本来は先頭も後尾もないものだ。振り向けば先頭は後尾になり、後尾は先頭になる。先頭は後ろ向きになりながら、左右に広がって翼をなす。翼は敵を遠くから囲んで行く。艦隊編成の第二列と第三列はいち早く前進しながら両側に回るが、第二列は右翼に第三列は左翼に加勢する。さらにその後ろの第四、第五、第六列は両翼の分岐点に集まって中軍をなす。中軍はいわば鶴の胸だ。鶴は胸の筋肉で翼を動かす。大将船はその中軍の真ん中に位置する。第七列以降は中軍の後方を支える。中軍から両翼の端まで昼なら旗幟で、夜ならラッパで連携する。翼は軽くて速く、中軍は重くて強力だ。

翼は遠くから敵を締め上げるだろう。敵は集結し、わが軍は分散する。集結した敵は分散したわが軍に向かって撃ってくる。すると敵の火力は集中から分散へと移行する。分散したわが軍は集中した敵に向かって撃つ。そのときわが軍の火力は分散から集中へと移行する。

翼はさらに敵に近づく。敵の火力は全方位に対応しなければならなくなる。だが、わが軍の火力は焦点を持つ。そのとき中軍を攻勢に転じさせ、分散し始めた敵を叩く。敵は全方位を撃ち、わが軍は一方位だけを撃つ。

敵は指揮系統を失い、散らばる。中軍の外郭を迂回しようという敵が出てきたら、第七列以下がそれを遮る。陣は巨大な鶴のごとく海上で舞う。舞いながら敵をそのふところに深く抱き込む。そして殺す。広げては閉じこめ、締めては抱き、抱いては殺す。敵を抱きかかえ、敵のなかに潜んでいる敵の死で敵を殺すのだ。

これははたして幻想なのだろうか。私の力に余るものだった。ただ敵の内部に潜んでいる敵の死だけが私の財産だ。振り返って広げる鶴の両翼というものが、たとえ幻想だとしてもほかには代案のない幻想なのだ。水営沖の陣法演習場で私はその両翼を休む間もなく何度も羽ばたかせてみた。波はいつも荒く、櫓に楯突く。だが、船はその抵抗によってのみ前に進むものなのだ。

海は羽ばたこうとする翼をなかなか受け入れようとしなかった。振り返って広がり、締めながら近づこうとするとき、櫓を摑んだ格軍(キョッグン)の身体は太鼓の音と嚙み合わなくなるのだ。太鼓には翼の幻想が込められているが、櫓は現実の海だけに浸っている。中軍の前衛で振られる旗信号が両翼の端までは届かないのだ。両翼の分岐点に中軍を形成するとき、集まる船がお互いぶつかり合い櫓が折れ、船尾が壊れた。方向を変えろと喚(か)くラッパの音は嗄れてしまった。翼は重くてそう簡単に広がってはくれないのだ。

訓練海域から帰ってきたある日の夕方、私は鼻血を出した。下女を呼んで食べていた膳を下げさせ、服を着替えた。下女は自分の膝を枕にして私の頭を下げさせた。すると窓の真ん中に水平線が見えた。遠島が揺れている。近海では夜間訓練の火矢が飛びかっている。私は下女の膝を枕にしたまましばらく眠った。寒気がし、冷たい汗が流れた。下女は水に濡らした手ぬぐいで私の額を冷やし、頭を掻いてくれたあと、寝床をしいてくれた。

その夜、安衛(アンウィ)の送った伝令がやって来た。伝令は兵卒ではなくて軍官だった。私は一瞬、緊張した。伝令を宿所の中に呼び入れ、従事官金秀哲(キムスチョル)を起こして席をともにさせた。私は敷き布団の上に座って報告を受けた。伝令は報告した。

「二日前に宝城(ポソン)湾内の水城浦(スソンポ)に三十隻の敵船が入ってまいりました。補給船三十隻に兵糧米と火薬を積んでいました。さぐりを周辺に配置しましたところ、敵は百姓の空き家を回って井戸水を汲んだそうです。そして今朝まで敵は帰らず、そのままおります」

「昼間は何をやっておったのだ」

「船に兵力を沢山積んできました。昼間は全員山に上りますが、夜になると、また船に戻ってまいります。さぐりは山に接近できませぬ」

「海上で発見できなかったのか」

「宝城湾の入り口がとても広いので……」

敵の前進基地が、いよいよ右水営の方に迫ってきていたのだ。昼間、山に上った敵は洞窟を探したり、塹壕を掘ったりしているはずだ。敵の先発隊はそこに居すわって、後続部隊のための陣地を作っているのだ。敵が陸上拠点をつくってその中に伏せるとなると、海からは手も足も出なくなる。金秀哲は言った。

「早く片づけないと、そのまま居ついてしまいます」

「うむ、わかった」

真っ暗な海には霧が立ちこめていた。何も見えない。霧は宿所の部屋の中にまで入ってくる。腰と腕の付け根が冷え、また痺れてきた。私は下人を呼んで温床(オンドル)のたき口に薪をくべさせた。

山に上った敵兵たちは夜になると、船に戻ってくると伝令は言った。高下(コガ)島水営から宝城湾までは朝方出ればその日のうちに着くことができる距離だ。しかし、一日じゅう櫓を漕いでいった格軍が、はたして夜間攻撃をやり遂げられるのだろうか。私は布団を引っ張って冷えた膝のうえに被せた。まだ敵全体を一気に迎えるときではない。敵を分散させて撃つ必要がある。それに水城浦の敵を急いで片づけないと、敵の主力がぴったりと近接してくる懼れもある。霧はだんだん濃さを増した。私は伝令兵に言った。

「あさっての朝、発進する。おまえは今晩じゅうに右水営に帰るのだ。そして安衛に伝えろ。右水営の艦隊はあさっての正午までにウルトモク（鳴門）に出動すること。そこで本隊と合流する。あさっての晩には水城浦を夜間奇襲する。戦闘は潮が引く前に終わらせる。帰って格軍を先ず寝かせ、腹いっぱい食わせるようにするがよい」

伝令は帰っていった。伝令の船を漕いできた右水営の格軍十人を交替させてやった。伝令が帰った後、私はふたたび布団の上に横になった。金秀哲が枕元に座っていた。

「行って寝ろ」

「明日は訓練をやめて兵卒たちを休ませてやったらいかがでございましょう」

「それがよい」

金秀哲が出ていくと、下女が手ぬぐいを取り替えにきた。温かいお茶も持ってきた。

「旦那様、具合はいかがでしょう」

「いつものことだ……大丈夫だ」

「お休みなさいませ」

「おお、おまえも行って休むがよい」

暗闇のなかで霧が重く沈み、私は一晩じゅう息苦しかった。

霧の中、ラッパが鳴り響く。艦隊は朝、出陣した。二十隻の戦船と三十隻の挟船だ。霧は重く身体にまとわりつき、そして水のように流れる。視界は八、九百尺程度だ。船首越しの視界が霧に遮られる。艦隊は長蛇陣をなす。先頭も後尾も見えない。船は霧の中を突き進むが、山のてっぺんや島々は霧に包まれて見えない。海ではまわりの陸地が見えないと海路が読めない。風がどこか遠くへひいたせいで、霧が海上にとどまっているのだ。海水は見えず、霧の下で波が船首にぶつかる音だけが聞こえてくる。わずか一つの航海指標すら見いだせないのだ。鳥も飛んでいない。船は霧の中を流れていく蜃気楼のようだ。指標のない霧のなかを長蛇陣は東南へと進む。船はただ霧の中で見え隠れする前方の船の過ぎた航跡だけを追っていく。旗幟は見えず、太鼓も方向を示すことはできない。ラッパの信号で戦船間の距離を狭め、速度を落とさせた。自分が今どこにいて、どこに向かっているのか霧の中では定かではないが、敵もその霧のなかにいるのだった。

長蛇陣の先頭には水先案内船を配置した。そのために発進する前の晩、水先案内人として八禽島(パルグムド)の年老いた李億洙(イオクス)を連れてきたのだ。膝の力がなくなり、もう立てなくなったこの年寄りを、兵卒たちは担架で運んできて水先案内船に乗せた。李億洙は八禽島で三代続いている旅籠屋の主人だ。幼いときから櫓漕ぎ人を雇い、船に乗って沿岸の村々を回りながら乾物、素焼き器、竹製品、塩などを交易してきた。霊岩(ヨンアム)、海南(ヘナム)、康津(カンジン)、宝城(ポソン)に至る沿岸水路を李億洙はまるで陸路のごとく行き来していた。彼は幾通りもある水路の微細で特有な感触も知っていたし、流れが一つになったり逆に分かれたりする事象についても熟知していた。

「今は水軍のことが急務だ。おまえはこの霧の中で水路を探しだすことができるのか」

「日が昇れば晴れてくるでしょうが、それまでは手さぐりで海南に辿り着かねばならぬと存じます」

「水が見えないのに、どうして海路を探せるというのだ」

「身体が知っています。身体の知っている時間と船の速度を推し量って位置を摑んで行けます。ちょうど風もなくて水路の状況がすべてもとに戻りましたし、また時たま霧の中で島影が見えたりもしますので、船は動かせると思います。ただし格軍をせかして早く進むことだけはやめていただきたい」

水先案内船には格軍を十人配置し、射夫十人で武装した。李億洙の年老いた身体が霧のなかへ艦隊を導いていった。艦隊は前の者の腰を摑んで進む子どもの馬乗りの列のようにふらつきながら東南へ進んだ。鳴梁海峡にいたっても霧に包まれたままで水路はまるで見えなかった。見えない流れが音を立てながら海南の方に走って行った。私は碧波津沖で火矢を射たせて安衛の艦隊を探した。安衛が火矢で応答してきた。霧の中では火矢が水に濡れた蛍の光のようにかすかに見えるだけだった。右水営の艦隊が二十隻、碧波津の外港で待機していた。安衛の艦隊に本隊列の後尾につくよう指示した。

莞島を過ぎるころには夜が明けて霧が晴れ始め、海南方面の山の尾根がぼんやりと見えてきた。そして康津沖に至ると、霧はすっかり晴れた。長興の青い山脈の稜線がくっきりと浮かび上がり、濡れた島々が朝の陽に輝いている。見慣れた島々と稜線が初めて見る世界のように目の前にひろがる。航海の指標を見つけた格軍長たちは乱打で太鼓を鳴らし、速度を上げさせる。私は案内船を後尾に回し、斥候船を先行させると同時に、船から船へと旗信号を送って、航海隊列を三列縦隊に変えさせた。艦隊はさらに速度を上げる。ラッパを吹いて戦船間の距離を広げさせる。夕方ごろになって艦隊は宝城湾入り口に達した。

宝城湾はあまりにも広くて、遠洋なのか湾内なのか区別がつかない。青みがかった山脈が遠く内海に連なっている。水平線にかかった夕陽の光が波の谷間でゆらゆら揺れている。光の揺れる波の谷間は陽の沈む方向にずっと伸びて行っては燃え尽きるかのようにして消滅する。山脈が夕陽を遮っている西側沿岸にはすでに暗闇がたれ込めている。ここで引き潮が始まる子の刻（午前零時ごろ）までには、すべての戦いを終えねばならない。

水城浦は宝城湾内の一番端にある。水城浦の入り口の両側は岩場の丘になっており、そこから一里にわたって狭い水路が走る。その水路の終わりにある埠頭に敵船が停泊していた。その水路では艦隊の隊列を広げることも狭めることもできない。長蛇陣で突き進むしかないが、一里の水路を進むあいだに、地上の敵に両側から攻撃されたら、艦隊は退路を閉ざされることになるだろう。そうかと言って長い箸を港の奥深くに差し込んで敵をつまみ出すようなことはできそうもなかった。

湾の入り口には無人島が三つ浮かんでいる。島は平坦で位置はお互い離れている。私は艦隊を分けてそれぞれの島陰に隠れさせた。そして宋汝悰に戦船を六隻やって港内を攻撃させることにした。招揺旗を掲げて宋汝悰の船を呼んだ。宋汝悰は近づいてきた。私は言った。

「あまり深入りするではない。深く入ると後ろが遮断され、やられてしまうぞ。始めに打撃を与えてすぐ退くのだ。そして敵を広い海におびき出せ。それから島と島のあいだに誘い込め。われわれは島陰から敵の後方に展開して敵船を追跡する。そのときおまえは船の向きを変えて敵に向かっていくのだ」

内陸の山並みの上に満月が浮かぶ。月光は水中深く染み込むとともに、山並みと海をいっぱいに照らしながら、その広大な空間を作りあげている。宋汝悰の六隻の戦船が宝城湾内へと突入していった。そのとき宋汝悰の船が残していく波が月光に揺らめく。櫓が波しぶきを上げるとき、蛍光のような燐光のかけらが船の後方に飛び散る。私は斥候船一隻を海の真ん中に残し、あとの艦隊を島陰に隠して待ち伏せた。茹でたサツマイモと干した海ナマズが将卒の夜食として出され、格軍も交替した。

月が中天にかかったころ、海面に映った月の影が風に揺れた。月には暈がかかっていた。遠い闇の中から黒い船が現れる。宋汝悰だ。銃声が鳴り響き、火花が散っている。三本ずつ並んで三回射つ火矢が上空に上がった。宋汝悰だ。敵はさらに近づいてきたが、私は動かなかった。宋汝悰は追われながらも二十隻あまりの敵船を自分に引きつけていた。宋汝悰は追い掛けてくる敵に射程ぎりぎりの距離まで接近を許していた。しかし宋汝悰は敵船の攻撃に応戦しなかった。太鼓の音が近くなってくる。三本ずつ三回射つ火矢がまた上がった。やはり宋汝悰だ。宋汝悰が島と島のあいだに入ってきた。敵は撃ちながら、ついてきた。だが、私は動かなかった。宋汝悰の戦船すべてが島のあいだの水路を抜け出し、一方敵は先頭から後尾まですっぽりと島のあいだに入った。

「さあ行くぞ。発進しろ」

大将船の射夫が火矢を二本ずつ二回射ち上げた。宋汝悰も即座に三本ずつ三回射って応答してくる。三方面の島陰からわが艦隊がいっせいに飛び出した。敵の隊列は島のあいだの水路に完全に入り込んでいる。わが艦隊は敵の左右両翼と後尾から迫っていく。そして宋汝悰の船団が素早く敵の前方に出て急旋回した。

私の射程内で隊列を乱しはじめた敵は、真ん中に集まりながら、さらに秩序を失いかけていた。

敵船同士がぶつかりあい、櫓が次々に折れた。そこへわが水軍は火のついた柴を投げ込み、火砲を撃った。宋汝悰は格軍を急きたて、船の舳先で敵の右舷に高速でぶつかっていく。敵が照準点を失い、浮き足立っているのを見て、宋汝悰は敵船右舷に火力を集中させた。

結局その日、湾内にいた敵船のうち命からがら湾外に逃走できたのは二隻だけだった。潮が引き始め、湾内の干潟が露わになってきた。もう逃げた敵を追撃することはできなかった。敵船が破壊されるたびに、ミツバチの巣箱が壊れ蜂の群れが飛び出すように、数え切れないくらいの敵兵が、海に飛び込み引き潮にさらわれていった。甲板の下で櫓を摑んでいた敵の水夫が海面に振り落とされるとき、朝鮮語の悲鳴が聞こえてきた。引き潮に流されていく敵船の水夫のうち大部分が朝鮮の百姓だったのだ。これはその後捕虜になった者もそう陳述した。敵船一隻には水夫五十人が乗っていた。さらにそれ以外に交替用の兵卒が三、四十人はいたはずだ。私は頭の中で敵兵の数を数えてみたが、途中でやめた。

暈のかかった満月が西に傾いた。海面に映った月の中に多くの敵兵の死体が浮かんでいる。月の影は風に吹かれ揺らめいている。月がさらに傾くとその暈も一層広がりおぼろになった。海上では各戦船別に人員点呼が行われた。その後、兵卒たちに握り飯と塩の間食をさせた。十五人の負傷者を一隻の船に集めてから、艦隊は帰路についた。格軍は疲れ切っていた。艦隊はゆっくり進む。射夫は甲板の上に横になって眠っている。月が艦隊を追い掛けてくる。艦隊は月の映った海面をかき分けていく。海面に映った月の影の中で死体が舳先にぶつかり、櫓にあたってつぶれる。結局艦隊はその日の夜、本営まで帰れなかった。朝方、右水営に立ち寄って負傷者の傷を灰汁で洗ってやり、将卒たちを寝かした。右水営に向かう途中、私も船室で横になっていた。寝そべった身体は波に揺れ、火薬の煙が目にしみた。鎧の袖で涙を拭きながら私は月光に包まれ眠った。

トウモロコシ畑の風と時間

高下島(コガ)水営の屯田にトウモロコシが育った。宝城湾(ポソン)からの帰路、艦隊が島の端を回り、水営の船着き場にむかって舵を定めたころ、右側の丘では丈の高いトウモロコシが海風にざわめいていた。トウモロコシ畑は屯田の麦畑のあぜ道にそって山頂へと広がっていた。ねじれながら伸びるトウモロコシの長い葉が風でおたがい擦れ合う音が聞こえてきた。風が丘に向かって吹き上げるたびに揺れるトウモロコシは潮の引くような音を立てながら、葉を激しく震わせたのだ。トウモロコシ畑を過ぎていく風の音は、まるで時間の流れる音のようだった。

港の外郭海域を警備していた軍船が、帰ってきたわが艦隊に気づいて歓迎の銃を撃つと、島の崖っぷちや湾曲部に立っていた望軍たちも艦隊に向かって旗を振ってくれた。だが、水営に残っていた将卒たちはすべて伐採作業のため山に上っていたので、船着き場では空になった水営の留守番をしていた従事官金秀哲(キムスチョル)と当直軍官の二人、そしてトウモロコシ畑のざわめきだけがわれわれを迎えてくれた。

宝城湾の戦いからの帰路に、宋汝悰(ソンヨジョン)は水に浮かんだ敵兵の死体を鉤ですくい上げ十五の首を切って来た。死んだ敵の首など切らなくても構わぬから、敵船攻撃に集中しろと私はいつも言っているのだが、都元帥府では戦勝の物証を求めていた。だから戦闘が終わった海で敵兵の首いくつかを取って帰ることは避けられないことでもあった。宋汝悰は三つの行李に生首を五つずつ入れて持ってきた。私は船着き場でその首を確かめてみることにした。

宋汝悰は部下に首を取り出して一列に並べさせた。兵卒たちは行李を開ける前に槍で行李の下を突き刺し、穴を開けた。穴からはぬめりのある腐った液体が流れ出た。彼らは行李を揺すってその液体を最後の一滴まで抜き、それから蓋を開けた。粗めの塩の中から髪の毛がはみ出て見える。兵卒はその髪の毛を摑んでは首を一つずつ取りだした。下に入っていた首からは液体がぽたぽたと垂れ落ちた。ねっとりとした液体だった。乱れ髪が風になびいたが、なかには白髪もあった。塩漬けにされ、顔は漬かった白菜のようにしわしわだ。私はその顔を覗き込んでみた。表情はまちまちだ。目を剝いた顔、顎の落ちた顔、笑っている顔……私は顔を見てその人間の年を推し量ってみようとした。だが、すぐに頭を振って心に思い浮かべた敵兵の年を消し去った。

「これがみんな敵兵なのか」

「そのはずです。朝鮮の百姓が混じっているかも知れませんが、とにかく敵船で櫓を漕いでいた者たちです」

すでに海を渡ってきて久しい敵兵たちには軍服も満足に着られない者の方が多かった。武器も兜も履き物もない。彼らは百姓を殺して服を奪ったり、死体から服をはぎ取ったりしてボロを着、履き物を履いた。それに塩に漬かっていたので、その顔や恰好を見て出身を見極めるというのは不可能だった。顔はおのおの息絶えた瞬間の表情のまま固くなっていた。私は首の数を数えてみた。風がトウモロコシ畑を通りすぎていく。乾いたトウモロコシ畑がざわつき、潮の引いていくような音が聞こえる。

「十五か」

「そうでございます。どっちみち報告用ですので……」

「十五だな」

「もう少し拾っておけばよかったでしょうか……」

宋汝悰が私の顔色を窺っていた。

「いや……入れておけ」

兵卒たちがまた地べたに並べられた首を髪を摑んで持ち上げ、行李に入れた。兵卒たちはきちんと入れられた首の上にまた、白い塩を撒いて蓋をした。最後に兵卒たちは自分の両手を塩で揉みながら洗った。金秀哲が三道水軍統制使の官印の押された紙で行李を封印した。

「明日の朝、都元帥府に送れ。そのとき戦況報告も一緒に送る」

私は金秀哲に言った。兵卒は行李の上にかますを被せ、その上にさらに塩をまいた。行李に入れられた首の各々の表情が私の心にしばらく残った。刀で切れないものを刀で切ることはできないのだ。

宝城湾戦闘から帰ってきたあくる日、艦隊を水営の内港に集結させ、戦船の破損状態を点検した。敵船との擦り合いで櫓が折れ、板屋戦船の船尾も壊れた。隊列の向きを変えながら、陣を変えるとき舵がねじれ、櫓杭が折れたのもあった。扉がはずれてぶらぶら揺れていたり、船の底にあてた丸太板の蟻差しが外れたりしたものもあった。

私は日常の戦法訓練をしばらく中止し、船を船着き場に繫がせた。そして船ごとに破損部位を図面で書いて提出させた。一方、金秀哲を近くの邑(ウプ)にやって大工を連れて来させることにした。金秀哲は船に乗って出かけていった。大工が到着して船を整備するのに十日はかかりそうだった。その十日間のあいだ、将兵を二組に分けて漁労と伐採作業に投入した。

宝城湾戦闘から帰って来た格軍(キョツグン)たちのうち、年寄りと病人の二十名あまりを故郷に帰らせた。帰郷者たちには巌泰島(アムテ)の農夫が送ってきた豚を五匹つぶしてごちそうしてやった。水営に残る将兵たちと帰郷者たちはその日、夜遅くまで食べて飲んだ。故郷をなくした帰郷者は酒に酔っては故郷の唄を歌いながら泣いた。年老いた格軍の涙は目尻を濡らしはするが、頬をつたって流れはしなかった。私は将兵たちの仲間に入って、豚の肝臓を何切れかつまんで食べた。私は帰郷者たちの行き先を聞かなかった。

木の伐採作業に投入した二人の敵兵の捕虜が作業場で死んだ。その報告を私は内港で戦船の補修作業を点検している最中に受けた。私はすぐに馬に乗って現場に行ってみた。牛車も行きつくことのできない急な斜面なので、山のふもとで馬を繫ぎ、歩いて登っていった。その坂を迂回していく山道はなかったのだ。事故は急な斜面で丸太を引き下ろしていたところ、土砂が崩れて岩が転がり、斜面の下で綱を引いていた捕虜二人がその下敷きになったのだ。岩は二人を押しつぶしたあと山の下の渓谷まで転がっていった。監督の軍官は敵兵の捕虜十人をすべてこの現場に配置していた。

岩の下敷きになった捕虜の身体はぐちゃぐちゃになっていた。頭が割れ、顔は見分けがつかない。引き下ろしていた丸太は傾斜面のど真ん中で斜めに刺さったまま、とどまっていた。太い丸太で、年輪がぎっしり入って木目も正しく、松ヤニも多かった。まさに船底用の板材だった。傾斜面には他にも岩があちこちにあった。兵卒たちに岩の下を掘らせ、先ず岩を下に転がしてから丸太を引き下ろさせた。死んだ捕虜の横でほかの捕虜が丸太に結んだ綱を引いていた。軍官が裸の捕虜の背中に鞭を打っていた。斜面を下りてきた丸太は、牛車に載せて山から下した。

軍官が捕虜たちに死体を運ばせた。まず、かますで作った担架に死体を載せた。四肢がとれ、ぐしゃぐしゃになり、いまにも崩れ落ちるかのような死体だった。捕虜たちが地べたに落ちた死体の一部を拾って担架に載せる。死体を運ぶ捕虜たちは泣いている。年取った捕虜も泣き、若い捕虜も泣いた。痩せこけた精気のない両目に涙を浮かべているのだ。年老いた捕虜の泣き声は、泣き声だったのだ。

声は身体のなかのすべての悲しみを焼き尽くし、泣いたあとには死ぬしかないという者の強烈な

敵の泣くときの気勢はわが艦隊に正面から襲いかかってきたときの気勢にも似ていた。その泣き

なりながら浜へと響いてきた。そのとき、敵は死を覚悟した者のように必死になって泣いていた。

泣いていた。無数の敵が泣いている声はまるで夏の日、田圃でカエルが鳴くように、声が一つに

きなかった。部隊を失い、退路を失った敵は浜の岩陰や波打ち際のカニのように群れをつくって

まっては泣いていた。引き潮のためわれわれは敵兵を陸地にまで追い掛けていって殺すことはで

壬辰年に沿岸の港や浜で船が破壊され、陸地に逃げ込んでいった敵兵はあちこちに三々五々集

に訊いても答えられない問いだろう。

て私の刀で切り捨てなければならない敵になるのか、その理由は私にはわからない。おそらく敵

が各々の泣き方をする敵の個別性だった。しかし、各自の個別の泣き方や個別の身体が、どうし

私にとって大きな敵は戦闘隊形の翼を広げ、吹雪のごとく攻め寄せてくる集団性よりも、各々

みながら、私は敵の個別性こそが自分の敵だということを改めて知った。

はないだろう。だから、私にとっての敵は敵の個別性だった。泣いている捕虜たちの顔を覗き込

後の郭再祐(クアクチエウ)のように、霧のかかる山中に隠遁して渓谷の水をすすりながら生きる神仙になるほか

争を遂行する意思がないということを意味した。もしそうなら、私は刀を捨てて、あの丙申年以

その個別性の前では私は無力だった。私が個別性に気をとられ始めたら、それはすでに私に戦

悲しみや、その悲しみが宿っている彼らの身体はみんなそれぞれ別個のものだったのだ。

違う。彼らを泣かせている死は彼らすべてに共通のものだとしても、その死のために泣く彼らの

爬虫類の啼き声のごとく聞こえた。私は泣いている捕虜の顔を一人ひとり見た。泣き方はみんな

声帯から外に抜け出ないまま腹の中でウグウグと唸ってばかりいた。その乾き切った声はまるで、

戦いを終え、疲れ切った艦隊が母港に帰るとき、その泣き声は港の出口にまで聞こえてきた。敵の泣き声の響くその上空ではカモメが啼いていたものだ。敵が個別に泣くものだということを、私は壬辰年の頃にはまだ気づいていなかった。刀で切れないその個別性が私の敵だということも壬辰年にはわからなかった。だが、伐採作業中に二人の捕虜が圧死したその斜面に立ったとき、私は腰に下げた刀がことのほか重く感じられた。

捕虜たちは死体を山の麓に移した。私は担架を持った捕虜の後ろについて下りていった。捕虜は私が聞き取れない日本語で監督の軍官になにか言っていた。軍官が私に捕虜の言葉を通訳してくれた。

「死んだ者を故郷の見える海辺に埋めさせてくれといっております」

私は軍官に言った。

「おまえの判断に任せる」

船着き場の右手にあるトウモロコシ畑へ軍官は担架を引率していった。そこは敵兵の故郷である東海が目の前に広がっているところだ。太陽はそこから昇り、敵もまたそこからやってきた。南東風がその方向から吹き、敵もその南東風に乗ってやってきたのだ。軍官は捕虜たちにトウモロコシ畑で穴を掘らせた。捕虜たちは穴を掘りながらまた泣きじゃくった。二体の捕虜の死体を一つの穴に埋めた。朝鮮のように墓に土を盛り上げる封墳はしなかった。トウモロコシの長い葉が海風に吹かれ、引き潮の際の潮騒のようにざわめいていた。時間もトウモロコシ畑にそのまま留まっていられずに、引き潮のように過ぎ去っていった。捕虜は穴を掘ったとき、その穴に向かって痛哭をした。南無観世音菩薩を唱える者もいた。遠い島のかなたに陽が沈み、内港深くにまで潮が満ちた。陽の沈む方の空で赤い夕陽と黒い空が一つに混じりあっている。明日は雨が降りそうだ。私は早めに床についた。肩が痺れ、背中には冷ややかな汗が流れた。

白骨と白雪

朝鮮を救うために出兵したという明の五百隻の艦隊は丁酉年（一五九七年）の秋が過ぎ、冬が過ぎても、江華島（カンファド）から出てこなかった。明の水軍総兵官陳璘が山東を出発するとき、専属の料理師七人を帯同したという噂は南海（ナムヘ）の兵卒のなかにまで広まっていた。明の水軍が江華島近隣の島々の百姓を捕まえては軍役に動員したり、百姓の穀物や魚を奪い、娘たちを縛って宿営地に連れて行ったりするという風聞も伝わってきた。

そのころソウルから江華島にいる明水軍にまで兵糧米を運んでやるのが、朝鮮朝廷の大事な仕事の一つだった。王はわざわざ従三品の接伴使を江華島に常駐させて、明国水軍指揮部の歌舞鑑賞と酒色の面倒を見させた。ところが、明軍は南海の戦場へ来なかったし、陳璘は伝令すら一度もよこさなかった。また南海の海路や敵の状況について尋ねて来ることもなかった。当然、先発隊も来なかった。朝鮮朝廷でも久しく沈黙を守って、冬が過ぎ去るまで宣伝官を一度も派遣して来ることはなかった。朝廷が私の水軍と明の水軍をどう結びつけ、今後、戦局をどう転換させようとしているのか私には知るすべがなかった。

内陸から聞こえてくる噂は不安なものばかりで、またつかみどころもないものだった。都元帥府でも現況を把握できずにいた。慶尚（キョンサン）海岸に潜り込ませていたさぐりが、明と日本の間に講和交渉が進んでいるという風聞を伝えてきた。気の遠くなるような内容だった。効果的な情報網を持っていない私のさぐりたちは、その噂の真偽を判別できるような情報は入手できなかった。さぐ、りたちは捕らえようのない蜃気楼のなかをさまよっているだけだったのだ。明の陸軍は南海岸にある敵の陸上基地を攻撃しようとしなかった。また明の水軍はそのまま江華島に居座る算段にも見えた。一方敵は攻勢から守勢に転じ、陸上基地に長期間、閉じこもる態勢に入っていた。そのような状況が、明と日本のあいだで講和交渉が進んでいるという噂の信憑性を増幅させていた。そんななか、日本が提示した講和の条件とは朝鮮半島の忠清、全羅、慶尚三道を分割して日本に譲渡することとともに、明国天子の娘のうち、一人を日本関白豊臣秀吉の妾として送れというものだという話も流れた。

世間の浮いた噂とは関係なく、わが水軍は丁酉年の秋から戊戌年（一五九八年）春までのあいだに、山の木を切って三十隻の戦船を新造し、捕った魚との交換で得た鉄片を溶かして銃筒を補充した。また兵糧米も内陸官衙の腐敗した守令たちと押し問答しながらも着実に集め、火薬も備蓄した。一方、兵糧米を横流しし、徴集対象者を逃していた郡の守令らについては、犯罪事実をくまなく記載し、最後に処刑を求める状啓をしたためて朝廷に送った。だが、状啓は朝廷で公開されたものの、地方の守令を庇護している朝廷の大臣たちのせいで、何の返事もお咎めも下りてこなかった。

また、わが水軍は白骨が転がっている百姓の村々を探しまわっては格軍と射夫の人員を補充し、病気になった兵を交替させたし、水営前の浜を塞いで塩田を作り、沖には水路の両側に定置網漁場を設けた。矢を作った残りの竹で梁を作って魚を捕り、それを塩漬けにもした。さらに屯田でできた豆で秋に味噌を五十瓶作って、日向に埋めたし、百姓から集めた大根や白菜も塩漬けにして土のなかに保存した。大根の干葉を編んで水営の壁に干す一方、数千個の柿の皮を剝いて干し柿にした。

秋に百姓が田圃に捨てた藁を、すべてかき集めてかますを編み、それで幕舎の窓や壁を覆って風を防いだ。新しいかますからは稲と太陽の匂いがした。黄色いかますを被った水営の幕舎は藁葺きの農家のように平和なたたずまいに見えた。残った藁は干して束にして戦闘時に敵船に投げ込む火付けにした。またトウモロコシでは酒を造った。

兵卒たちは船の中で乾いた草をいぶして木を蝕む虫を殺した。冬にも虱はわいた。将兵たちは服を熱いお湯で煮て灰汁で頭を洗った。訓練もなく作業もない日、格軍は千葉の掛かっている幕舎の壁に寄りかかりながら下着を脱いで虱を取っていた。兵糧米の倉庫にネズミの群れが現れたときは、百姓たちから猫を十匹ほど借りてきて駆除した。

丁酉年の秋、私はまだどこを攻撃するかを設定できずにいた。朝廷も盲人のように敵の周囲ばかりを手さぐりしていた。講和交渉というとらえどころのない蜃気楼のなかで慶尚海岸側の敵はますます集結し、強力になっていくが、その中心はいっこうに見えなかった。まるで目に見えない敵が全方位に拡大していくようだった。慶尚海岸側の敵が江華島に駐屯している明の水軍と密通し、明の天子が日本の関白である豊臣秀吉と相通じているがために、私の艦隊が照準を失い、刀があってもだれも切ることができないのではないかという幻影が私を追い、まとわりついた。私は恐ろしくて鳥肌が立った。

明け方になると、悪寒で身体が震えた。寒さで眠りから覚めると魂は、身体から遠く離れていた。遠い海上にさまよっていた心をなんとか取り戻し、落ち着かせてみると、頭上に掛かっている二本の刀と免死帖が明け方の月光に照らされて見えた。

私は刀の下で寝返りをうった。私には講和交渉という言葉すら忌々しかった。今白骨で覆われた国土にはヨメナが茂り、都城は廃墟と化している。敵がわが国土に来襲してきた以上、戦争終結を願うなら当然軍隊を引き連れて帰ればそれですむはずなのだ。そして朝鮮全国土をひっかき回し、いまだに留まっている敵をそのまま日本に帰すべきか、それとも死滅させ、その死体で海を覆うべきかということはあくまでも敵や明国ではなく、私とわが艦隊が決めることなのだ。敵は帰路の海上で死体を出さずしては帰られないだろうし、その海で敵の死と私の死はもう一度刺し違えをするはずだった。ところが、この世ではこれほどまでも単純で明白なことがどうしてか単純でもなく、明白でもないのだ。

朝方また冷たい汗が流れた。講和交渉の噂は邑(ウプ)の守令や軍官だけでなく、格軍や射夫たちの間にまで広まっていた。兵卒の心の中にはすでに戦争が終わった後の故郷の飯の匂いが立ちこめていた。敵の軍隊は日に日に集結していた。さぐりは陸路と水路の両方を使いながら、三日おきぐらいに報告してきた。講和交渉と交渉条件とそこで言い交わされる言葉は、まるで存在しないものを、存在するものにしようとする亡霊のように感じられた。それは照準を合わせることのできない敵だった。それは切ることのできない全方位の敵であり、霧のようにつかむことのできない無定形の敵だった。

冬が深まった。内陸の山脈をなでて吹く北風は冷たく乾燥していた。吹雪のなかで遠い島は視界から去り、近い島は姿勢を低くした。水営の旗幟が風に引き裂かれ、なびいていた。

明と日本が朝鮮を分割して講和を結んだ場合、高麗時代の反乱軍、三別抄(サムビョルチョ)のように艦隊を率いて済州島(チェジュ)に行くべきかどうかを私は考えた。そのときは明と日本、そして朝鮮朝廷までもが私の軍事的な敵になるにちがいなかった。おそらくそのとき私の艦隊から水営を離脱したり、私を裏切ったりする者が出るかも知れない。そうして私はただ一人残るかも知れない。しかし、そのときの私の死は、私が受け入れられない形では来ないにちがいなかった。

四十隻の敵船が釜山(プサン)港から巨済(コジェ)島に渡り、巨済島の敵船五十隻あまりが順天(スンチョン)に入港してきた。

また泗川（サチョン）、固城（コソン）の敵が南海島（ナムヘ）に渡り、南海島の敵も順天に集結した。順天の敵の勢力がどのくらいかはとうてい把握できなかった。情報は三方面から送られてきた。巨済島に上陸した敵は百姓の家に放火し、使えそうな百姓を連行し、そうでない者はみんな殺した。敵はまた官衙の建物の瓦を剝がしては山の中の陸上陣地の外壁に積んだ。百姓たちは島の竹林の竹を切って矢を作ったり、丸太を山から切り出したりする仕事をさせられた。敵の中心はだんだん私の水営のある西方へと向かってきた。敵は季節風のように遠くからいっせいに吹いてきていたのだ。情報を伝えてきたさぐりは水営で少しも休む暇なく帰っていった。帰るとき、さぐりに牛革で作った履き物二足と蒸した米を五斗持たせてやった。

さぐりが帰った日の夕方、南海島の県監（ヒョンガム）から急報が入ってきた。明の都司府譚宗仁から私宛てに送られてきた文書が南海島に届いたというのだった。南海の県監は文書を持った伝令を船便で私に送ってきた。その挟船は十人に櫓を漕がせ、大急ぎで水営にやってきた。

明軍の通信線は敵に一部を掌握されている南海島にまで達していたのだ。実際、明軍の文書連絡員が南海島にまで行き来するという事実は実に驚くべきことだった。赤い絹地で包まれたその巻物の文書は、開戦以来、明軍の最高司令部が私にくれた最初の文書だった。従事官金秀哲（キムスチョル）を部屋に呼び入れて文書をともに読んだ。

……すでに日本軍の首脳らが次々に帰順している。その心、実に哀れなものである。倭は元来人間の言葉を聞き取れない人種ではあるが、わが天子の度量のある、懐深い教化の結果、今まさに軍を撤退させようとしている。これ、天子の徳なくしては望むべくもないことである。故におまえたちは艦隊を解体して兵を散開させ、自分たちの故郷に帰るがよい。人間は人間であるが故に当然故郷にもどるべし。それが創生の悲しみと苦しみを、誰よりも深くご存じあらせられる天子の御意志である。おまえたちは日本軍の陣営に近づいて必要のない戦いを起こしてはならぬし、天子の辺方である朝鮮南海を騒がすようなことがあっては決してならぬ。わしもおまえたちの水営を一度見て激励したい気持ちは切なるものだが、あまりに遠くて行けぬ。よって代わりに文で伝えるが故、わしが直に言ったことと思うべし。もともと天子の武将は自らの動きをやたらと表に出さぬものなり。そう思うがよい。

読み終えた金秀哲は言葉もなく窓の外に視線を移した。引き潮の砂州の上に鳥たちが立っていた。風と波がともに遠海へ退き、海は陸地となっていた。今水平線のかなたから風が吹き、白い波が押し寄せてくる。陸地になった海には時間の痕跡がなく、過ぎ去った戦いの跡もなかった。どこかわからない私の心の奥深くで刀が泣いていた。

「秀哲、どうだ、故郷に帰るか」

金秀哲の視線は海を向いたままだった。その目は濡れていた。

「旦那様、私に帰るところなどございませぬ」

「日本軍と明軍には帰るところがあるはずだ」

金秀哲が私に視線を向けた。

「旦那様、この文書のことは他の将兵にお話しにならないでくださいませ」

「おまえの方こそ言ってはならぬぞ。わが朝廷というのはなんと哀れなのだ……だが、われわれはそうはいかぬ」

熱が出てきて体中がズキズキした。金秀哲のしいてくれた寝床に横になり、汗まみれになった背中を拭いてもらって下着を着替えた。金秀哲は下人を呼び、濡れた下着を渡しながら熱い梅茶を持ってこさせた。われわれはこの世のすべての敵から包囲されていた。

私は明軍の指揮部が朝鮮朝廷を経ずに、直接、朝鮮水軍に軍隊の解散と敵対行為の終了、帰郷を命令している事態を、いち早く朝廷に知らせなければならなかった。遠くで長い余韻を残しながら泣く王の泣き声が、またすぐにでも聞こえてくるようだった。ふと明と日本が講和を結ぶ日、自分がふたたびソウルの義禁府（ウィグムブ）に連行され斬首される、そんな幻影が目の前に浮かんだ。しかし、王の刀に切られて死ぬわけにはいかなかった。武人としての自然死、敵の刀によって死ぬのが私の切なる願いだったのだ。

「秀哲、わしは身体の具合が悪いので、おまえがかわりに譚宗仁に返書をだしてくれぬか」

「お伝えすることをおっしゃってくだされば……」

「故郷なども我々にはないと書け。そしてなんとしてでも敵と戦い、敵を一人残らず全滅させると。いいか、強い表現にしろ」

「わかりました」

金秀哲は自分の宿所に帰ろうと立ち上がった。私はそのときまた考えを変え、呼び止めた。

「いや、やはりわしが書く」

金秀哲が出ていったあと、私は起きて墨を擦り、そして書いた。手が震えて筆先に力が入らないので、休みながら一字一字やっと書いていった。

……敵が奪った巨済、熊川（ウンチョン）、金海（キムヘ）、東萊（トンネ）はすべてわが国の領土であるのに、敵に近づくなとおっしゃるのはいったいどういうことであろう。また我々に故郷に帰れとおっしゃっても実際帰る故郷などござらぬ。敵は海辺の陸上基地に築城し陣取っているばかりか、殺戮と略奪を恣（ほしいまま）にしておるのに、どうしてやつらが帰ろうとしているなどと考えられよう。貴殿の考えと私の考えを謹んで王にお伝えするので、ご承知おきのほどを願う……

朝方になって手紙を書き終えた。譚宗仁が書いてきた文書と譚宗仁に書いた私の返書の写しを、状啓に添えて出港する漕運船づてに朝廷へ送った。その日はまた朝から風が吹きはじめた。船着き場に繋いでおいた挟船が五隻ぶつかり合いながら、それぞれ欄干が壊れ、櫓が折れた。当直の軍官に罰として二十発の杖打ち刑を与えた。

喉元

壬辰年の開戦時から、敵は東南風に乗って海を渡ってきたし、私は北西風の強い日を選んで敵の基地を攻撃した。いつも敵は東に、私は西に位置していた。敵と私のあいだには絶えず風が向きを変えながら吹き荒れたものだ。

強風の吹く朝、出陣する格軍（キョツグン）は船を帆にまかせたまま、船首にもたれ、遠ざかる陸地をぼんやりとながめるだけだった。しかし、風と流れに逆らいながら母港に戻る夕方は、舳先にぶつかる波との戦いで彼らの身体は極度に虐げられた。風は朝も夕も山も海もすべてを巻き込んで、吹きまくるのだ。そして出陣の朝は、なぜかいつももの寂しい。

風向きはいつも人体では感じられない全方位である。全ての方向から吹き込み、全ての方向へ吹き抜ける。その寂寥（せきりよう）とした風が帆に当たり、私の艦隊を少しずつ敵のいる方へと押しやってくれるのだ。遠く水平線の上空で雲が散乱し、夕焼けが赤く燃えるころ、風はそこから吹き始める。だが、風に麻痺した身体には風向きはまるで感じられないのだ。

低空を飛ぶ鳥の群れが森のなかに隠れ、あたりの島々で広葉樹の葉がざわつきはじめるころ、風が島の隅々まで吹き込んでいるにもかかわらず、船に乗った者の身体にはその向きが伝わらない。海風に慣れきった身体は風に対し、無感覚になっているのだ。

敵のいる港の方から東南の風が吹き込む春の夕暮れどきには、塩田に白く積もった塩の山が風の力に押されて北の方向に片寄ってしまう。その風はまるでまだ来ぬ敵の息吹のようだった。方向のつかめない風の端々に敵の気配が感じられた。また風の止む秋の日は、白雪が積もるがごとく、塩田全面が塩に覆われた。遠くから訪れてくる時間が粉になって落ちるように、塩は少しずつ塩田に降り積もったのだ。

丁酉年（一五九七年）の秋はよい風が吹いて、塩がよくできた。砂州を塞いで作った塩田には真っ白な塩が太陽の日差しのなかで結晶をつくりあげた。夕方になると、兵卒たちがその塩をきれいに集め、倉庫に運んだが、翌日にはまたすぐ塩田に塩がふいた。丁酉年はまさに塩の豊年だった。丁酉年が暮れるまで、敵も朝廷の宣伝官も明の水軍も来なかった。塩は倉庫にぎっしりと積まれたが、私の攻撃方向はまだ定まっていなかったのだ。

戊戌年（一五九八年）の春、ふたたび東南風が吹きはじめた。私は敵に接近することにした。海岸線の陸上基地に居すわった敵は、海に出てくるかわりに、ふたたび内陸の占領地を広げはじめた。敵が撤退するという噂は日に日に広まったが、その裏付けは敵の要塞に兵力が増強されているということだけだった。

私は敵がわが軍隊の手も届かず、照準を合わせることもできないような退路を通って悠々と撤退するようなそんな事態だけは避けたかった。敵の後方基地の中心は慶尚道(キョンサンド)の釜山(プサン)、蔚山(ウルサン)にあった。釜山は日本から最短距離にある港だ。敵が撤退する場合、陸上部隊の主力は釜山と蔚山に集結し、そこから発進するはずだし、そのほかの慶尚沿岸の海岸部隊と水軍は各駐屯地ごとにおのおの出航するにちがいなかった。だが、敵の大兵力が準備を終えて出発するまでには、まだ少なくとも二か月はかかりそうだった。問題は、わが水営のある木浦(モクポ)から釜山まであまりにも遠いことだった。風向きがよい日に、格軍が目一杯櫓を漕いだとしても、優に四日はかかる。釜山から撤退する敵を、木浦から追跡して捉えるということはとても不可能だった。また、私の諜報力をもってしては敵が発進する日をあらかじめ知り、それに合わせて艦隊を釜山近辺の港に潜伏させるなどとても無理な話だった。そうかと言って、いつ海に出てくるかも分からない敵を東南風が吹きまくる釜山沖で待機するのも、ありえない話だ。どうしても水営を慶尚海岸の敵からそう遠くない港に移す必要があった。その港は釜山や蔚山から撤退する敵の艦隊を一日以内に捉えて撃てることが必要条件だ。

西方の敵の最前進基地は順天(スンチョン)だ。だから順天より東には行けない。行けば順天の敵と慶尚の敵の間に挟まれる。私には両方面の敵と同時に戦う余裕などない。釜山は敵全体の中心であり、順天はいわば敵の最前線にある喉元だ。わが艦隊が東に移動できる最長距離は順天の沖合までだった。一方、順天の敵の兵力は水陸合わせて三万だ。そのうち水軍の兵力がどのくらいかはつかめなかったが、順天が前進基地であるだけに水軍の数が多く、しかも精鋭部隊であるにちがいなかった。

当時まだ私は敵の喉元にまで接近できずにいた。なんとかして敵に近づかなければならなかった。しかし私には戦争全体を見極められる情報が何もなかった。朝廷にもないし、都元帥府にもなかった。もし噂どおり日本が明とのあいだに朝鮮半島を分割する講和を結び、朝鮮から撤収するなら、私にとって生きる道は、撤退する敵を海上で叩き潰すことだけだった。その海上が私の死に場になるのか生き残る場になるのかはわからないが、私にとっては運命を決する最後の海になるはずだ。

鳴梁(ミョンリャン)海戦が終わった丁酉年秋から、翌戊戌年の春までのあいだにわが水軍は次第に勢力を回復していた。八十隻あまりの板屋戦船と二百隻あまりの挟船が整備される一方、八千あまりの将兵が新たに確保されていた。兵糧米、火薬、銃筒、銃刀、弓矢の量も癸巳年（一五九三年）、閑山(ハンサン)統制営にいたころの水準にまで戻っていた。敵が撤退するという噂が広まるなか、敵の兵力はますます増強されていたが、明軍の動きはまるで読めなかった。私は北西風が吹くからといって木浦の海に艦隊を閉じこめ、じっと身を伏せて越冬している、そんな守りの態勢から早く抜け出さなければならなかった。敵情は私に攻勢に出ることを求めていた。しかしながら、順天東の敵の要衝である光陽湾(クアンヤン)あたりに直接、攻撃をしかけられるようなそんな間近のところには水営を置けなかった。その一帯の島々や港はすでに敵の手中にあったのだ。

そんななかで古今島(コグム)は康津湾(カンジン)の入り口や西の莞島(ワンド)の清海鎮(チョンヘジン)に近いだけでなく、北の長興(チャンフン)、康津の陸地にも手を伸ばせば届くぐらいの距離にあった。その東沖には小さな島々が多数あって外海から島が見えないようさえぎってくれたし、水路も島々の影が重なりあうなかで複雑に入り組み、屈折していた。敵にとっては攻め込むのも大変だが、一旦攻め込んでから脱出するのも容易ではなさそうだった。また古今島の海岸線は後方にそびえ立つ断崖で塞がれてはいるが、少し内陸部に入ると農地も広がっていたし、そしてなによりも順天までは水路でわずか十里の距離だった。まさに敵の喉元を狙える位置なのだ。

戊戌年の春、私は水営を古今島の徳洞港(トクトン)に移した。本隊を出発させる半月前に私は、まず右水営にいた安衛(アンウィ)を先発隊で送った。安衛は五百の将兵を率いて古今島に行き、そこの百姓らの手を借りてかますや藁で百棟あまりの仮住まいを建てた。安衛の伝令が到着した次の日の朝方には、本隊も発った。高下島(コガ)のいくつかの港と邑(ウプ)にはそのまま兵を残しておいた。

鳴梁海峡の碧波津(ピョクパジン)沖を通る珍島(チンド)水路にそって、莞島南端を迂回した艦隊は夕方近く、古今島の徳洞港に到着した。百姓たちも艦隊についてきた。釜や布団を担いだ百姓たちを立錐の余地もないほど乗せた漁船が、艦隊の後ろに長い列をなしていた。風が静まったおかげで、百姓の乗った船はなんとか長い航海を無事に終えることができた。艦隊が徳洞港内に舳先を向けると、先発隊として一足先に来ていた安衛の兵たちがいっせいに空砲を撃って迎えた。本隊も火矢を射(う)ちあげてそれに応えた。本隊の兵卒は安衛の兵たちがあらかじめ作っておいてくれた麦飯と海苔の冷汁、大根の漬け物で夕飯をすませた。ついてきた百姓たちは漁船を船着き場に繋いで島内へ入っていった。夜になると風が強くなったので、私は兵卒たちに百姓らの乗ってきた漁船を浜に引き上げさせた。その日、私は官衙（クァンガ）の客舎で休んだ。敵の喉元を狙える位置に陣取った安堵感からか久しぶりにぐっすり眠れた。

古今島(コグム)は敵の喉元を突きに行く水路の入り口だ。その入り口は隠蔽されている。そこから敵の喉元に至るまでの道のりはそう長くなかったが、複雑に曲がりくねっている。だから敵の喉元に到達する前にわが艦隊が力つきてしまう恐れもあった。わが艦隊の作戦機動範囲のちょうど境界線あたりに敵の水陸両軍が集結していたのだ。

古今島の徳洞(トクトン)港水営の沖合には多くの島々が散在している。日の出どきには島々のあいだに朝焼けの赤い絨毯が敷かれ、風が静まる小潮どきと重なって、海は湖沼のように穏やかになる。戊戌年の日差しは深く強かった。湿気のない秋の日の海はこのうえなく従順で澄んでいた。潮気や生臭さも漂うことなく、ただ潮騒の中で甲高い鳥の啼き声だけが遠くから聞こえてくる。毎朝、敵側の空に昇る太陽が、新たな時間の粒子をあたり一面にまき散らすと、扇のように広がる朝の光が水営奥深くまで射し込み、兵舎の藁葺き屋根を赤く染めた。一方、日の出後なかなか朝霧が消えない夏の朝は、遠い島や岩山がよく見えなかった。一つの島、一つの岩山を見失うと、他の島々や岩山も座標上から消え失せ、次々とどこかに漂流してしまうのだ。そんな海では経験を積んだ漁夫だけが霧の中に出没する島と岩山を目測でつなぎ合わせ、航路を手繰(たぐ)っていくことができる。霧中では敵の喉元へ達する道が見え隠れするのだ。敵方の上空が朝焼けに赤くなるころ、一晩中島陰に潜んでいたわが伏兵の船団は水営に帰り、夜を徹して海を監視していた望軍も兵舎へと向う。

古今島で私の兵卒たちは穴ぐら生活を強いられた。恒久的な兵舎は造らなかった。兵卒たちは簡単に粘土で塀を積み上げ、干し草で屋根を葺いた軍幕で寝起きしていた。古今島では遠い先のことが読めなかったのだ。だから武器の製造も行わなかったし、船も造らなかったし、兵舎も建てなかった。兵たちは塩漬けにした野菜をおかずに飯を喰い、足りない塩分は干し魚をしゃぶって補った。そのころ内陸の敵は方面別に集結していたが、拠点は順天(スンチョン)、泗川(サチョン)、蔚山(ウルサン)、釜山(プサン)の四か所だった。敵はわれわれの目に見えるように集結と分散を始めた。なんら隠そうとする気配もなく、公然と集結しては分散し、分散しては集結した。各方面に忍ばせたさぐりは敵の港にぴったり接近し、そこで得た情報を船から船へと伝え届けてきた。

今度、古今島を離れて海に出るときはまさに敵全体を相手にするときだが、いったんそのいくさが終わったあと、どこに帰港するのかを私は定められずにいた。古今島の水営を後にするということは、沿岸に何の拠点も持たないまま海に出ることを意味したのだ。だからと言って古今島に恒久的な兵舎を建てることはできなかった。時間だけが流水のごとく過ぎていった。

島の内陸では百姓たちの耕した畑が青々と色づいていた。そんななかで戦争に駆り出され、障害者になって帰ってきた青年たちが村の娘たちと結ばれた。よく晴れた日のたんぼ道には時たま新郎新婦を乗せた駕籠が鈴の音をならしながら行き来した。そんな平和な風景とはうらはらに水軍は緊張状態にあった。艦隊は停泊中ですら完全武装していた。銃はいつでも弾さえこめれば撃てるようになっていたし、火薬や食糧も船積みされていた。島のすべての山峰には望軍が配置され、島の南海岸には警備船も常時出動していた。

古今島に艦隊が移動して五日後、王の勅書が届いた。鳴梁(ミョンリャン)戦闘の直後、喪中にこだわらず肉を食べろという諭示を五斤の牛肉とともにもらって以来、七か月ぶりのことだった。いつもながら綿入れ服のひもをほどくと、背中に冷たい汗が流れた。

……内陸の敵が陣を南に移しながら、卿たちの海に迫っていると聞き、余は甚だ憂慮しているところである。余は江華島（カンファド）にとどまっている明の水軍をやっと説き伏せて卿たちの南海（ナムヘ）に向かわせるようにした。卿は当然、天兵の水軍を礼を尽くして迎え、また充分な営舎を準備して不便のないようにすることで、天子の志に累が及ばないようにせよ。そして明の水軍を兄弟と見なし、力と知恵を合わせて敵を討つがよい。そちを朝廷に招き、酒を一献交わせる日が果たしていつ訪れるのだろう……

総兵官陳璘統率下の明国水軍が、ついに南海へ移動しようというのだった。だが、私には南下するその狙いが何なのかつかめなかった。退路を遮断することで、帰ろうとする敵を叩こうという意図だとはとても考えがたかったのだ。

陳璘は戦争全体の局面についてなにかこちらの知らない情報を持っているのかも知れなかった。もし帰ろうとする敵の背後を遠くから脅かすふりをすることで参戦したという名分を立て、講和交渉でなにか漁夫の利を得ようとするのなら、陳璘の天兵もやはり私の敵にほかならない。私は邑（ウプ）の守令（スリョン）や軍官たちを呼び集めて王の勅書を読み上げた。戦局が大きく変わり、なにか恐ろしい日々が迫っていることを予感したのか、誰も言葉がなかった。

王の勅書が届いて十五日後、江華島にいる陳璘の送った明国水軍先発隊の戦船一隻が、古今島水営に入港した。その戦船は陳璘の直属部隊長である連絡官が率いていた。連絡官の名前は董ジヤソクといった。

董はまず外港に停泊して、先に挟船を送り込み自分の到着を知らせてきた。挟船には通訳官が乗っていた。私は外港まで出迎えに出ることはせずに、船着き場で上陸する董を迎えた。董は若い将帥だった。軍服姿がきらびやかで、十人の副官を引き連れていた。

船着き場で副官たちは、旗幟を立て刀剣を振りかざして董を護衛した。董の戦艦は沖合に錨を下ろしていた。格軍（キョツグン）は二百名ほどで艦上にはどう撃ったらいいのか見当もつかないような巨砲が装備されていた。舳先と船尾は赤く色塗りされ、両側に一つずつ錨をつけていた。

風が強くて董の船は江華島から古今島まで来るのに十二日かかったそうだ。だが彼には疲れた気配がみじんもない。彼の任務は五百隻に達する明の水軍本隊が、今後停泊する港と兵卒たちの宿営地、補給、兵站、地理、水路、敵情などをあらかじめ把握して、陳璘に報告することだった。若き将帥らしく振る舞いに節度はあるが、その目つきは荒々しい性格をうかがわせた。その夜、康津（カンジン）で捕ってきたノロジカの肉で彼をもてなした。董は自分の部下の上陸を許さなかった。明兵は船で寝食をしていたのだ。われわれにできるだけ迷惑を掛けないようにしようという様子はうかがえた。私は通訳を横に董と向かい合って座った。百姓が持ってきた梅酒を注いでやると董は一口飲んでしゃべり始めた。江華島に閉じこもっていても敵国の情勢や情報に通じていた。明軍の情報網は日本の権力階層の中にまで伸びていたのだ。

「江華島に久しくとどまっておられた総兵官が、突然南海に来られる理由は何でござる」

「いままで機を見ておられました」

「機とは？　敵が攻めてくるときがまさにその機ではあらぬのか」

「それよりもさらに大事な機を待っていたのでござる」

「それは一体どんな機を申すのじゃ」

「ご存じあらぬのか？　豊臣秀吉が先月、死にました。日本軍は戦争をやめて帰ることでしょう。朝鮮に派遣された日本の将帥たちは政治的な中心を失い、戦後に期待していた封土配分も難しくなりました。後継者が決まっていない豊臣は死ぬときに軍隊を引き上げろという遺言を残したそうです。日本軍はもうすぐ基地ごとに撤退するでしょう」

壬辰年の開戦以来、南海の港や海上で繰り広げられてきたあの際限のないと思われた殺し合いが、これで果たして終わるのだろうか。突然、私の頭のなかで広大な荒野が広がっていくような錯覚が起きた。その夜、董が遠路はるばるやって来たことを思いやって、酒宴を早く終えた。そして董と副官たちに官衙(クァンガ)の客舎を宿所として用意してやった。私は刀二本と免死帖がかかっている土間に帰ると、すぐに床について考えにふけった。陳璘は撤退する敵の背後で、しばらくうろついたあと、中国に帰るはずだ。敵の撤退があると確信したから、艦隊を動かしたに違いない。陳璘が撤退しようとする敵の後頭部をわざわざ攻撃することなどあり得ないのだ。

陳璘は敵との距離を適当に保ちながら、戦争の焼け跡からなにか得るものを得て帰るつもりなのだろう。わが王はこのような明軍を私に送ってきたのだ。

敵の喉元にいながらにして、私はこの世のすべての敵に囲まれていたのだ。このような形で戦争が終わること、さらにはそれを自分の手ではどうすることもできないという現実の虚しさに、とても耐えられそうもなかった。その夜、私は一人で息を殺して泣いた。官衙の客舎からは董たちが酒盛りを始めたのか、歌声が聞こえてきた。月が高く昇り、宿舎の部屋にまで月光が射し込んでいた。私はとうとう朝方まで眠れなかった。清月の光の中で寝返りばかり打っていた。背中を濡らす冷たい汗がなぜか脂臭く、その体臭は気だるさばかり感じさせた。吹雪のなか、戦船の舳先に立って、攻め来る敵を迎えていた壬辰年の時よりも、さらに大きく恐ろしい敵意が私を眠りにつかせなかった。敵はすぐ近くにいたのだ。

身体よ、露よ

戊戌年（一五九八年）の夏、陳璘の五百隻の艦隊が江華島（カンファド）を出発した。だが、陳璘はまっすぐ南海に来なかった。先ず漢江（ハンガン）を遡ってソウルの銅雀（トンジャク）船着き場に向かった。五百隻あまりの戦船が銅雀船着き場から麻浦（マポ）船着き場までのあいだに長い列をつくった。その日は雨が降るにもかかわらず、朝鮮王がわざわざ銅雀船着き場にまで出向き、今にも泣き出しそうな表情で陳璘を見送った。王が陳璘の手を握るのに合わせて艦隊は大砲を撃ち、爆竹をならした。風が吹いて雨に濡れた御衣が王の股にからみついた。王は領議政、左議政、右議政の三政丞まで帯同していた。しかし王を迎える陳璘は不敬にも刀も外さず、近衛兵も退かせなかった。

「天兵はそうたやすく動かないものでござる。すでに天下の大勢は天子の方に傾いておるがゆえ、朝鮮にもよき日が来ることでしょう」

陳璘は王にそう言った。梅雨時の雨が降り続いた。陳璘の兵たちは雨降る漢江に船をつけたまま、船中で四日間飲み食いした。朝鮮朝廷は酒と肴を運び、大臣まで指揮船に乗り込ませて明の将帥たちの機嫌をとった。漢江沿岸の公娼たちも彼らに酒を注ぎ、楽器を奏でた。

陳璘は四日後に兵をととのえ漢江を出発した。陳璘が出発するとき、王は銅雀船着き場の丘に立ち、艦隊の後尾が幸州（ヘンジュ）のかなたに消えるまで手を振った。出征のラッパの音と軍歌が漢江に響き渡り、幸州のほうに沈む陽が王の影を長く落とした。

漢江を出航した陳璘の艦隊は半月後に古今島水営に到着した。水営に至る水路は複雑だったので、莞島(ワンド)南の海域に水先案内を送り、待機させておいた。私は陳璘を水営の外港で迎えた。五百隻の艦隊は島々のあいだの水路をぎっしり埋めてやってきた。そのとき陳璘の付き人は警備の武士二十名、専属の料理師七名、行政官七名、軍医官三名、通訳官三名、副官十名だった。

陳は背が高く太っていた。手の甲は毛むくじゃらで、口からはニンニクの匂いがし、兜のうろこには金箔が押されて宝石がちりばめられていた。動くたびに腰につけた装身具がじゃらじゃらと音を立てた。陳璘が船着き場におりるときには、並んでいた将卒たちが礼砲を撃ち、旗を振った。

突然、陳璘の下人たちが船着き場にある水たまりの上に伏した。陳璘は伏した下人たちの背中を踏み台にして陸に上がった。私は徳洞(トクトン)水営からよく見える島を明水軍の宿営地として定めてやった。

その日の夜、内陸の官衙(クァンガ)から送ってきた鹿と豚の肉で陳とその下の指揮官たちをもてなした。私は邑(ウプ)の守令(スリョン)と従事官、行政官を連れて宴に参加した。官衙の大聴(テチョン)と呼ばれる部屋に膳を置き、両側に長く向かい合って座った。陳璘の連れてきた通訳官があいだに入った。陳璘は焼いた鹿の足に丸ごとかぶりつきながら、ニンニクを一握りずつ口に入れた。陳璘が言った。

「小国だとは聞いていたが、やはり海も小さく水路も狭いのう。まことに蟻の戦いをやっているようなものじゃ。わしらには蟻の戦いはできぬぞ。だから戦いではそちらのほうから先ず出てくれぬか。わしらは長距離砲で援護する。これがわしらとそちらとのあいだの原則じゃ。統制公、わしを信じるがよい。わしらは海上から敵の陸上基地を叩くことができるのじゃ」

私は陳に訊いた。

「兵糧米は積んで来られたか」

陳は持っていた杯を投げすてるように膳の上に置いた。

「腹がずいぶんお空きのようじゃのう。天兵を賄う食糧もないと申されるのか」

「朝鮮水軍は朝廷の軍需支援を受けていない軍隊でござる」

陳はけらけらと笑った。

「大層苦労なさったようじゃのう。だが、敵の食糧を奪って食うのが、強い軍隊の証ではあらぬか。わしらは多少の兵糧米を積んできてはおるが、天兵が天子の穀物に手をつけるということは畏れおおいことじゃ」

陳は朝鮮の守令たちに杯を回しながら、鳴梁戦闘の戦果のことに話題を移した。

「統制公の名声は中原でも広く轟いておる。わしが見るに統制公はこのちっぽけな国の将帥で終わるには惜しい人物じゃ。統制公はもっと大きなことをやるべきじゃ。戦争が終わったら、しばし休んでから大国に来て官途につかれるがよい。わしが天子に公を推薦して差し上げるぞ」

私はむっとしたが、陳璘に兵を引き連れ、ただちに帰ってくれと言える立場ではなかった。戦争の終わる日、波高き海で敵弾に撃たれて倒れる自分の幻影が目に浮かんだ。私は首を振ってその幻影を払いのけた。蒸し暑かった。陳は軍服の袖で汗をぬぐいながら、飲みまくり、しゃべりまくった。陳の後方で陽が沈みかけていたが、私の死の幻影はその夕焼けのなかで揺らめいて見えた。

私は陳の杯にたえず酒を注いだ。陳がその場に酔いつぶれると、副官たちが担いで宿所に連れていった。私は酔わなかった。夜中に明国水軍の宿営地警備司令官のところに従事官金秀哲を送り、明の兵卒たちが宿営地を離れて百姓の住む村に接近することのないように要求した。すると、明の警備司令官は陳璘総兵官を通して要請してくれと回答してきた。

明の戦船は大きくて頑丈そうだった。船の長さや幅がわが板屋船の二倍はあった。だが、船の底がとがっていて引き潮の時には危険そうだったし、図体が大きいので、狭く複雑な水路をすばしこく抜け出るような芸当はできそうもなかった。到着した翌日、陳璘は水営の外港で火力試験をしたが、私は守令たちとともにそれを参観した。明の艦載砲は射程距離が長く、破壊力が大きかった。海岸線に近づければ海上から敵の陸上拠点も攻撃できそうだった。しかし、船の底の形からして引き潮には耐えられないはずだった。艦載大砲も照準がよく合わず、装弾してから発射するまでに時間がかかった。また発射時の衝撃が大きすぎて一発撃つたびに船体が壊れるかのように揺れるので、後続発射のための安定を取り戻すのが、容易ではなかった。

明の水軍が到着してからは敵の小規模で散発的な奇襲が頻繁になった。といって敵は近くには来なかった。敵の船団は目の前に広がった海の真ん中に姿を現したが、わが戦船が早い櫓さばきで接近するとすぐに逃走した。どうやら明国水軍の火力を探ろうという意図のようだった。

明国水軍は水営外郭の海域に警備を配置しただけで、駐屯地からは一歩も外に出ようとしなかった。水路の偵察や沿岸の哨戒も行わなかった。陳璘の軍隊は見知らぬ島に漂着したオットセイの群れのように見えた。ときは真夏だった。これから島に訪れる秋と冬のことが陳璘の脳裏にあるのかとても疑わしかった。そういう私も島の秋と冬に対し、備えができているとは言えなかった。

陳は敵が撤収するものと確信しているようだった。だが、私は陳の確信が信じられなかった。私は陳を私の外郭と見なすしかなく、実際は自分一人で敵に立ち向かわざるをえないと考えていた。夏の終わり頃からもう朝夕は冷え始め、海も冷たく静かだった。陽が昇り、沈むたびに一日が消え去っていった。

陳璘の下級指揮官たちはしきりに酒宴を催すよう求めた。天兵を丁重に扱い、もてなせとの朝廷の指示は、一方で私の貧しさに対する朝廷の心配の裏返しでもあった。明の指揮官に酒を飲ませれば、日本の国内情勢に関する情報を聞き出すことができた。日本の権力層に深く潜り込んだ明のさぐりたちや大坂に行き来する外交官たちの情報が、軍部内の一線指揮官にまで漏れて酒席の話題になっていたのだ。

豊臣秀吉の葬儀は六か月間続いた。この間、日本じゅうの武将、僧侶、儒家、大坂の百姓らが、毎日通りに出て泣いた。秀吉の嫡子はまだおくるみにくるまった赤子にすぎなかった。権力の座を狙う多くの武士家門が日本の天下でいっせいに蠢き始め、離合集散を繰り広げた。天皇は御所の奥深くに閉じこもって俗世の地を踏もうとせず、巷のことに聞く耳を持たなかった。天皇は幕府のくれる飯を食べ、一日に三度入浴し、一日に三度天に向かってお祈りをした。秀吉は死ぬ間際になって権力を側近の五家臣に暫時分け与え、息子が成長するまで見守ることを命じた。これによってだれもが朝鮮での戦争を続けていられなくなったのだ。

秀吉は死ぬ前に朝鮮からの撤兵を指示し、その命令はすでに朝鮮に派遣されている敵の将帥たちに伝えられていた。敵の陸軍は南海海岸の陸上基地に集結していたし、輸送の任にあたる水軍と戦船が増派されていた。豊臣秀吉は自らを天下人と呼び、彼の大坂城にはいつも天下布武という旗がかかげられていた。天下布武の文字は彼の刀にも刻まれていたが、この旗は織田信長から譲り受けたものだという。豊臣秀吉が朝鮮に出兵した深い意味は天下を平定するためだった。秀吉の武は権力を掌握し、商業を握るための伝家の宝刀だった。その刀は権勢と富をさらに併せ持つことで、天下を平定しようとしたのである。秀吉は刀の力で、大坂に巨大で繁栄する商い通りを開いた。また秀吉の刀は日本の南側に港を開くことで、世界の富を握っている欧州や安南などの港に手を伸ばそうとしていた。

陳璘の下級指揮官から秀吉の刀に刻まれた「天下布武」の話を聞きながら、私は自分の刀に刻まれた「染」の字を思い浮かべた。秀吉の刀は得るものが多かったが、私の刀は得るものが何もなかった。だが、私は秀吉の刀というものがまったく理解できなかった。私は自分の気力がすべて霧散してしまう、そんな無気力の中で死にたかった。おそらくそれは実現する希望のない私の贅沢なのだろう……だが、実現の可能性もないが、諦めることもできない贅沢だった。その贅沢を追い求めていくなかで、秀吉は私の敵にならざるをえなかった。

朝鮮からの撤兵命令を残して死んだ秀吉は、死の直前、こんな歌を辞世として残した。

露と落ち　露と消へにし　我が身かな
　浪速のことも　夢の又夢

酒に酔った明の下級指揮官たちは秀吉のこの辞世歌を詠み、舞を舞った。酒に酔った異国の軍隊が詠うその歌は、刃物のように私の心をえぐった。その日は私も酔った。心のなかで私の刀が泣きながら舞を舞った。あのような歌、あのような詩句をこの世に残しておいてはいけないと、本当にこの南海を敵の血で赤く染めねばならぬと酒に酔った私の刀は泣き叫んでいた。私は決めた。戊戌年のこの晩夏の日、私はついにわが打撃方位を定めることができた。それは敵の喉元を突き、敵の中枢を討つことだった。酒に酔った明の指揮官は酒膳の横で酔いつぶれて吐いていた。

塩

夜になると、海岸と島々に敵の烽火（のろし）が上がった。暗闇の中で陸上の敵と海上の敵がお互い呼び合い、応え合っているのだ。それは山脈の暗い稜線にそって、浮き上がる火の刃（やいば）のようだった。風の静まった日は、敵の烽火がことのほか高くまっすぐに上がる。特に萩の木を燃やすその炎は清らかで、鮮烈だった。火の内側は青く静かだが、高く舞い上がる炎のてっぺんは何枚もの深紅色の舌がなめるように舞を舞っている。敵の烽火は火の剣（つるぎ）のごとく、暗闇を突く。まず真っ暗闇の海で烽火が上がると、敵の手中にある島々で上がり、続いて内陸側の山脈の稜線でもそれに応えた。島で二回上がれば山脈でも二回上がり、山脈で三回上がれば島でも三回上がった。敵の火の光は山脈と海岸にそって長く続くが、海岸線が折れる暗闇の向こうになると、突然、炎が見えなくなる。それでも、目に見えない火の上でさらに燃え上がっている赤い炎の勢いは感じられた。島と山脈がしばし呼び応えをしてしまうと、敵の烽火はいっせいに消えるが、朝方になればふたたび海岸にそって火の輪ができている。それはわが水営宿舎の窓越しにも見えた。

朝方の暗くて遠い海上で、つむじ風によって起きた高波が島陰に押し寄せると、わが望軍はそれを敵船と見まちがえ、私に急報してくる。望軍の報告に起こされた私は、まだ醒めきらない自分の意識を山脈の稜線にそって長く伸びるこの敵の烽火をながめることで、元の座標にもどしたものだ。しかし、私は敵同士お互い呼び合う暗号の内容を解読できなかった。

遠海に小雨が降ると、海では時間が判別できなくなる。時間は空間に溶け込み朦朧とするので、朝方のようにも見えれば、また夕方のようにも見えたのだ。

順天(スンチョン)東の光陽湾(クアンヤン)を発進した百隻あまりの敵船が高興(コフン)半島南端を迂回して東に向かっているという情報が徳洞(トクトン)水営に届いた。それは夕方のような情景の朝方で、遠洋では雨が降っていた。これは光陽湾南の島陰に深く潜ませておいた斥候船が船から船へと伝達してきた情報だった。情報が伝わった各拠点ではにわかに色めきたった。だが、高興半島南端から東に航路を取ったのであるなら、敵の艦隊はわが母港に攻撃を仕掛けてくるための本隊ではなく、撤退の中間拠点と航路を確保するための先発隊に違いなかった。

私は寝ている格軍(キョツグン)と射夫たちを起こして十五隻の戦船を発進させた。陳璘の五十隻の艦隊もついてきたが、各艦船ごとに水路をよく知る案内人を一人ずつつけてやった。陳璘の艦隊が、わが艦隊から離れること二里あまりだった。高興海域に着いた正午頃には、敵はまだ見えなかった。私は艦隊を分散して島陰に隠蔽する一方、斥候を送り出して島の周辺や水路を調査させるとともに、敵の所在を調べさせた。夕方になって、居金(コグム)島南端を遠まわりに迂回してくる敵の隊列が発見された。居金島はすでに宋汝悰(ソンヨジョン)が十隻の戦船を率いて待ち伏せしているところだった。私は隠蔽していた艦隊を敵の後方につけさせた。そして敵の最後尾が射程距離に入ったときに、宋汝悰の隊列が島陰を遠回りして敵前に現れ、一文字の陣を布(し)く。これに対抗して敵の先頭が、両翼を広げると、宋汝悰の一文字の陣はさらに船の間隔を広げながら徐々に後退し始める。敵の火力は宋汝悰のいる前方に集中する。宋汝悰の艦隊は敵の射程距離に入りながらも、さらに引き下がる。しかし敵の攻撃に応酬することはなかった。

宋汝悰はさらに引き下がると、敵もさらに広く展開しながら宋汝悰を追い掛ける。そのとき私は艦隊を分散させて、敵の後方から攻撃をしかけた。いつものように三、四隻がひと組になって、敵船を一隻ずつ包囲してつぶしていく戦術だ。そして敵の後尾が方向を変え、私の艦隊に立ち向かおうとすると、今度は宋汝悰の陣が向きを逆転させ、突撃隊列と変わる。その日は一日じゅう小雨が降っていた。ぐっしょりと濡れたため、敵船には火がつかなかった。一方、火薬も湿ったのか敵の銃も静かだった。

宋汝悰は戦船を高速で前進させながら、敵船の側面をこすって通過させた。結果、敵船の櫓は次々に折れた。こうして機動力を失った敵を宋汝悰は砲で一隻一隻破壊した。まるで射撃演習をするかのように整頓された隊列で宋汝悰は敵を完璧に壊滅させたのだ。私は艦隊を移動させて敵の外郭を包囲した。そして伸びていた翼をさらに縮めながら敵船を宋汝悰のいる方へと追いやった。敵の艦隊はたしかに今後の撤退のための先発隊のようだった。船上には陸軍兵士がぎっしりと乗っていたのだ。敵の陸軍兵力数千名が捨てられる貨物のように海上にばらまかれ、波に巻き込まれた。

月の出るころになって、戦いは終わった。敵船五十隻が破壊され、五十隻が逃げた。敵は敵の母港である順天光陽湾へと帰っていった。陳の艦隊が逃げていく敵に向かって長距離砲を何発か撃った。が、砲弾はすべて海に落ちた。逃げる敵を捕まえることはできなかったが、そうかといって敵の母港に攻撃を仕掛けるわけにもいかなかった。格軍は疲れ切っていたのだ。

夜になって私は艦隊を徳洞水営に向かわせた。宋汝悰の兵たちが海に浮かんだ敵兵の死体を鉤で引き上げ、六十の首を切った。

朝方、艦隊は徳洞に着いた。陳の艦隊もついてきた。港で待っていた将卒たちが火矢を射ち、喊声を上げた。水営で待っていた将卒たちに戦船の整備を任せて、戦さから帰ってきた格軍と射夫を寝かせた。宋汝悰は取ってきた六十の敵兵の首を行李に詰めて塩の倉庫へ運び込んだ。

「驚いたものじゃ。勝利をお祝いする」

祝宴で陳璘が私に杯を差し出しながら言った。

「すべて、天兵の援護のおかげでござる」

私が答えると、陳璘は顔をしかめる。

「天兵はそうたやすく動くものではない。天兵の戦さは大きくて重みのあるものじゃ」

こういって陳は生の鹿肉をほおばった。彼はわが水営で出す料理は口にせず、自分の連れてきた専属調理師のつくったものだけを食べた。私は心中、まもなく海で敵全体を迎え撃つ際に、陳の艦隊が敵の進路や退路に立ちはだかる障害物ぐらいにはなれるだろうと考えた。そのとき敵の火力は陳の艦隊に集中するだろうし、そうすれば敵の弱点が私の前に露呈するに違いなかった。そういう意味で私は陳璘の艦隊が必要だったし、敵の陸上基地を海から攻撃できる陳の長距離砲も決して無用の長物ではなかった。

「前にも申したが、統制公は大国で官途につくべき人材じゃ。なぜこのような狭くてくねくねした海で生涯を終わろうとなさる。天子に推薦申し上げるゆえ、戦争が終わり次第、わしの船に乗って明国に参ろうではないか」

私は杯を傾けた。陳璘が明国から持ってきたという度の強い酒だった。

「私は小国の将師でござる。しかし武人には小国も大国もないものと存ずる。小さな海がかえって手に余ることがござる」

酔いが回り、陳の顔は真っ赤に上気していた。その横には陳の遊撃将である天寿が座っていた。陳が天寿に訊いた。

「今度の戦いで敵の首はどのくらい取ってきたのじゃ」

天寿は首をすくめて答えた。

「敵の死体が数え切れないくらい浮かんではいましたが、朝鮮兵がそのうちのいくつかを拾っただけです」

「おまえたちは一つも拾えなかったというのか」

「流れが速くまた鉤の使い手もいないので……」

陳の拳が膳の上に振り下ろされた。肴の皿がひっくり返り、酒瓶が倒れた。

「わしの初戦だというのに、天子に捧げるものが何もないというのか。おまえたちは自分の指揮官に対しどうしてそんなに薄情なのじゃ」

陳璘は部屋の外で付き添っていた副官たちを呼び入れて天寿を連れて行かせた。私はこのとき初めて陳璘が安心できる相手だと思った。私は言った。

「小国の軍隊があえて天兵と手柄争いなどできませぬ。敵の首をすべて総兵官に差し上げましょう。これからもわれわれの取る敵の首はすべて天兵のものでござる」

陳の調理師が新たに酒膳を持ってきた。

「統制公、どっちにしろ、敵は退却するであろう。だからあまり追い立てることはない。必要なのは敵の首じゃ、おわかりかな、だが、殺さずしては首を切ることはできぬからなあ」

私は従事官の金秀哲（キムスチョル）を酒盛りの場に呼んだ。そして陳璘の見る前で宋汝悰が取ってきた六十の首のうち、五十を陳の行政官に譲り渡すように指示した。その日の夜、金秀哲は部下たちに敵の首が五つずつ入った行李十個を陳璘の水営に持っていかせた。陳はその首がソウルに駐屯する明軍の総兵部を経由して北京まで運ばれるものだから、塩をたくさん撒くようにと私に頼んだ。私は金秀哲に言った。

「塩をたくさん撒くようにおっしゃっていられるぞ」

陳はつぶれるまで飲み、酒に酔った陳の副将たちは秀吉の遺した歌をろれつの回らない口調で詠じていた。

露と落ち　露と消へにし　我が身かな
浪速のことも　夢の又夢

ところがその後、朝鮮水軍が取ってきた首五十を陳璘が持っていったという噂が明軍の中で広まった。酒盛りのとき部屋の外にいた陳璘の副官たちがどうやら広めた様子だった。陳璘はすでに私から譲り受けた五十の首をソウルの総兵部に送っていた。

私は高興南での海戦状況を朝廷に報告する状啓に敵の首六十を取ってきたことを書いた。そして陳璘の性急な要求に応じて敵の首五十を明軍に渡したと最後に書き入れた。

噂の真相を調査する明軍の監察官が古今島(コグム)の水営までやってきた。明軍の総兵部から直接派遣された者だった。私はちょうど近隣の村々に視察に出ていて、明軍の監察官には会えなかった。結局、監察官は陳の部下たちから錯綜する陳述ばかり聞かされて帰っていった。

ソウルに戻った監察官は私が王に送った状啓の原本を見せてくれるよう朝鮮朝廷に要請した。朝廷は怖じ気づいた。朝廷は陳に降りかかる天子の怒りについて案じたのだ。宣伝官が急遽、古今島までやってきた。宣伝官は私に事実の解明ではなく事態の収拾策を要求した。

私は状啓を新たに書いて宣伝官に渡した。高興南での海戦は朝・明連合艦隊の作戦であったということ、戦闘が終わったとき、敵兵の死体が無数に海面に浮かんでいたが、流れが速くまた、日も早く沈んでしまったので、朝鮮軍の取った敵の首はわずか十だったと状啓に書いた。二度めの状啓を書きながら、私はこの二通の状啓がいつか王を騙した罪で私を死に至らしめるかも知れないと思った。しかし撤退を急ごうとする敵の情勢が緊迫しているため、たとえ王が私を殺すとしても、それは敵の全兵力を海で迎え撃ったあとになるに違いなかったし、ことによるとすでにそのときには王が私を殺せない状況になっているかも知れなかった。

私はきわめてひたむきで切々たる忠誠の気持ちを告げる文体で状啓を書いた。宣伝官はその状啓を持ってソウルに向かった。その後、朝鮮朝廷は私が書いた状啓を明軍の監察官に見せたという。

明の監察官はそれで首の数に対する調査を終わらせ、水軍総師陳璘を陥れる流言蜚語(りゅうげんひご)を広げたという罪で陳璘の副官二人を処刑した。

ソウルの明軍の総兵部が送った処刑吏が古今島水営の庭で陳の二人の副官を斬首した日、私には朝廷から王の諭示が届いた。

……一つの戦闘につき二件の状啓をもらい、混乱しておる。大国に仕えるということはこれほどまでにも難しいことであることをそちは知るがよい。しかし自らの手柄を割いてまで、天兵の将帥を擁護するそちの心は殊勝である。……ああ、戦争はいったいいつになったら終わるのだろう。いつのまにか秋の気配がし、さまよう南部の百姓は帰る故郷がなく苦しんでおる。ああ、あの荒れ狂う敵どもを一体どうしたらよいというのじゃ……

陳璘の二人の副官は訳のわからない中国語で最後まで大声で叫び、身悶えながら斬首されたそうだ。刑吏の腕が思わしくないためか、副官たちは何回も首を切られた。刑吏は副官たちの首をソウルに持ち帰った。その日、陳璘は私を明軍の水営に招待して酒宴を催した。私はかなり酔ってしまった。酒に酔った頭の中では潮の引いた干潟が広がった。そこには何もなかった。そしてだれも見えなかった。この世には敵以外にはだれも存在しないかのようだった。朝方、私は吐いた。消化しきれなかった肉片が嘔吐物に混じっていた。黄色い胃液は鼻の穴からもあふれ出た。下人が駆けつけて背中を叩いてくれたあと吐いた物を片づけた。ぐったりして気力のない身体はこのうえなく重かった。窓の外には暗い山脈の稜線上で燃える敵の烽火が見えた。私は布団の上に倒れていた。

ひんやりとした中心

私は敵の陸上基地後方で暗躍する僧軍の偵察部隊を補強した。敵地に近い山中の寺や庵に陣地をつくっていた僧軍偵察部隊には、足が速く、目聡い兵卒など百名あまりが僧服を着て配属されていた。

情報は高興（コフン）半島の端までは陸路で、それから先は船で伝達された。しかし遅くて物足りない情報が多かった。すべてが五日か六日前のもので、しかも状況報告ばかりだった。雨が降り、風が吹くようなときは十日前の情報が報告されることもあった。過ぎ去った時間を取り戻すことができないのと同様に私は敵の過去を叩くこともできないし、敵の未来を切ることもできない。私が叩けるのは敵の現在だけだ。しかし、情報が遅いために、敵の現在は私のところにまで辿り着かないのだ。もし撤退する敵を海で壊滅させられないとしたら、敵がすべて抜け出てがら空きになった光陽湾（クァンヤン）だけが残ることになる。そのような寂寞を私はとても受け入れられそうになかった。万が一そのようなことになるのなら、王の刀に切られて死ぬ方が、かえって気が楽なのかも知れない。敵が忽然と姿を消して空になった空間、敵が霧のように消えて何の照準点も残っていない海を、私はどうして想像することができるだろう。

果てしない海の夕暮れに、潮が引いて露出する干潟と、そこに下り立って嘴でえさを探す鳥たち、そしてその空間に押し寄せるはかない時間を私はとても甘受できないし、その空間と時間のなかで何もなすことなく自分の腰に下げられている刀の無意味さに耐えられそうもなかった。それでなくても、それまでの私には耐えられそうもないことを耐える日々ばかりが続いていたのだ。情報は過去のことのなかでも、すっかり過ぎ去った過去のことだけを伝えていたし、それを聞くかぎり、海ではたえず何も起きていないような錯覚を起こした。

だが、そんな断片的な情報をつなぎあわせると、順天（スンチョン）の敵が撤退に備えて軍隊の全体量を減らし始めていることを推測できた。いくつかの兆しからして、それは確実のようだった。まず敵は負傷者を連れていかないことにしたようだ。彼らは自軍の負傷者を五百名ほど殺した。そしてその死体を光陽湾の入り口まで船に積んでいって海に投げ捨てた。これはさぐりたちが海に浮かんだ死体を直接自分の目で確認して報告してきた情報だった。敵はまた朝鮮人捕虜のうち極少数だけ自国に連れて行くことにし、残りは殺したり、海岸陣地に配置したりした。殺されて海に投げ捨てられた朝鮮人捕虜の数は三百にも達した。敵は朝鮮人捕虜をまず海辺の倉庫に閉じこめては一人ずつ引き出して首を切り、その死体を船に積んで行って外港に捨てた。光陽湾の海には敵兵の死体と朝鮮人捕虜の死体が入り混じって浮かんでいた。両者とも死体には首がなかった。

敵は切り取った首をその倉庫に保管し、周辺に警備を立てた。

この首の用途は、敵が海で退路を開くために陳璘に捧げる賄賂だとさぐりたちは判断した。さぐりたちの判断は敵の兵営の中で飛び交っている噂に基づいていた。敵の虐殺は深夜にこっそりと行われたし、虐殺を行った朝方には執行に動員された兵卒たちまでも殺され、捨てられたのだ。さぐりたちの判断はどうやら信頼できそうだった。

またさぐりの情報によると、敵は日向で火薬を広げて乾かし、内陸の各地で略奪してきた品物を木箱に入れて船に積んでいた。また敵は輸送船の両側に穴を開けて砲を装着し始め、輸送船の櫓を補強して機動力を高めていた。

敵将小西行長の宿所は敵の兵営内、山の中腹にある要塞だが、その要塞には赤い絹地に白で十字の描かれた旗がかかげられていた。満潮のとき海岸線にぴったり接近すれば、その十字旗のかかげられた要塞は明水軍の長距離砲の射程内に入るだろうが、明水軍の船があまりに大きく、船底がとがっているため、接近が難しいだろうというのがさぐりたちの見方だった。

敵の基地内で陸軍の訓練は中止されたが、海に砲口を向けている地上砲は取り外されていなかった。敵はふた月前から補給が途絶え、日本幕府は撤退作戦のいっさいを朝鮮駐屯軍の指揮官たちの采配に任せていた。敵の兵糧米は備蓄がなかった。敵はただ略奪によってのみ、かろうじて食いつないでいた。敵の略奪は智異(チリ)山の山村にまで及び、求礼(クレ)、河東(ハドン)、昇州(スンジュ)、谷城(コクソン)、光陽(クァンヤン)、南原(ナムウォン)の村々は敵の略奪により廃墟と化した。敵はまた朝鮮人捕虜たちを動員して沿岸で魚を捕らせた。ネズミも取って食い、泥も水に溶いて飲んでいた。そんななかでも夕焼けはいつも敵の方にも赤く映えた。

順天の敵と南海(ナムヘ)の敵は光陽湾の入り口にある小さな島々を飛び石拠点と見なしてお互い烽火で交信しあっていた。ときどき敵の快速船も順天と南海島のあいだを行き来していた。敵が南海島を掌握してから一年以上経っていた。

敵が南海島に上陸したとき、百姓たちはだれ一人避難できず、すべてが、敵に抑留され敵営で労役に服していた。もし順天の敵と南海島の敵が撤退するとき、海で合流するとしたら、それは恐ろしいことだ。私が光陽湾内に深く攻め込んで順天を撃つ場合、南海島の敵は朝鮮人捕虜たちを先立てて私の後方から攻撃してくるはずだ。そうなると私は打撃方向を決められなくなる。

戊戌年（一五九八年）の初秋、私は三百隻で編制された上陸特攻隊を派遣して、光陽湾入り口の島にある敵の通信拠点を掃討した。戦いは四日間続いた。島に上陸するさい、橋頭堡と掩蔽(えんぺい)物を確保できなかった将兵が二十名、銃弾に倒れた。すでに壬辰年の開戦初期に百姓たちが皆逃げていった島だったので、島内の敵は烽火台を管理する陸軍ばかりだった。彼らは長い間飢えていて、まるで幽霊のような様相だった。特攻隊は島を捜索して隠れていた敵を一掃した。

島がわれわれの手に入ったあとも、そのまま特攻隊は残って兵糧米や火薬の運搬にあたった。さらに島の港に三隻の戦船と十隻の軽船(キョンソン)を配置して、順天と南海島のあいだを行き来する敵の連絡船を拿捕するよう指示した。その後順天の敵と南海島の敵のあいだの連絡は完全に断たれた。

私は後方の基地に分散配置しておいた戦船と軽船をすべて古今島(コグム)の徳洞(トクトン)水営に集結させた。偵察部隊を除いたすべての邑(ウプ)の兵卒たちも全員徳洞水営に召集された。各島や港に分散しておいた火薬、兵糧米、被服、刀剣、矢をはじめ私が持っていたすべてが徳洞水営に集められた。徳洞港は兵と軍事物資を輸送する船でごった返した。

これを見て不安になった百姓たちが水営に私を訪ねてきた。またしても百姓を見捨てて出ていくつもりなのかと彼らは涙ながらに訴えた。そして水営の庭の地面に頭を打ち付けながら痛哭した。私は宿舎の縁側に座って泣きわめく百姓を見ていた。しかし、彼らの問いには答えなかった。小刻みに震える百姓たちの肩越しに、また一日の終わりを告げる夕焼けが広がっていた。百姓は答えを求めて執拗に泣いた。年老いた老人の泣き声は嗄れはてていた。夕暮れどきに鳥たちは、森へ帰り、夜間の警備海域に行く船は、港を出ていく。暗くなっても百姓たちはなかなか帰らなかった。私は答えを出さないまま、百姓たちを水営の外へ追い出させた。

邑から最後の兵と装備が到着した日、私は、従事官金秀哲(キムスチョル)を連れて艦隊を閲兵した。私の持つすべてがそこに集結していた。その日の夜、宿舎の土間にかかっていた免死帖を下ろし、火の燃えているかまどに投げ入れた。すべてが集結した中心を空けるときがついに来たのだ。中心は軽くて物寂しいものだ。私は結局、自然死以外の方式では死ねない。敵弾にあたって死ぬことも私にとっては自然死なのだ。しかし自然死は敵が退いてしまったあとの何もない海では不可能なのだ。だから私はただひたすら行くのみだった。

光陽湾（クァンヤン）、順天湾（スンチョン）、宝城湾（ポソン）の海域をあいだに敵の中心と私の中心が対峙していた。だが、宝城湾と順天湾のあいだには高興（コフン）半島の赤みがかった青い山脈が伸びているため、敵の海岸線は私の視野に入らなかった。海に挟まれた山脈は秋の色に映え、夕暮れごとに山肌が赤く燃えた。敵側から陽がのぼるときは、陽光が山脈を私の方に押し寄せ、山々がすぐ近くに見えた。一方、木浦（モクポ）側に陽が沈むときは、山脈が敵側の暗闇の中へ吸い込まれながら遠くかなたに消えていった。敵の中心と私の中心のあいだでは戊戌年秋の一日一日が、こんなふうに砕け落ちていくのだった。

乾いた秋の日差しが照りさす水営前の海岸で、兵卒たちが山積みの火薬を広げて乾かしていた。兵卒が火薬を取り込む夕方には、よく乾いた火薬から硫黄の匂いが漂い、それは海風に乗って水営内いっぱいに広がった。南海（ナムヘ）の魚の刺身に味を占めた明軍の武将たちは、毎晩、酒に酔って唄を歌った。明軍の駐屯地からは朝方まで歌声が響いてきた。ところが、戊戌年の夏が蒸し暑かっただけに、寒さも早く訪れた。戊戌年の秋は夏を刀ですっぱり切りすててしまったかのようにやってきた。また戊戌年の陽光は田畑の奥深くまで射し込んで秋の湿気を早々と蒸発させてしまった。

戊戌年は島の農民たちにとって大豊作の年だった。おかげで戊戌年の仲秋節には百姓はちゃんと飯が食べられ、きちんとした着物も着られた。百姓たちは壬辰年の開戦以来、放ったらかしにしていた墓の草刈りも久しぶりにやれた。秋の陽のもとで墓はきれいによみがえり、臨月を迎えて腹を突き出した女人が食べ物の入った入れ物を頭に載せて墓に運んでいった。秋の光の中で鳥たちの羽はつややかに輝き、魚はまるまると肥えていた。それにしても戊戌年の秋、日向の海岸に広げられた火薬は実によく乾いたものだ。そのときもわが斥候は遠海で監視を続けていた。

明陸軍の副総兵劉綎の部隊一万二千は敵将小西行長のいる順天基地を後方から圧迫していた。劉綎の陸軍部隊は四川省から派遣された部隊で、戊戌年の正月に鴨緑江(アムノクカン)を渡って朝鮮にきた。劉綎は後退する敵を遠く離れて押してきた。敵が逃げていった邑を交戦なくして接収してきた。敵を追跡しながら、平壌(ピョンヤン)、ソウル、光州(クァンジュ)を経て順天まで南下してきた劉綎は今検丹山城(コムダンサンソン)に布陣していた。検丹山城から敵のいる順天基地までは三里だった。歩いて半日の距離で、あいだにちいさな丘が一つあった。劉綎の部隊は三か月間というもの検丹山城に閉じこもって出てこなかった。敵の基地に対して一度の遊撃戦も行わず、また一発の長距離砲も撃たなかった。ただ移動と駐屯だけの戦争だった。劉綎は敵が順天基地を捨てて撤退したあとに空になった基地を接収しようという腹づもりのようだった。劉綎の地上兵力が敵の内陸側後方を打撃し、敵を海へと追い出してくれないと私は敵と戦うことができなかった。私の敵は自然に出会える敵ではなかった。順天の敵の主力は陸軍だった。敵は海岸に地上砲で防御線を築くかたわら、海岸から高地に至る斜面に迷路の陣地を掘って待ち伏せしていた。

さぐりたちの報告によれば、敵の陣地のなかには武装していない朝鮮人捕虜たちが弾よけとして引き出されていた。私は海にいる水軍だ。だから敵の海岸基地に対し、上陸を試みるわけにはいかない。刀の使い手である陸軍を相手に陣地を奪うための白兵戦を繰り広げることなどできないのだ。敵の海岸防御線を突破する前に潮が引いてしまえば、わが艦隊は、干潟に乗り上げて退路を断たれ、敵の地上砲の餌食になるだけだ。頼りは明国陸軍だが、劉綎の陸軍部隊一万二千は敵の海岸基地を目の当たりにしながら裏山高地から三か月間、ただの一歩も動かなかったのだ。

その間劉綎は私に一度の伝令も送ってこなかった。

一日一日が怖かった。来る敵より去る敵の方が怖かった。敵はまるで撤退することによってこの世の無意味さを私の目前で完成して見せようとしているようだった。敵が撤退する隊列を整えているとき、私は夜な夜な敵が破壊し、焼き払っていった人気のない村に春の花が咲き乱れている夢を見た。

戊戌年の秋、三人の連絡官を劉綎のところに送った。権官金容（キムヨン）を組長にしてそれに兵十名を同行させた。船には劉綎に贈る干し魚と干した鹿の肉を船に積ませた。

私は劉綎に水陸合同作戦を提案した。十月の初めころの、潮の干満が一番穏やかで、月が暗いとき、艦隊を引き連れて光陽湾（クアンヤン）のなかに攻め入り、敵の順天基地を夜襲しようと思うので、明国陸軍が内陸から敵の後方を奇襲して敵を海の方に追い出してほしいと要請したのだ。同時に三名の連絡官には水営には帰らずに劉綎の営内に常駐しながら、明の軍隊の動向をさぐって随時報告しろと指示した。劉綎は私の連絡官が営内に残ることを許可した。連絡官たちが連れて行った十名の兵は伝令兵として古今島（コグム）水営とのあいだを行き来した。

九月の下旬に伝令が来た。劉綎が十月の初めの水陸合同作戦を受け入れることにしたとの答えを持ってきたのだ。私は帰っていく伝令兵に検丹山城の内部状況や明陸軍の戦闘準備態勢について詳細に報告するよう指示した。私は劉綎の手紙を陳璘に見せてやった。伝令はその日のうちに帰っていった。十月二日の朝方、艦隊は古今島徳洞（トクトン）水営から発進した。私は私の持っている艦隊すべてを動員した。慶尚（キョンサン）、全羅（チョンラ）、忠清（チュンチョン）の三道の水軍一万三千を船に乗せたのだ。戦船百五十隻と挟船二百隻が水営の内港に整列したが、そのうち陳璘の戦船百隻はわが艦隊の左側に並んだ。

夏につくった味噌は二百瓶に達していた。味噌は一冬過ぎてこそいい味になる。だが、私は味噌が熟成される春を待つことができなくなった。それで発進する前日、百姓たちを営内に呼び入れて味噌を分けあたえた。百姓たちは背負子で味噌を一瓶ずつ担いで行った。漬かりきっていない大根ときゅうりの塩漬けも一瓶ずつ掘り出して百姓に分けてやった。私が夜中に水営の倉庫の庭にたいまつを掲げて味噌の配給作業を指揮しているとき、従事官金秀哲(キムスチョル)は涙を流していた。いや、金秀哲だけでなく百姓も泣いていた。私は水営の倉庫前の庭にしゃがんで座り、味噌の瓶を担いで行く百姓たちの後ろ姿をしばし眺めていた。百姓たちは牛をつぶしたのか、干した牛肉を一包み持ってきた。戦場で食べてくれというのだった。私は百姓の肉を受け取った。肉を持ってきた百姓たちは額を地面に擦りつけながら言った。

「旦那さま、またしても水営をお捨てになるのですか」

私は答えた。

「捨てるのではない。海に出ていくのだ」

「それではどうして兵士に食べさせる味噌を百姓に分け与えるのですか」

「おそらく遠からず、戦争は終わるはずだ。味噌が熟したら、おまえたちが食べるがよい」

「それではふたたび水営にお戻りになるのですか」

「それはわからぬ。たとえわれわれがほかの港に行ったとしてもおまえたちは元気でおるのだぞ」

「旦那さま、何卒……」

「わかった。帰るがよい」

発進する日の朝は風が静まった。朝の海に敵のいる方角から陽が昇る。島は敵に近いほうから順に闇を抜け出して陽に輝いた。ラッパの音が鳴り響く。ラッパの音は戦船から戦船へと伝えられながら長い尾を引いていく。

「錨をあげろ。光陽湾に向かうぞ」

軍官たちが戦船から戦船へと命令を復唱する。戦船では格軍長が太鼓を鳴らす。舳先の旗手が旗を振る。旗信号は戦船から戦船へと風になびきながら伝わる。発進隊列の先頭が外港へと舳先を向けた。艦隊は東へと進む。島と島のあいだの狭い水路をいっぱいに埋めて進んでいく艦隊を見ながら、沿岸の百姓たちは痛哭した。百姓は艦隊が出ていくときも泣き、帰ってくるときも泣いた。百姓はいつも泣いていた。

遠い島々の峰と麓が秋の光のなかで青々と輝いていた。海は凪で流れの小さい変化までが船の舳先にそのまま伝わってきた。すでに見慣れた航海指標を一つ一つ確認しながら東へと進む。私は麗水(ヨス)の突山島(トルサンド)南端で航路を修正した。

そこから光陽湾内に攻め入るつもりだった。突山島南端からは艦隊の舵を北に向ける。真昼の陽光が照り、海にはさざ波が立っている。またしても残骸で覆われるにちがいない海上に、さざ波がきらめいているのだ。夕暮れの満ち潮どきに合わせて敵の基地を攻撃するため、艦隊は速度を上げる。突山島の南端では全艦隊の格軍をいっせいに交替させた。三列縦隊の後尾が私からあまりにも遠くに感じられた。それで突山島の南端から隊列を五列縦隊に変え、後尾を前のほうに引き寄せた。そしてその先頭を私が進んだ。

光陽湾の入り口で艦隊を一度止め、斥候を湾内奥深くへと送り込む。そのとき引き潮が満ち潮に変わった。私は劉綎の地上軍が動くのを待ちながら、光陽湾の入り口で待機していた。わが斥候は敵の基地にぴったり接近していた。ところが、劉綎の動く気配がない。斥候からは何の知らせもなかった。結局、敵は海には出てこなかった。満ち潮がふたたび引き潮に変わっても、劉綎の部隊は動かなかったのだ。敵の艦隊は相変わらず港にへばりついたままだった。

その間、劉綎の営内に残しておいた連絡官たちが私に伝令を送ってきた。伝令兵は劉綎の兵たちにわからないように船に乗り、光陽湾を通ってきたのだ。伝令兵が伝えるところでは、劉綎は長距離砲を敵に近接配置するわけでもなく、部隊も移動させなかったという。

さらに伝令によると、数日前の朝方、敵の順天基地から塩漬けされた人首の行李が二十個、劉綎の幕営に届けられたという。その後も毎朝背負い子を担いだ敵兵たちが、劉綎の幕営に行李を運び込み、幕営内に行李が高く積み上げられていたというのだ。

船に乗ってやってきた伝令兵は、麗水側の陸路から帰って行った。挟船を一隻出して、帰る伝令兵を麗水まで乗せて行ってやった。光陽湾の入り口では艦隊が海上で夜を明かした。劉綎は一晩中動かなかったし、敵も相変わらず陸上基地にしがみついて離れようとしなかった。夜になって私は斥候を撤収させ、陸上基地に対する攻撃に出た。

朝方の満ち潮に乗って艦隊は光陽湾に進入し、敵の港を半円の陣で包囲した。その後方には陳璘の水軍がついてきていた。さらにその後ろの南海島(ナムヘ)では正確な兵力数も把握できていない敵たちが撤退を準備していた。もし、南海島の敵と順天の敵のあいだに通信が回復した場合、私は前後両方の敵と同時に戦わなければならないことになる。私は挟船百五十隻を外海に配置して敵の連絡船を徹底的に封鎖した。

湾内に入ったわが艦隊は、朝方の満ち潮が最高潮に達したときに、半円の陣を狭めながら攻め込んだ。敵の地上基地からは砲弾が炸裂し、海岸線陣地からは銃弾が飛んでくる。海岸陣地の敵は数百名が一列に並び、合図に従って一斉射撃してくる。敵の銃弾は一度に飛んできたが、わが水軍の弓矢や銃弾は敵に達しない。私たちは敵に触れることも、照準を合わせることもできなかったのだ。艦隊はさらに隊列を狭めて敵に迫っていく。敵の射程距離が私の射程距離になった。

敵船が海に出てくる。いくつかのまとまりに分かれてわが艦隊の火力を分散させようという作戦だ。そのときわが艦隊の左側に位置していた遊撃将たちが突撃して海に出てきた敵船に火のついた柴を投げ込み、砲を撃った。しかし、それで破壊された敵船は十隻に過ぎなかった。

陳璘の艦隊は敵の港の外郭で一文字の陣を布いた。そして敵の陸上基地に向かって長距離砲を撃った。陳璘は命中率の低い曲射砲を一度に数百発ずつ撃ちまくった。その音は光陽湾の外海までがんがんと響き渡った。

私は陳璘に小西行長の十字の旗の立っている要塞を破壊するようにいった。小西行長の要塞は高地の七合目にあたる稜線に位置していた。その十字の旗をめがけて陳璘は火力を集中させた。山の稜線を崩し落としてしまいそうな激烈な砲撃だった。小西の要塞は爆破されたが、そのなかに小西自身がいたかどうかは定かでない。

わが艦隊が港を攻撃するとき、敵の主力は光陽湾側の海岸に配置されていた。敵の内陸後方基地は空いていたのだ。ところが劉綎の軍隊はその空いた基地すら接収しなかったのだ。さらに敵が一文字隊列を布いて海岸線に密集しているにもかかわらず、その海岸に向かって一発の長距離砲も撃たなかったのだ。

結局、敵船は一隻も外海に出てこなかった。わが艦隊は引き潮のときは退却し、満ち潮のときはそれに乗って攻撃した。満ち潮と引き潮のあいだは遠海に出て待っていた。引き潮のとき抜け出せなかった明国水軍の戦艦が六隻、地上砲の攻撃を受け、破壊された。わが艦隊はまるで海水のように満ち潮のときは進み、引き潮のときは引いた。目前の敵があまりにも遠くみえた。艦隊は三日間、進んでは引き、引いては進んだ。引き潮で船を引くとき、軍官と射夫三十人が敵弾にあたって死んだ。海に落ちた部下の死体はさがしても見つからなかった。しかし劉綎はとうとう最後まで動かなかった。敵にはついに手が届かずじまいだった。疲れ切った格軍は筋肉に痙攣を起こして次々に倒れた。

四日目の朝、私は艦隊を撤退させることにした。敵の交信を遮断するために五十隻あまりの挟船を光陽湾に残したまま、私は手ぶらで帰らざるをえなかった。光陽湾の出口で艦隊は航海隊列に広がった。軍官たちは甲板から握り飯を海に投げ入れ、戦死した部下たちとの最後の別れを惜しんだ。そのとき逆風が吹き始めたため、帆を畳んだ。格軍長は太鼓の音をあげなかった。艦隊は長い隊列をなしてゆっくりと航海した。艦隊の後尾が遠くなりがちだったので、私はしばしば後尾へ挟船を遣って異常がないかどうかを確認させた。艦隊は西進した。高興半島南端を通過するころに日が暮れた。太陽は艦隊の進行方向に沈んだ。艦隊は夕陽が沈んだ海をかき分け、ゆっくりと進んだ。艦隊はこの世の海をすべて渡りきり、深紅の空へと航行していくかのようだった。子の刻が過ぎてやっと艦隊は古今島（コグム）水営に辿り着いた。将卒全員を連れて出航したため、水営の船着き場にはだれも出迎えるものがいなかった。満ち潮の船着き場には燐光が飛び散っていた。

藁

晩秋の日差しに晒されて、収穫の終わった田畑は乾ききっていた。百姓らが田畑に出てくることはもうなかった。がらんとした田畑に積まれた藁束には秋の日差しが奥深くまで染みこんでいた。私は兵卒を動員して古今島(コグム)の耕作地に捨てられている藁をすべて集めた。莞島(ワンド)、海南(ヘナム)、康津(カンジン)、長興(チャンフン)にも兵を遣ってありったけの藁を回収させた。毎日、戦船によって沿岸の港から運びこまれた藁が、徳洞(トクトン)水営の庭や砂浜に高く山積みにされた。

乾燥した藁が漂わす太陽の香りが、水営じゅうに広がった。兵たちは藁を、大体大人の背丈ぐらいの直径に束ねた。刈り入れが終わって手持ちぶさたな百姓たちにその作業を手伝わせた。海南、長興のほうからも百姓を呼んできた。藁を束ねる仕事は十日間続いた。百姓たちは藁の用途が何なのか口には出さないがみんな知っていた。藁を手にしている女人たちの間からはときたま泣き声が漏れた。

軍官たちは大声をはり上げて作業を急がせていた。水営の浜に数馬場(マジャン)にわたって藁束が並べられた。さながら水営は藁の城壁に囲まれたようだった。日に日に積まれていく藁を眺めながら、私は生まれて初めて自分以外の力に願いをかけた。その藁に火をつけて敵船をすべて焼き尽くすまではどうか雨を降らせないでくれと天に祈ったのだ。そのせいか雨は出陣の日まで降らなかった。

藁を束ねる作業を最後に点検して帰ってきた夜、私は突然、丁酉年（一五九七年）、鳴梁(ミョンリャン)の戦いのときに逃げた裵楔（ペソル）のことを思い出した。寝床から上半身を起こした私は、都元帥府に裵楔の捜索でなにか進展があったかどうかを訊く文書を書いた。

数日後、都元帥府の権慄（クオンニュル）は回答してきた。それによると、星州（ソンジュ）の山村や近隣の郡（コウル）をくまなく探したが、とうとう裵楔を逮捕できずじまいだったという。しかし、権慄はもし自分の在職中に捕まえられないなら、後任に引き継いででも、朝鮮半島すべての村々や島々を探しまわり、必ずや裵楔の首を水営に届けるようにすると返答してきた。

年老いてもなお猛獣のような威厳を持つ権慄の姿が思い浮かんだ。私は都元帥の言葉を信じることにした。権慄はそうさせる男だった。だが、敵全体を相手にする最後の決戦にでる全将卒たちの前に裵楔の首を掲げたいという私の願いは、どうやら叶いそうになかった。

順天（スンチョン）基地の敵が発進準備を開始したという報が入ってきた。僧軍のさぐりたちは足早に動き回っていたのだ。敵はすでに二か月前に兵糧米が尽きていたうえ、後方にはこれ以上略奪できる村も残っていないという。十中八九、順天の敵は主力全体を艦隊に乗せて海に出たあと、南海島（ナムヘ）の兵と合流しながら、退路を探す腹づもりのようだった。しかし、敵がいつ出航するかという情報は入ってきていなかった。このままでは光陽湾（クアンヤン）の入り口に艦隊を隠蔽させ、敵の主力が海へ出てくるのを待つしかなかった。

戊戌年の冬、艦隊はふたたび古今島水営をあとにした。私は艦船にすべての兵力と兵糧米、火薬を積んだ。そして藁も積んだ。古今島水営に残したものはなにもなかった。もし私が生き残って次の基地を置くとしたら、それは古今島ではない、さらにもっと敵に近い慶尚道（キョンサン）沿岸の港にせざるをえなかった。

私は完全に基地を閉じた。そしてもう基地も、母港も、宿営地もない海に乗り出したのだ。

「錨を揚げろ。目指すは光陽湾だ」

私は母港のない海に出る将卒たちに、慰めの言葉ひとつかけてやれなかった。それを知ってか軍官たちも次の寄港地についてだれ一人訊こうとはしなかった。背後には陳璘の二百隻の艦隊がついてきていた。海は寒々としていて波も高い。

光陽湾に着いたわが艦隊はその出口を半円の陣で包囲した。二つの島が拠点だ。五十隻を二つに分け、後方に隠蔽させる。そうして百隻あまりで海を塞いだ。

陳璘の艦隊は半円の陣で右側の海域を受け持った。そこで我々は三日間待った。だが、敵は出てこない。海は毎朝、霧に包まれた。霧はすべての航海指標をなくしてしまう。敵の海岸線も、そしてわが艦隊の先頭や後尾も視界から消えた。霧のなかでは旗信号も用をなさない。霧のなかで斥候は目隠しされ、さぐりたちも帰路を見つけられなかった。冷たくて生臭い朝霧を胸いっぱい吸い込みながら私はさらに待った。

四日目、海には小雨が降っていた。風が静まり、雨が音もなく、そしてしっとりとあたりを濡らしていた。戦船の甲板に積まれた藁も濡れ始める。艦隊は停泊したままだ。錨を降ろした戦船では手をこまねいているだけで、藁が雨に濡れるのをどうするすべもなかった。藁のなかに雨水が浸み入る。私は大将船の窓越しに雨に濡れる藁を眺めた。私は諸葛孔明ではなかった。だから眺めるしかなかった。ところが、雨は午後になって止み、敵の海岸線に大きな二重の虹がかかった。濡れた藁に陽がさすと、藁は乾きながらできたての飯のような匂いをあたりに漂わせた。まだ敵は来ない。

順天の敵は私の北側におり、南海島の敵は私の南にいる。敵と敵のあいだに私は艦隊を展開させている。私の攻撃方位はまず北側の順天の敵であり、その喉元である光陽湾だ。北側の敵が南側の敵を手招きして海に呼び出せば、私の攻撃力は分散されることになる。私は敵全体を迎えなければならぬが、一度にではなく順に迎えねばならなかった。敵と敵のあいだの陸上にある拠点は掃討された。しかし、敵の連絡船を一隻でも私の海上封鎖線から逃した日には、南側の敵が私の後方から攻めてくるにちがいない。私はすべての挟船を動員して光陽湾から南海島に通じる外界の水路を遮断するのに、最大限の注意を払った。敵と敵のあいだの海は静かで、月の光が海上に映っている。敵と敵のあいだでもわが格軍(キョツグン)はぐっすりと眠っていた。

朝方、光陽湾のなかから斥候船が一隻大将船に近づいてきた。斥候船の櫓さばきは速かった。莞島の軍官である斥候将が私の船に上がってきた。

「旦那様、少し前に敵の挟船五隻が陳璘の海域に入ってきました。敵船は東側の沿岸の水路にぴったりついて近づいてきています。それでも明の水軍は交戦しようとしません」

陳璘と小西行長のあいだに我々の知り得ないことが繰り広げられているようだった。

「わかった。自分の位置に戻れ」

斥候将は帰っていった。夜明けごろまたしても一隻の斥候船が近づいてきた。斥候将の代わりに兵卒が乗っていた。

「旦那様、明軍の海域内に入っていた敵船がふたたび敵の基地に戻って行きました」

私は格軍たちを起こして大将船を陳璘のいる海域へと進ませた。陳璘は赤や青の旗で覆われた司令船の楼台に座っていた。陳璘は武装しており、武装した副官も彼のそばに侍っていた。

「敵の密使が将軍のもとに来たと存じておるが……」

私の切り込みに陳璘の顔が一瞬ゆがんだ。

「朝鮮水軍は天兵のことを探っておるのか」

陳璘の答えに副官が私の方へぴったり近づいてきた。

「副官を下げてくだされ」

陳璘がしばらくしてから、副官を引き下がらせた。

「敵船が将軍のもとに来ていたと聞いたが……」

「そうだ。小西が人を送ってきた。敵は戦争を放棄した。統制公、もうすでに戦争は終わったのじゃ。小西が私に贈り物として首を二千くれるそうじゃ。私が朝鮮に来てその程度の手柄をあげたとしても、朝鮮の害にはならぬであろうが」

「将軍の幕営にたくさんの首が積まれることを私も望んでおる。私も将軍に首を差し上げましょう。ところで敵はすでに首を積んでくるから、南海島に積んであると言っていた。南海島に連絡船を送って首を積んでまいりましたか」

「いいや。南海島に積んであると言っていた。船を一隻通過させてくれというのじゃ」

……この者をこの場で切り捨てるべきか、腰に下げた刀が千斤の重みに感じられた。背中には冷や汗が流れた。壬辰年に銃に撃たれた肩が疼き、丁酉年に刑場で痛めつけられた両の足が痺れた。私は陳璘のいる船室の床にどっかりと座り込んだ。ここでこの者を切ってしまったら、朝鮮朝廷は終わりを告げ、戦争もまた一から始まるだろう。恐らくそのとき私はこの世界全体を敵に回さなければならなくなるだろう。私はかろうじて言葉にした。

「今度の戦いで得られるすべての首を将軍にささげましょう」

「逃げる敵を見逃してやるのは、兵法の理知に大きく背くものではないと存ずる。将帥の勇気は士兵の勇気とはまた異なるものよ。おわかりかな、統制公。首は戦わずしても手に入るのじゃ」

陳璘が約束を守るなら、小西行長は退路を開くために、二千の部下の首を切って陳璘に捧げるというのだ。また南海島の敵と交信してその島に抑留されている朝鮮の百姓たちの首もやるという。小西が陳璘を騙すつもりなら、おそらく南海島の敵に連絡船を送り、両側から同時に挟み撃ちを試みてくるにちがいなかった。

「首のことは心配なさらんでよい。魚を捕るように首を取って将軍にささげましょう」

こう言い残して私は自分の海域に戻ってきた。そして全艦隊の格軍を起こし、櫓を握らせ、射夫たちを戦闘位置につかせた。また戦船と戦船のあいだの旗信号を点検し、邑の守令と軍官たちに定位置につくよう命じた。兵糧米は半月分残っていたし、火薬もよく乾いていた。カラッと乾いた藁の上に海鳥たちが止まり、戯れていた。敵の上空に夕焼けが広がり、赤い帯状の雲が複雑に入り乱れた。

海に暗闇が広がり、揺れていた島の影が海中に沈む。光陽湾の外海に出ていた斥候船一隻が急いで帰ってきた。斥候将は珍島水軍鎮の若い権官だった。権官はほかの斥候船から四十名の格軍を集め、息絶えるほどに駆けてきたのだった。斥候将は大将船に近づくと、大声を張り上げた。

「敵船一隻が明水軍の水域内を通過して東南に進んでおります。武装した挟船です。遠くから追い掛けましたが、敵船は南海島に入っていきました。私が見た敵船のなかではもっとも速い船でした」

「わかった。おまえは自分の位置に戻れ。戻ってすべての斥候船を撤収させ、本隊に合流するように伝えろ」

敵の連絡船は南海島に渡っていった。敵が私の前と後から同時に攻め込んでくる恐れがあった。さらには敵同士の旗信号が南海島から巨済島、泗川、固城、釜山に伝わり、慶尚海岸のすべての港の敵が一気に攻め込んでくるかもしれなかった。

敵の順天基地で烽火が上がった。いや烽火ではなく山火事のように山全体を燃やす火だった。火の気は初冬の乾燥した山の稜線にそって蛇が這うように広がっていった。烽火の中間拠点を奪われた敵が、山全体を燃やして遠く南海島にいる敵になにかを伝える発信信号だった。

だが、ここは私の死地ではなかった。敵全体をここよりも前方で迎え撃たなければならなかった。私は露梁（ノリャン）海域に行くことにした。敵はそこで合流するにちがいなかった。敵より先に露梁に達し、敵の退路に布陣しなければならなかった。

その日の夜、艦隊は光陽湾を出発し、露梁に向かった。格軍長たちは太鼓の音を上げなかった。艦隊は隠密に移動したのだ。月はなかった。露梁では海が広くなっている。露梁は遠くなかった。

聞こえない愛の詩(うた)

露梁(ノリヤン)の波は荒い。そそり立つ波に風が激しくぶつかり波しぶきを飛ばす。そんななか敵の艦隊は海を埋め尽くして攻めてくる。黒い旗幟の船団が西の水平線を越えてくるのだ。波しぶきに視線が遮られ、敵船の数は数えられない。光陽湾(クァンヤン)から出てきた順天(スンチョン)の敵だ。敵は露梁水路に向かっている。私はラッパを吹かせて艦隊を退かせた。

南側の水平線上にも赤い旗が数え切れないくらい現れる。波しぶきに隠れて船体は見えない。ただ赤い旗だけが風になびきながら迫ってきている。南海島(ナムヘ)から発進した敵陸軍の補強部隊だ。長いあいだ南海島に留まっていた敵、私が触れることのできない遠い存在だった部隊だ。赤い旗は島陰を回って、いち早く露梁水路に入ってくる。朝の日差しが敵の赤い旗の上で輝いている。私はもう一度ラッパを吹かせて後退を指示した。

黒い旗と赤い旗のあいだにさらに白い旗をかかげた船団が突撃隊形の長い隊列で迫ってくる。泗川(サチョン)にいた敵だ。泗川の敵はすでに撤退し始めていたが、航路を逆に取って露梁に入ってきたのだ。泗川の敵は慶尚沿岸に駐屯していたすべての敵を引き連れている。破れた「南無妙法蓮華経」の旗が敵の先頭で両翼を広げながら迫ってくる。

敵の殺気はおどろおどろしかった。遠海の各方面からやってきた敵は合流しながら、巨大な半円の陣に編制されていった。敵に隠れて水平線すら見えない。敵の半円の陣は海全体を覆う大きな網のように思えた。朝の日差しのなかで数千の旗幟をなびかせながら、半円の陣が迫ってきたのだ。まさに敵の全部だった。敵の艦隊は水軍だけでなく撤退する陸軍全体をも乗せていたのだ。敵の全部が大きくうねるように、接近してくる。敵船の舳先からは白い水柱が立ち上がる。敬虔ですらあった。いや、敵が敬虔だというよりは、その前ではいつも自分自身が敬虔でなければならないと思わせる、そんな神秘な存在に見えた。神秘、そう、神秘という表現が適当だろう。私は大将船の甲板上で膝を屈し、そして祈った。何に対してということもなく私は祈った。ふと、気づいたら海は静かになっていた。

これより死ぬことを望む。されど仇だけは討たせていただきたい。

私はさらに後ろに引く。敵も迫り来る。途中、島陰に伏兵の船団を隠蔽しながら、さらに私は海峡の方へと引く。陽が昇り、風が強くなる。いま、風は敵の味方だ。島々が入り組んだ水路の入り口で、敵の半円の陣は、先頭のほうから五列縦隊へと変わっていく。敵の隊列が縦に長く伸びる。そして長い移動隊列をなして島々のあいだへと進入してくる。敵の深い隊列を一挙に攻撃するのは無理だ。隊列の反対側の端まで一挙に叩くことはできないのだ。敵の隊列をなんとかぶつ切りにしてしまうしかなかった。

火矢を射ち上げ、格軍長に太鼓を鳴らさせる。戦船から戦船へと合図が伝わり、火矢がいっせいに射ち上げられる。島陰に配置された伏兵の船団がいっせいに敵前に躍り出た。そして横から攻撃をかけて敵の隊列を寸断する。敵の隊列は混乱に陥り、ぶつ切りにされる。私は艦隊の舳先を敵に向けさせた。わが艦隊の主力が敵の先頭を打ち砕いていった。

危険な接近戦だった。敵兵一人一人の顔が見えるほどだ。伏兵船団の兵卒たちは乾いた藁を敵船に投げ込んだ。一隻に数十個ずつの勘定だ。敵は藁を投げ込むわが兵卒たちを銃で撃った。撃たれた兵卒は倒れ、海に落ちた。敵兵はまた甲板に投げ込まれた藁を海に投げ捨てようとする。すると、今度はわが射夫が藁を投げる敵兵を弓で射る。敵兵も倒れて海に落ちる。射夫はいっせいに敵船に投げ込まれた藁に火矢を射ち込んだ。今度は風がわれわれの味方だ。敵の陸軍は武装していなかった。敵の陸軍はただ船の上に乗せられた貨物に過ぎないのだ。火のついた敵船から敵兵は次々に海に飛び込んだ。その数は数え切れないほど多かった。

敵の先頭が方向を変え始める。航路を変えて水路を逆から抜け出し、また広い海に戻ろうとしているのだ。敵が方向を変えるとき敵船の右舷がいっせいに私の前に露出した。このときを逃さず、銃火を集中させて敵船の右舷を攻撃すると、敵船は傾き、沈み始めた。舳先で射夫の隊列一列が敵の銃に当たり、海に落ちたが、予備兵力をすぐに補充した。

日が暮れた。島々のあいだの細い水路を抜け出した敵はふたたび遠海に出ていった。敵は接近戦を嫌った。火力を集中してわれわれの虚をつき、露梁を抜けだそうとしていた。敵は数十隻の戦船を先立たせ、そこにわが火力を向けさせる一方で、その横から主力を抜け出させようとしていたのだ。一部を犠牲にして主力を撤退させようという敵の意図は、はじめから明らかだった。私は艦隊を後退させて敵の主力が抜けだそうとする航路を遮断した。

夜になって戦闘は小康状態となった。波がだんだん高くなり、月も昇らないため、お互い船を動かせなくなったのだ。近くの港や島々を拠点にしたわが艦隊は敵を遠巻きに包囲したまま、海で夜を明かした。朝方になって握り飯を将兵たちに与えたが、強度の肉体的負担のため内臓のよじれた格軍たちは甲板上に倒れ、食べたものをすぐさま吐き出した。敵も夜中は動かなかった。ふたたび夜が明ける。海は静かだった。私は包囲網を狭めながら敵に接近していく。敵は隊列を解き、散開していた。個別の撤収を試みているのだ。敵艦船は海じゅうあちこちに散らばり、敵の旗が秩序なく立ち並んでいる。敵はわが包囲網に隙間をあけるため、隊列を乱そうとしていた。交戦する艦隊のあいだを敵船が一隻ずつすり抜けていった。

　敵は秩序なく攻めてきた。遠く離れたわが戦船は、おたがい旗信号を見分けられず指示が伝わらなかった。艦隊全体を統制することができなくなった私は、各方面別の守令たちに指揮権を与えた。私は中軍だけを引き連れて敵の進路の真横に出ていった。戦闘は乱戦の様相を呈してきた。陣は崩れ、隊列は乱れた。指揮系統は作動せず、わが艦船の一隻が行き当たりばったりで敵の一隻を相手にしていた。すべての一隻一隻が全方位で敵の射程圏内に入っていた。水平線側の敵も同様だった。その日は長い一日だった。時間の流れは停止したかのように遅かった。海は残骸に覆われた。火薬の硝煙と藁が燃える煙のなかで繰り広げられる戦いは、まるで遠い昔にあった戦いの記憶のように不鮮明に見えた。火のついた敵船が最後の力を尽くして櫓を漕ぎ、私の大将船にぶつかってきては沈没した。敵は四方からかかってきた。

　また日が暮れる。日の沈む方向にある遠い島々が夕焼けに輝いている。夕焼けは硝煙のなかに染みこんでいく。風はおさまっている。しかし、格軍は力尽きはてていた。まる四日間、寝かせてやれなかったのだ。そのとき百隻あまりの敵が観音浦（クァンウムポ）の内港に逃げ込んでいった。そこは退路のない袋小路だ。どうやら敵は航路を誤認したようだ。

　私は即座に中軍を率いて観音浦に向かった。そこで港の出口を塞いだあと、中に攻撃を仕掛ければいいのだ。二隻の敵船がわが大将船を前後から取り巻いた。後ろから中軍将が出てきて前から迫ってくる敵船を塞いだ。私は大将船の見張り台から叫んだ。

「観音浦の方が大事だ。早く観音浦に行くのだ」

　敵船の欄干に立ち並んだ射夫が一斉射撃をした。

突然、左側の胸が重くなった。私は見張り台で倒れた。軍官の宋希立（ソンフィリプ）が盾になって私の前に立ちふさがると同時に、私を船室へ運ばせた。痛みは遠い昔から体内に宿っていたかのように全身に広がっていく。私は眠気のように徐々に、しかし確実にやってくる死を直感した。私は言った。

「今は戦いの最中だ。わしが死んだということを言うでないぞ」

私の鎧を脱がせながら宋希立は泣きじゃくった。

私は知っている。銃弾は深い。銃弾は壬辰年の銃弾よりもさらに深く、そして急所に突きささっている。久しぶりに鎧を脱いだ身体に冷気を感じる。その冷たさに私は涙ぐんだ。手足が自分の精神から遠のいていく。身体はだるくなり、遠くなり、自由を失っていく。

「……太鼓を……叩け……観音浦は……まだか……」

宋希立は鎧の袖で涙を拭きながら太鼓を鳴らす。

乱戦は続いていた。戦場の背後の遠海では夕焼けを呑み込む暗闇が迫っていた。敵船を焼く炎が海上のあちこちで上がっている。背中に船の揺れが伝わってくる。格軍は観音浦に向かって櫓を漕いでいる。

戦場から抜け出し、遠海へと逃げていく数隻の敵船が船窓越しに見える。満ち潮が引き潮に変わる渦の中で浮んだ兵の死体も渦巻き、壊れた敵船の破片が戦船の舳先にぶつかる。私は強烈な眠気に襲われる。

私の死体をこの残骸の海に投げてくれといいたかったが、眠気が口を重くつぐませた。私は自分の自然死に安堵した。風に乗って火薬の匂いが漂ってきた。耐えられない眠気の中で幼い葂（ミョン）の乳臭さと若い日にあの白頭山（ペクトウ）麓で嗅いだ朝霧の匂い、死んだ女真（ヨジン）の体臭が鼻をつく。すべての匂いが火薬の硝煙にかき混ぜられながら遠ざかっていく。艦隊が観音浦の内港に入ったようだ。観音浦は菩薩様の港なのだろうか。船は激しく揺れ、最後の決戦が始まっている。船窓越しに見ると、戦いは静かに行われている。

この世の果てが……このように……軽く……また……静かだということが……刀で切れない敵を……この世に残して……私が先ず……観音浦の朝焼けが……敵の方に……

付録一　李舜臣の年譜

この忠武公（李舜臣）の年譜は彼の個人史的な重要事件、壬辰年（一五九二年）から戊戌年（一五九八年）に至る海戦や政治権力との関係などを中心に記述した。年度別の事件よりもその事件が当代の歴史の中で見せている文様や色合いが読みとれたら、という思いから書いたものだ。

小説なのでやむを得ず変形させたり再編成したりした部分があるが、歴史事実がこれによって復元されることを望む。しかし、この短い年譜に彼の生涯すべてが盛り込まれるなどとは思っていない。結局李舜臣の心は李舜臣だけのものである。後世の人間はただそれを仰ぎ見ているだけのことなのだ。

『乱中日記』、『李忠武公全書』、『宣祖実録』、『燃藜室記述』などの書物や状啓、諭示、教書、行状などの文献のなかから必要な部分を選んで組み立ててみた。年度や日付はすべて陰暦に基づいている。潮時を知り、出入りする水軍の動きや海での出来ごとを推し量るには陰暦のほうがわかりやすいと思われる。

筆者

乙巳年（一五四五年）

三月八日、ソウル乾川洞に生まれる。この年仁宗が王位につくが、八か月後にこの世を去る。次いで明宗が王位につく。すでに戊午年（一四九八年）、甲子年（一五〇四年）、己卯年（一五一九年）に残酷な士禍（政治派閥間の粛清・弾圧）が中央の政治舞台を襲っていた。改革と守旧、勲旧と士林は共存できない敵対関係にあったのだ。

一六世紀、士林派知識人たちの心の中では仁義礼智と道学的正義への道というものが、実にはっきりと描かれていた。美しい道であったし、故に血にまみれた道でもあった。しかし、その時代には、鮮明に見えた道学的正義の道をまともに歩むことができなかった。現実の社会を正義へと導くなどということは、考えることすらできなかったのだ。現実と価値観の対立のなかで知識人の世界は血の海と化した。金宗直、趙光祖の門下がすべて殺害され、生き残った者はこの地の流浪者となった。

李舜臣が生まれたこの年に乙巳士禍があった。

李舜臣の祖父百禄は己卯士禍に連座していた。また舜臣の父、貞は官途につかなかった。それで李舜臣の幼年期は貧しかった。

少年時代に忠清道の牙山に住居を移した。牙山は李舜臣の母方の故郷だ。引っ越した理由ははっきりしていないが、おそらくソウルでの生活が苦しかったからと考えられる。牙山にいるころの少年李舜臣の英雄的な徳性と言行が李芬（李舜臣の甥）の書いた『行録』に伝えられている。

丙子年（一五七六年）　公の年齢　三十二歳

この年三月、式年武科の科挙試験に合格して十二月に咸鏡道の童仇非堡に権官（従八品）として赴任した。李舜臣の最初の公職生活は陸軍の初級将校として国境を守る野戦場で始まった。

李舜臣は二十二歳のころ武芸を習い始めた。そして二十八歳のとき武科丙科試験で落ちたことがあった。走っている馬から落ちて足首を痛めたのだ。それから四年後の挑戦で武科試験に合格した。武の道は彼の青春時代からの一貫した夢だった。童仇非堡は咸鏡道三水郡の外郭陣地だった。仇非（クビ）は曲がりかどという意味の「クビ」という単語に由来した名前である。堡とは第一線の防御基地だ。城を建てられないところには鎮を設け、鎮を設置できないところには堡を置いた。一六世紀東北面の堡は女真族と対峙しながら国境を守るために造られた。

咸鏡道の国境で勤務していた初級将校時代に李舜臣は『咸鏡道日記』という陣中日記を残した。草書体で書かれたこの本は、いま牙山にある顕忠祠（ヒョンチュンサ）に原本のまま保管されている。毎日陣中日記を書く彼の記録精神は晩年の『乱中日記』まで続く。

以後、李舜臣の青・中年時代は咸鏡道国境の陸軍基地と南海の水軍基地を行き来しながら展開される。

庚辰（こうしん）年（一五八〇年）公の年齢　三十六歳

全羅道高興の鉢浦鎮の水軍万戸（従八品）として赴任した。最初は水軍の初級指揮官になる。鉢浦鎮はいまの全羅南道高興郡道化面内鉢里である。高興半島南端から西には居金島、東には羅老島に向かい合っている。鉢浦は全羅左水営（麗水）管下の五つの海岸基地のうちの一つだった。このとき鉢浦鎮には板屋戦船二隻、伺候船二隻が配属されていたものと思える。

丙戌(へいじゅつ)年（一五八六年）公の年齢　四十二歳

咸鏡道造山堡に万戸として赴任した。このときの品階は従四品だった。翌年、鹿屯島の屯田官を兼ねた。鹿屯島は咸鏡道鏡城郡に位置する国境の最北端で、豆満江の河口に浮かぶ小さな島である。ここは女真族と対峙していた要塞だった。造山堡は咸鏡道鏡城郡の国境の村で女真族と最短距離に位置した防御基地である。

咸鏡道国境に勤務していたとき、李舜臣は敵将、女真族のユルジネとその一味を誘引作戦で逮捕した。

翌年（一五八七年）、豊臣秀吉は九州の島津家を倒した。そうして日本のすべての武力と領地が豊臣秀吉一人に集中した。

庚寅(こういん)年（一五九〇年）公の年齢　四十六歳

李舜臣に対する人事発令は著しく偏向したものだった。一五八九年末、李舜臣は井邑県監（従六品）に任命された。それから八か月後の一五九〇年七月には高沙里鎮の兵馬僉節制使に任じられた。兵馬僉節制使は陸軍の一線指揮官で従三品の品階だった。ところが司諫院がこの任命に反対した結果、李舜臣は赴任できなかった。彼の出世が早すぎるというのが反対理由のひとつだった。

それから一か月後に李舜臣は正三品に昇進して満浦鎮水軍の僉節制使に任命された。ところがまたしても司諫院が反対して発令は取り消された。

一五九一年二月に朝廷は李舜臣を珍島郡守に発令した。しかしこれも司諫院が反対して、実現しなかった。その後朝廷は李舜臣を加里浦水軍の僉節制使に変更して発令したが、これもまた司諫院の反対で赴任できなかった。

この混乱した人事の背景には朝廷の大臣たちのあいだでくりひろげられた権力闘争と党争の余波があったものと思われる。

辛卯（しんぼう）年（一五九一年）　公の年齢　四十七歳

この年の二月十三日、全羅左水使（正三品）に任命された李舜臣は麗水の左水営に赴任した。左水使は独自に作戦を遂行できる海域司令官だ。

李舜臣が赴任したころの全羅左水営は順天、光陽、楽安、宝城、興陽（高興）など五つの内陸基地（五官）と防踏、麗島、沙島、鉢浦、鹿島など五つの海岸基地（五浦）を統括指揮した。防踏はいまの麗川郡突山島だ。麗島は高興郡占岩面呂湖里で、沙島は呂湖里海岸と連なっている南側の港の村だ。鉢浦は高興郡道化面内鉢里で、鹿島は高興郡道陽邑録豆村である。

そのとき全羅左水営管下の五つの陸上基地と五つの海岸基地には板屋船三十隻と斥候船三十隻以上が配備されていたものと思える。李舜臣がここに赴任したあと、多くの船を造り、亀甲船も建造したため、壬辰年の開戦時にはこのときより、はるかに強力な艦隊になっていたものと思われる。

この年、朝鮮朝廷は豊臣秀吉による朝鮮出兵の兆しを感知していた。対馬領主が日本政府の中枢で練られた朝鮮出兵計画を朝鮮朝廷に知らせてきたのだ。情報と事実は各党派の立場によってまったくまちまちに解釈され、評価された。当時、朝鮮朝廷は日本政府の中枢に直接繋がる情報網を持っていなかった。両国間の通信使も途絶えてすでに百年が過ぎようとしていた。

そんななか、一五九〇年三月に日本に派遣した三名の通信使が一五九一年三月に復命した。黄允吉が正使、金誠一が副使、許筬は書状官だった。ところが、それぞれの復命報告の内容は食い違っていた。黄允吉は日本がすぐにでも攻撃してくるだろうから、備えが必要だとし、一方金誠一は豊臣秀吉がそのような大きな戦争を起こせるような人物ではないと報告した。朝廷は最終的に金誠一の報告を受け入れることにした。ちなみに黄允吉は西人派であり、金誠一は東人派だった。

宣祖王は当時の政治状況や自分の性格からして、黄允吉と金誠一が行った相異なった報告の背後にあるものを見通せなかったのだ。金誠一など東人派は宣祖王の神経質な性格をへたに刺激することで国内政治を修羅場にしてしまうような事態を避けながら、静かに、着実に戦争準備をしようとしていた節も読みとれる。しかし彼らの主張では戦争が当分起きないという点だけが取り沙汰された。

そのころ豊臣秀吉は朝鮮王に送った国書のなかでこのように書いた。

「日本関白豊臣秀吉が朝鮮国王に告げる。

余は戦って負けを知らず、攻めてこの手に得られぬものなし。余は明を攻め、明の四百あまりの州を我が国の風俗に従わせ、億万年、帝都の政化を施す考えである。遠い国であろうが、小さい島であろうが、後になってついてくるものは許さない」

壬辰年（一五九二年）公の年齢　四十八歳

四月十二日　麗水左水営で亀甲船上から大砲の発射実験を行う。この日は晴れていた。だが、李舜臣は前年十月初旬から頭が朦朧として身体の具合が悪く、一人で呻き声をあげる夜が多かった。

四月十三日に日本との戦争が始まる。この日午後五時ころ日本の戦船七百隻あまりが釜山浦に来襲した。

そして四月十四日朝方五時から敵は上陸作戦を開始した。小西行長の第一陣一万三千、加藤清正の第二陣二万三千、黒田長政の第三陣一万一千など第一船団あわせて六万あまりの兵力が次々に釜山に上陸した。

四月十四日に釜山が陥落し、十五日には東莱城が落ちる。十七日には機張と梁山が、十八日には彦陽が、十九日には金海が陥落した。

敵は三つにわかれ北上した。小西部隊は鳥嶺を、加藤部隊は竹嶺を越えて行き、黒田は西方に向かった。

四月二十八日　申砬（シンリプ）は忠州の南漢江で大敗を喫した。朝鮮軍の防御線は完全に崩壊した。

四月三十日　王はソウルを捨てて義州に向う。

五月二日　ソウルが陥落する。

五月四日　李舜臣の指揮する全羅左水営艦隊が初めて出陣する。左水営艦隊は板屋戦船が二十四隻、挟船が十五隻、漁船が四十六隻で四日朝四時ころ麗水を発進する。
艦隊は東進して六日朝、閑山島近隣海域で慶尚右水使元均(ウォンギュン)の艦隊と合流した。元均は戦船を四隻率いていた。

五月七日　玉浦湾で敵船二十六隻を全滅させる。

五月八日　赤珍浦（いまの固城郡巨流面ナムチョン浦）で敵船十一隻を撃破する。

五月九日　艦隊は左水営の母港に帰港する。そこで李舜臣はソウルが陥落し、王が義州に避難していった事実を知り、痛哭する。

五月十日　王に送った状啓で李舜臣は次のように書いた。

「敵船は四方に張った幕にいろいろな模様を描き、船上に赤や白の旗をやたらみだりにかかげております。その風になびく様子はただ見苦しいかぎりです。

殿下の乗られた駕籠が義州に移られたという知らせを聞いた将兵たちはみな、驚き悲しんで、痛哭しました。私は部下の将師たちに船をさらによく整備して海で繰り広げられる一大決戦に備えるよう指示しました。

臣が今回の戦いで沿岸地帯をめぐってみますと、通り過ぎる谷間ごとに避難民がたくさん寄り集まっており、臣の船を見ては助けを求めて泣き叫んでおりました。年寄りや子どもたちが荷を担いだまま、お互い支えあいながら泣き叫び、わめいておるのです。あまりに悲惨でかわいそうなので船に乗せようかとも思いましたが、しかし、その数があまりにも多く、乗せると戦船の動きがとれなくなりそうなので断念しました」
このとき王はまだ平壌にいた。それでこの状啓も平壌へ送られた。

壬辰年四月三十日以降の王の避難道程は次のようだった。
四月三十日ソウル出発、五月一日開城到着、五月三日開城出発、五月七日平壌到着、六月十一日平壌出発、六月十三日寧辺到着、六月十四日薄川、十五日嘉山、十六日定州、十八日宣川を経て、六月二十二日義州に到着。

王は義州で壬辰年の夏、秋、冬を過ごし、翌年の癸巳年一月十八日に義州を離れてソウルに向かった。首都に戻った道程は次のようだ。
一月十八日義州出発、二十日定州到着、三月一日永柔到着、四月一日嘉山到着、八月十二日黄州到着、八月十三日載寧到着、八月十八日海州到着、八月二十三日延安到着、八月二十八日開城到着、九月十九日碧蹄到着、十月一日ソウル到着、それからは貞陵月山大君の旧家に入って暮らした。

王が首都に戻るのに十か月かかった。戦線での朝鮮軍の進退によって道程が左右されたので、多くの時間を要したのである。道中、王は地方の官衙や地方官吏の家で起居した。王の居したところはどこも朝廷の臨時宮殿ということだった。

玉浦湾戦闘は壬辰の乱の初海戦であり、朝鮮水軍が初勝利を収めた戦闘だった。李舜臣と水軍の将卒たちは海戦の経験がなかった。敵にむかって突撃するとき、李舜臣は実戦経験のない将卒たちに向かってこう言った。

「軽挙妄動してはならぬぞ。いつも大山のように腰を据えて戦え」

玉浦湾戦闘は壬辰年に繰り広げられた戦闘の典型的な形態だった。敵の布陣に関する充分な情報もないまま、一度の布陣で沿岸を広い範囲で捜索しながら敵を探し出して掃討する形態だ。この捜索殲滅戦術は壬辰年の他の戦闘にも適用された李舜臣の基本戦術だったのだ。

李舜臣の艦隊が上陸して敵の基地に攻撃を仕掛けるということはめったになかった。たとえ上陸したとしても、瞬時に攻撃して瞬時に逃げる形式だった。味方の陸軍による支援がない一方で敵の陸軍が強かったためと思われる。これも壬辰年に一貫した李舜臣の戦術だった。

五月二十九日の朝方、李舜臣は板屋戦船を二十三隻率いてふたたび出征した。この戦いで亀甲船が初めて実戦に投入された。亀甲船を指揮した突撃将は李彦良だった。慶尚海岸に出征した艦隊は泗川、唐浦、唐項浦、栗浦を順に回りながら敵の艦隊を攻撃した。この出征は慶尚海岸側の元均から提供された敵に関する情報にもとづいたものだった。

この戦闘での亀甲船の活躍ぶりについて李舜臣は次のように朝廷に報告した。（壬辰年六月十四日に送った状啓）

「臣は早くから倭の侵入があるものと思い、亀甲船を造りました。前に竜頭をつけ、その口からは大砲が撃てるようにし、船の甲板には釘を刺して針の山にし、敵兵が立ち入れないようにしました。中から外を見ることができても外からは中を見ることができないようにしました。たとえ敵戦が数百隻いたとしても、その隊列のなかに突進していって砲撃ができるようになっています。この戦いでは突撃将が亀甲船を指揮しました。

敵の大きな船には三階建ての楼閣があり、その壁に塗られた丹青はまるで仏殿を彷彿（ほうふつ）とさせます。船の前には青い日傘がたてられ、楼閣には黒い絹の幕をめぐらしてあります。旗には白い字で南無妙法蓮華経という七字が書かれています」

五月二十九日、泗川船滄（いまの泗川郡邑南面船津里）での交戦中、李舜臣は左肩を撃たれる。銃弾は身体を貫通して背中に突き抜けた。それについてはこのような記録がある。

「軍官羅大用が銃に撃たれ、私も左肩に敵弾を受けた。背中を貫通したが、致命傷には至らなかった。格軍と射夫も数名撃たれた」（『乱中日記』壬辰年五月二十九日）

また、柳成龍に送った手紙のなかではこう書いた。

「戦闘時に自らの不注意で敵弾を受けました。致命傷には至りませんでしたが、肩の骨を痛めました。いつも鎧を着ているので、傷口が化膿し膿がながれ出ています。海水で洗い、絶えず桑の木の灰汁を塗っていますが、まだ治らず、申し訳なく思っております。

兵を徴募するという噂が立つと、百姓たちは逃げ出してしまいます。我々から民心が極度に離れております。これをこれからどのように立て直していったらよいものでしょうか」

また『行録』ではこの日のことについて次のように書かれている。

「その日公は敵弾に当たった。血が踵まで流れた。それでも公は弓を離さず、一人で戦い続けた。戦闘が終わった後、刀の先で肉をえぐって弾を取り出した。深さは二寸ぐらいになった。他の者は後になって公の負傷のことを知り、驚いた。公は泰然と笑って話していた」

二回目の出征で泗川、唐浦、唐項浦、栗浦の敵船を七十隻あまり破壊した。その港に停泊していた敵船のほぼ全部だった。この手柄で李舜臣は資憲大夫（正二品）に昇進した。唐浦とはいまの統営市山陽邑三徳里だ。唐項浦は固城郡会華面堂項里であり、栗浦は巨済郡東部面と南部面のあいだにある内陸に大きくへこんだ入り江だ。

七月六日には三回目の出征をする。全羅、左水営、右水営の水軍をあわせた戦艦四十九隻の艦隊で発進した。露梁海域に至ってさらに元均の慶尚道水軍七隻の加勢を得た。この戦いが世界の戦争史でも一つの頂点をなす閑山島海戦だ。

『乱中日記』には壬辰年七月分の記録が脱落している。かわりに閑山島戦闘の顚末は壬辰年七月十六日の状啓に記録されている。

このころから李舜臣の作戦は捜索殲滅戦から誘引殲滅戦へと変化した。

閑山島戦闘は二つの海戦から成っている。見乃梁戦闘と安骨浦戦闘だ。見乃梁は巨済島北の河清面沖であり、安骨浦はいまの鎮海市安骨洞沖だ。

敵の艦隊は見乃梁と安骨浦に潜んでいた。李舜臣は見乃梁の敵前に意図的に少数の戦船を派遣して敵の主力を閑山島沖に誘引し、攻撃した。

一方安骨浦の敵は内港奥深いところからなかなか出て来ようとしなかった。李舜臣の艦隊は縦列陣をつくって内港へ深く進入していった。数回にわたる波状攻撃の末、安骨浦の敵を全滅させた。見乃梁では敵船四十七隻が撃沈され、十隻あまりが拿捕された。安骨浦でも敵船四十二隻を撃沈させた。

閑山島海戦で李舜臣の布いた鶴翼の陣は、守勢と攻勢、誘引と殲滅、後退と逆襲、包囲と逆包囲による、迅速で千変万化な戦術の力を見せつけた。この千変万化な戦術こそが閑山島戦闘での勝利の秘訣だった。

敵の主力を広い海に誘引しながら後退していった李舜臣の艦隊は、突然百八十度旋回して両翼を広げ、敵を包囲し、殲滅したのだ。厳しい軍事訓練と指揮官の大胆さがこの勝利をもたらした。見乃梁戦闘で敵将は脇坂安治だった。脇坂は近海へ逃走していったが、彼の部下の大部分は見乃梁で戦死した。脇坂の家臣真鍋は敗残兵を四百引き連れて閑山島に戻ったあと、割腹自殺をした。李舜臣部隊は閑山島に戻った敵の敗残兵を追撃しなかったが、その後敵はすべて餓死したものと思われる。閑山島には食糧がなく、また船もなかったので海に脱出できなかったのだ。

閑山島戦闘は南海の二つの海域で繰り広げられた局地戦にすぎなかったが、その戦果は戦争全体の局面を大きく変えた。まず敵はこれによって南海の制海権を失った。また海路を通しての敵の補給路が途絶え、退路も遮られた。結局、敵の西海への進攻を挫折させたことで朝鮮軍は全羅、忠清、黄海道を守りきることができた。さらにこれにより朝鮮軍にとって反撃のための橋頭堡が確保され、西海での指揮系統が回復されたのだ。

壬辰年七月、小西行長は平壌を占領し、そこに留まっていた。一方王は義州にいた。小西は義州の朝鮮王に手紙を送った。柳成龍の著書『懲毖録』にこの手紙の内容が伝えられている。

「日本の水軍がいままた西海を渡ってきております。私にはまったく理解できませぬ。大王の乗った駕籠がいったいどこまで逃げのがれようとしておるのか」

李舜臣は閑山島海戦の状況について次のように状啓に書いて報告した（壬辰年七月十五日の状啓）。

「安骨浦の百姓たちは山奥に潜んでいます。敵船をすべて破壊してしまったら、敵は隠れている朝鮮の百姓たちを探し回って殺戮するにちがいありませぬ。それ故にわが艦隊はふたたび退いて夜を明かしました」

「敵の死体を十二か所に集めて火をつけました。敵兵の血が港内いっぱいに溢れました。どのくらい殺したのか数えきれませぬ」

「見乃梁は水路が狭い一方で、岩礁が多いため板屋戦船にとっては戦いづらかったことと思います。敵はまた形勢が不利になると、すぐに陸地に上がります。故に閑山島側の広い海におびき出してから掃討する計画を立てました」


七月十三日、戦いを終えた李舜臣の艦隊は麗水左水営に帰還した。昼夜八日間にわたる戦闘だった。この戦いの手柄で李舜臣は正憲大夫に昇進した。

正憲大夫の任命を下す教書のなかで王はこのように書いた。

「風が吹き、霜が下りる国境を、余の乗った駕籠はさまよっている。鎧兜が光り輝き、馬の馳せる音が轟いていた昔の都城、そしてそこにあるわが先王の陵から遠く数千里も離れてしまったのだ。帰りたい気持ちはまるで砂漠で水を求めるが如く切である。いま敵の形勢が傾いているのをみるにつけ、いよいよ天がわが恨みを晴らしてくださるものと思われる。

百里を行く者、九十里を半分にみなすというではないか。卿も最後まで力を尽くして戦ってくれることを切に望んでおる」


八月一日・板屋戦船七十四隻、挟船九十二隻を左水営沖に集結させる。

八月二十四日・発進、南海島の観音浦で一泊。

八月二十五日・蛇梁島で元均と合流、唐浦で一泊。

八月二十六日・波が荒くて港で待機。

八月二十七日・熊川に到着、慶尚海岸側に対する情報収集。

九月一日・朝方、没雲台に到着。釜山東莱海域を捜索して釜山浦に停泊中の敵船五百隻を発見。長蛇陣で突撃し戦闘を開始する。六回の戦闘で敵船百五十隻あまりを撃沈する。

この戦いで鹿島万戸の鄭運（チョンウン）が戦死した。鄭運は李舜臣がもっとも大事にしていた将帥の一人だった。李舜臣は鄭運に関して特別に王に状啓を送り、彼の死に哀悼の意を表した（壬辰年九月十一日の状啓）。

「鄭運は死を恐れず、真っ先に敵の巣窟へと突撃していき、一日中戦い続けました。ところがこの日帆を上げるとき、鄭運は敵弾に当たり死にました。その勇ましい心意気と清廉なる品性が後世に伝わらないとしたら、それは誠に遺憾なことと存じまする」

鄭運の祠堂は鹿島にあるが、そこには李大源もともに祀られている。それでこれを「双忠祠」という。

このとき釜山に陣を布いた敵の様子は次のようだった（壬辰年九月十七日の状啓）。

「……釜山城内の官舎はすべて撤去され、土を積みあげて造った敵の住居は百戸に達した。ほかにも城外東南側の山麓に敵の家が三百戸あまりありました。そのなかで大きな家は高い土台を築いて、石灰を塗り、まるでお寺のようにしてあります。敵の素行を見るにつけ、憤激を禁じ得ませぬ……」

こうしたなかで壬辰年は暮れていった。

癸巳（きし）年（一五九三年）　公の年齢　四十九歳

七月十四日、閑山島に水営を移した（これに先立つ数日前に、権慄（クオンニュル）は幸州山城で大勝を収めた。幸州での大勝利の知らせは七月十三日、李舜臣の水営にも伝えられた）が、その日から李舜臣は身体の具合が思わしくなくなった。水営は閑山島の豆乙浦に位置していた。豆乙浦はいまの統営市閑山面頭億里で、島の西海岸にある港だ。港の沖には大穴島、小穴島の二つの島があって船を隠すのに都合がよく、波もまた遮ってくれるので、内港はいつも静かだった。また海底の傾斜が緩やかで、船の出入りが難しくなかった。

一五九三年八月十日に送った状啓で李舜臣は、敵の動きとわが水軍の実情について次のように報告した。

「敵のうち三分の一は朝鮮人でみんな苦役につかされています。敵は釜山から熊川に至る十里あまりの区間に向かい合う形で城塞を築き、まるで蜂や蟻の巣のような陣を布いております。まことに憤激やるかたありませぬ。……敵の動静からして、そこで冬を越す算段のようですが、ますますもって忌々しいかぎりです。……水軍は風が強くない八、九月であれば、船を出動させて敵を制圧することもできるのですが、何分これからは日に日に風が強まり、波も高まるので船を出しづらくなります。実にいらだたしく、また申し訳ない気持ちでいっぱいでございます」

閑山水営で李舜臣の水軍は深刻な食糧難に見舞われる。百姓たちが四方に逃げてしまって兵隊を集めることができず、また集めた兵も飯を食わせるのが難儀だった。また明国の軍隊は戦わないくせに、威張りちらしてばかりいた。悲惨な日々が続いた。同じ日に送った状啓で李舜臣はこのように伝えた。

「水軍が遠い海上に陣を布いてすでに五か月が過ぎました。兵卒たちは心が緩み、激しかった気性も萎れてしまいました。伝染病が発生して、陣中の兵卒たちの大半が伝染しました。死亡者が続出しています。兵糧米が不足して、飢餓状態が続いています。病気がうつると、それに打ち克てず、例外なく死んでいきます。兵の数は日に日に減っているのに、それを補充する方法もありません。

臣が率いている水軍はもともと六千二百名でございます。そのうち今年二月からいままでに病死した者は六百名を数えます。かろうじて生き残った兵卒たちもいま食糧は、朝夕でわずか二、三合が与えられるにすぎません。空腹で身体中がだるくなり、櫓を漕いだり、弓を引いたりすることができない状態です。順天、楽安、宝城、興陽郡の兵糧米六百八十石も、去る六月に運んできて、すでにすべて消費してしまいました。

全羅道はまだ敵の手に落ちていないとはいえ、戦争が起きてから物資は枯渇してきています。また明国の軍隊をもてなすための食糧もすでに底をついています。最近南下してきた明軍が、村を回りながら財物を奪い、田畑の穀物を略奪しています。明軍の通り過ぎた村は何も残っておりません。無知な百姓たちはただ逃げまどうだけです……

このように飢えと病いに虐げられている兵卒たちを率いて敵と戦うなど、いくら考えても計略が思い浮かびません。実に痛憤に堪えないことでございます」

水営を麗水から閑山島に移したのは、李舜臣自身が明らかにしているとおり、「楽に待ちながら疲れた敵を迎え討つ（以逸待労）」という戦略的な判断にもとづくものだった。閑山島は敵の水軍の西進を防ぐ要衝だったのだ。

八月一日、朝廷は李舜臣を三道水軍統制使に任命した。三道水軍統制使は全羅、慶尚、忠清の水軍を統括指揮する全水軍の最高司令官だ。ところが、この発令はその年の十月九日になってやっと、李舜臣に伝達された。じつに伝達に六十九日もかかったのだ。戦時の最高指揮官の人事発令が、こんなに長いあいだ伝えられなかった背景にはややこしい問題がある。おそらくは朝廷内部の党争の結果ではないかと思われる。はっきりしていることは朝廷内では戦争中だという現実認識と感覚がまったく麻痺していたということだ。

癸巳年（一五九三年）から甲午年（一五九四年）に至る二年間、戦争は小康状態に入る。このころになると『乱中日記』と状啓はさらに凄惨な状況を伝えている。

「慶尚右道のいくつかの郡はすでに兵糧米が完全に底をつきました。兵を徴集したところでいったい何を食べさせましょうか。切なくやるせない気持ちでいっぱいでございます」（一五九三年十一月十七日の状啓）

「嶺南の戦船では格軍と射夫がほとんど餓死寸前に至った。あまりにも残酷で聞くに堪えない」（『乱中日記』一五九四年一月十九日）

「肌をえぐるような寒い日だ。着るものもない兵卒たちはうずくまって寒さに震えている。兵糧米はまだ届かない」（『乱中日記』一五九四年一月二十日）

そのころ朝鮮の百姓たちの惨状は生き地獄を彷彿させた。

「親子がお互いに食い合い、夫婦がお互い食い合った。そしてその骨は道に投げ捨てられた」（『懲毖録』）

「餓死した死体が路上に転がっていた。一人が倒れれば百姓が寄りたかり肉をむしり食った。むしり食った者たちもまもなく死んだ」（『乱中雑録』）

「明国の兵たちが酒を飲んで、へどを吐けば、腹を空かせた百姓たちがよりたかって額を地面にこすりつけながらそれを吸った。力のない者はそれもできずに泣きわめいた」（『乱中雑録』）

丁酉年（一五九七年）　公の年齢　五十三歳

二月二十六日、三道水軍統制使李舜臣は閑山統制営で逮捕される。元均がその後任となる。李舜臣はソウルに連行される。罪名は軍功を捏造して王を騙し、加藤の首を取ってこいという朝廷の出撃命令に応じなかったことだ。

李舜臣を逮捕する直前、朝廷で繰り広げられた御前会議で宣祖王が発言した内容は次のようだ。

「閑山島の将帥たちは安閑としていて、いったい何をやっているのだ」（『宣祖実録』一五九七年一月二十三日）

「李舜臣が加藤の首を取ってくるだろうなどと期待するほうがおかしいのだ。ただ腹を空かせるために気勢を上げ、あちこち飛び回っているだけだ。国ももう終わりだ。どうしたらよいのだ、どうしたらよいのだ」（『宣祖実録』一五九七年一月二十三日）

「李舜臣が釜山にいる倭の陣営を焼き払ったと朝廷に虚偽報告をした以上、これから加藤の首を取ってきたとしても李舜臣を許すことはできぬ」

「李舜臣はいったい字が読めるのか」

「李舜臣を許すことができない。武将としてどうして朝廷を蔑むような心を持ちうるのか」

「海軍の先鋒を変えねばならぬ」

「李舜臣を許す気持ちなど毛頭ない」（以上『宣祖実録』一五九七年一月二十七日）

李舜臣を連行する檻車は二月二十六日閑山島を出発して三月四日にソウルに着いた。

三月十三日宣祖は承政院に下げた備忘記で次のように語った。

「李舜臣の罪は許されない。当然死刑に処すべきだが、その前に拷問してその罪状を暴こうと思うので、どう処置すべきか大臣たちに訊いてみるがよい」

ここで王は李舜臣を処刑することを決心し、大臣に同意を求めているように見える。

これに先立ち、司憲府は李舜臣の処置問題について王に次のような意見を出した。

「李舜臣は国の大きな恩恵のなかで出世し、地位が高くなったにもかかわらず、ただ兵を抱きかかえて島に閉じこもり、五年間もの歳月を過ごしてまいりました。そしていざ敵が攻め入ってきたとき、祖国の山一つ守ることができませんでした。……恩恵に背反して国を見捨てた罪、実に甚大です。お願い申しあげるに、その者を連行し、尋問し、罪状を明らかにしていただきたく存じます」（『宣祖実録』一五九七年二月四日）

しかしながら、朝廷は李舜臣への嫌疑を立証できなかった。李舜臣は一度拷問を受けただけで四月一日に出獄し、一兵卒として従軍するために南海に向かうことになる。

李舜臣にどのような拷問が加えられたのかわからない。だが、李舜臣は出獄後、人の支えなしに歩いたり馬に乗ったりして南海までたどりつくことができた。出獄後、酒も少し飲んだ。拷問が李舜臣を全くの廃人にしてしまったわけではなかった。

四月十三日、南海にいく途中、母の死に見舞われた。このころの『乱中日記』には次のように書かれている。

「遺体を棺輿に載せて家に帰った。途中土砂ぶりの雨が降りしきっていた。私は疲れ切っていた。南に向かう道中を急いでいたため、ただ声をあげて泣くだけだった。早く死にたかった」（一五九七年四月十六日）

七月十六日、元均の艦隊が漆川梁海戦で惨敗した。朝鮮の戦船が三百隻以上破壊され、三道水軍は壊滅した。

漆川梁海戦の実戦は元均が指揮したが、作戦を立ててそれを強行した人物は都元帥の権慄だった。この惨敗の戦術的責任は元均にあり、戦略的責任は権慄にあり、政治的責任は兵曹判書と王にあったと思われる。

七月二十三日、朝廷は喪中の李舜臣をふたたび三道水軍統制使に任命した。任命教書は八月三日、南海岸を巡察中の李舜臣に伝達された。

九月十六日、李舜臣は鳴梁で大勝した。この日李舜臣は戦船十二隻で右水営を出航した。敵は三百三十隻の艦隊で鳴梁水路に入ってきた。鳴梁水路を通って西海岸に進もうという水陸合同軍だった。この戦闘で敵船は三十三隻が破壊され、残りが逃走した。この戦いは丁酉再乱（慶長の役）の戦局を決定的に変えた。敵は西海を通行できなくなったのだ。

十月十四日、息子の李葂（イミョン）が忠清南道の牙山で戦死する。

十月二十九日、木浦沖の高下島に水営を移した。ここで朝鮮水軍はとても安定した状態で冬を越せた。砲をつくり、船を建造して水軍武力も再建できた。

戊戌（ぼじゅつ）年（一五九八年）公の年齢　五十四歳

この年、豊臣秀吉が死に、日本軍は撤退を急いだ。

二月十七日、古今島に水軍の陣営を移した。撤退する敵の主力にぴったり接近するための移動だった。

七月十六日、陳璘が指揮する明の水軍五百隻が古今島に来て李舜臣の艦隊と合流した。

十一月十九日、撤退する敵の主力を露梁沖で迎え撃つなかで李舜臣は戦死した。この戦いで敵船二百隻あまりが撃沈され、五十隻あまりが逃走した。

李舜臣の死は戦闘が終わった後将卒たちに知らされた。痛哭する声が海じゅうに鳴り響いた。この日ついに戦争が終わった。

付録二　人物誌

ここに記載したのは壬辰倭乱と丁酉再乱の戦史に登場する人物だ。すべての人物を記載することはできなかった。李舜臣の『乱中日記』を中心に、李舜臣と直接、または間接的に関係があった人物のなかで重要だと思われる人物だけを選んだ。しかし、この人物誌がその人物に対する歴史的な評価になるわけではない。人間を評価するということは常に難しいことである。ましてや党争という政治的現実のなかでは一人の人物の政治的、軍事的正当性を客観的に論じるなどということはほとんど不可能である。小説とは違う当代の歴史を理解するのに、この人物誌が多少の手助けになることを望むだけである。

『乱中日記』は、戦場で百姓の身分のまま死んでいった数多くの兵卒たちを実名で記録している。また遣いをする下人たちと身の回りの世話をする女たち、そして何人かの厄介者、脱営者、犯罪者たちの名前まですべて実名で記している。その多くの人物の生の軌跡をいまになって追跡することはできない。彼らはみんな当代の現実に立ち向かって戦い、その過程で死に、また違う世界を夢見ながら、その夢のために死んでいった。その数多くの名前がいま、すべて尊く見える。名前だけを伝えて内容は伝えられないその多くの魂が、いま、ここに安らかに眠ることを望む。

筆者

郭再祐（クァクチェウ）（一五五二〜一六一七）

玄風出身。三十四歳で科挙に合格した（王の意にそぐわない文を書いたため、すぐに取り消された）が、世に出ず、川のある村で日々を過ごした。戦争が始まると家産を整理して兵を集め、戦場に出た。彼は陸地で連戦連勝した。いつも紅い服を着ていたため紅衣将軍と呼ばれた。

母がこの世を去ると、戦いから退き、三年間の喪に服しながら王に呼ばれても俗世に出てこなかった。一人で九月山や智異山に入り、道家風の寂寞のなかで生食しながら生活した。その後も王が高い地位に呼んでも出てこなかった。彼は光海君の執政時代に咸鏡道の監司になったが、すぐ職位を辞してうちに帰り、一生を終えた。

彼は身を投じて忠義を成し、退いては功名を求めなかった。後に忠翼という名が贈られた。

安衛（アンウィ）（一五六三〜一六三六）

順興出身。丁酉年に白沙の李恒福の推薦で巨済県令になった。鳴梁海戦のとき、初め懼れをなしてひるんだことで、李舜臣に厳しく叱責される。だが、その後、安衛はすぐに戦船を導いて敵陣に攻め込み、勇敢に戦った。

李舜臣の格別な信任を受けた将帥の一人である。李舜臣が特別に状啓を捧げて王から彼に『武経七書』（中国の兵法に関する七巻の本）が下賜されるようにしてやった。長生きした安衛は丙子の乱（一六三六年）のとき、七十四歳の老軀をおして兵を率いた。しかし、恩津で王が降伏して講和が成立したという知らせを聞くと、痛憤を抑えきれず兵をつれて帰ってきた。

死後、宣武功臣に登録された。

裵楔（ペソル）（?～一五九九）

星州出身。慶尚の右水使だった。裵楔の行跡は明らかでない。丁酉再乱のとき、三道水軍統制使元均とともに漆川梁で惨敗を喫した。元均はこのとき戦死したが、裵楔は死なずに戦船十隻を率いて珍島に退却した。退却するとき敵の上陸が差し迫っていた閑山統制営に火を放った。李舜臣がふたたび三道水軍統制使になると、慶尚右水使としてその配下に入ったが、二人のあいだには心情的葛藤が多かったと『乱中日記』には記されている。彼は鳴梁海戦直前に脱営して逃走したが、その後戦争中の彼の行方はわからない。

戦争が終わった後、彼は善山で逮捕された。都元帥権慄が彼をソウルに連行して斬首刑に処した。

宋汝悰（ソンヨジョン）（一五六〇～一六〇九）

礪山出身。若くして武芸を磨き、楽安郡守申浩の配下にいたときに戦争を迎えた。

李舜臣の伝令として、状啓を持って南海岸から当時朝鮮王が避難していた義州の行宮までを頻繁に往来した。彼が敵の支配下にある内陸地方をどうやってくぐり抜けることができたのかその内幕はわからない。その後、鄭運の後任として鹿島万戸になり、鳴梁海戦と露梁海戦では大きな手柄を立てた。戦争が終わった後も、水軍と陸軍の指揮官職を歴任した。

宣居怡（ソンゴイ）（一五五〇～一五九六）

宝城出身。青春時代、李舜臣とともに咸鏡道の国境地帯で女真族の侵入を防ぐ任についていた。その後巨済県令になる。開戦初期には陸軍として権慄の配下に入り幸州山城などで戦った。後忠清兵使および慶尚水使として活躍した。閑山島では李舜臣を手伝って屯田の仕事を管理した。一五九六年に病気になり、故郷で死んだ。
宣居怡は陸軍に配属されたあとも、李舜臣によく手紙を書いて安否を尋ねると同時に、陸上戦の形勢について知らせた。

元均(ウォンギュン)(一五四〇〜一五九七)
本貫は原州。壬辰年の開戦初期には慶尚右水使だった。戦争の初期には李舜臣の全羅道水軍と合同して玉浦、泗川、唐項浦、唐浦、赤珍浦、閑山島などで大勝した。李舜臣が三道水軍統制使になると、武科の先輩であった元均は、決定的に彼と反目するようになる。李舜臣と元均のあいだの葛藤と不信については、『乱中日記』のいたるところに出てくる。李舜臣は元均を指揮できないから、自分を統制使職から下ろしてほしいという状啓を書いたこともあった。
一五九六年にしばらくのあいだ陸軍に配属されていたが、李舜臣が逮捕されると、ふたたび水軍に戻って三道水軍統制使に任じられた。
だが、権慄に強制されて漆川梁へ出陣したところ、大敗を喫した。漆川梁で敗れた後、元均は単身で巨済島に上陸して山に逃げ込んだが、追撃してきた敵兵に切られて死んだ。死後、宣武功臣一等に登録された。

鄭琢(チョンタク)(一五一六〜一六〇五)
清州出身。南冥曺植(ナムミョンチョシク)の弟子で、李舜臣が逮捕されたとき、判中枢府使の地位にいた。鄭琢は李舜臣の命を救うため上訴した。当時、李舜臣は朝廷内部で政治的に孤立していた。李舜臣に対する友好的な世論は朝廷内にほとんどなかった。ただ領議政の柳成龍だけが李舜臣の人となりと無罪を信じていたようだが、当時、政争が繰り広げられている現実のなかで李舜臣を生かすためには、逆に彼を擁護するような発言を控えなければならなかった。だから当時としては鄭琢の上訴だけが、李舜臣救命のための公論化された唯一の意見だった。

鄭琢は上訴で次のように言った。

「李舜臣はすでに一度刑罰を受けておりますが、もしふたたびまた刑罰を与えるとなると、その恐ろしい尋問に命を失い、結果的に聖上（王）の本意を傷つけることになりはしないかと心配でございます……。また、敵がふたたび攻め込んでいるのに、李舜臣はなぜ手を打たないのかという疑いにつきましても、それなりの理由があるものと存じます。大体において辺境の将帥たちが一度なにか動きを起こそうとしますと、かならず朝廷の命令を待たねばなりませぬし、その間、将帥自らは自由勝手にできないものでございます。そんななか、倭が海を渡ってくるまえに朝廷から秘密裏に下りた命令が、本人のところまで本当に伝わったのかどうかということは誰にもわかりませぬ。また海の風具合がどうであり、水路状況が水軍の出陣に都合がよかったのかどうかということなども考慮せねばならぬことと存じます」

李彦良（イオルリャン）

開城出身。若くして科挙の武科に合格し、早くも訓練院の僉正を任じられた。しかし、戦争が始まると、彼の家勢が傾いていた関係で、李舜臣の部下として水軍に配属された。しかし、その後、彼は亀甲船をつくり、自らそれを指揮しながら突撃将として敵の隊列へ真っ先に攻め込んでいった。突撃将の彼が指揮する亀甲船は、敵の隊列を乱し、指揮系統を麻痺させた。彼は玉浦、唐浦、釜山浦、見乃梁、唐項浦などで戦った。

李彦良の戦闘指揮は大胆かつ果敢だったように思われる。彼は果敢に敵との接近戦を繰り広げた。露梁戦闘では明の将帥、陳璘の船が包囲されると、彼を救おうと敵の隊列のなかに攻め込んでいって、逆に敵に包囲された。彼は舳先で刀を高く振りかざして最後まで戦ったが、敵弾に倒れた。しかし、敵に捕まりそうになると、倒れた身体を必死で起こし、自ら海に身を投げて自決した。

その船には彼の息子の智（チ）も乗っていた。父が海に飛び入るのを見た智は死力を尽くして最後まで戦い、勝利した。宣武原従一等勲に登録された。

李純信（イスンシン）（一五五四～一六一一）

三道水軍統制使の李舜臣とハングル表記では全く同じ名前だ。全州出身。開戦初期に防踏僉使だった。戦争が起きると李舜臣の配下で中衛将、前部将として活躍した。玉浦、唐浦、閑山島、釜山海戦で大勝した。戦争期間じゅう、常に李舜臣から直接、指示を受ける中堅指揮官として戦った。戦後、訓練隊長となり、死後、宣武勲に登録された。

李雲龍（イウルリョン）（一五六二～一六一〇）

載寧出身。李雲龍は、もともと元均の部下だったが、李舜臣に厚く信頼された。彼は開戦初期、戦うことに消極的だった元均に強く反発した。彼は慶尚道の水軍だけでは、敵の水軍を制圧できないから、李舜臣の全羅道水軍と合同で戦うことを強く主張した。

李雲龍は玉浦戦闘にも参加したし、唐項浦の戦いでは右斥候将として活躍した。丁酉再乱のときは陸軍に転属して栄川で戦った。豊臣秀吉の死後、退却する敵の陸軍にたいする追撃戦も行った。戦後は備辺司堂上官、さらに咸鏡道兵使として、北の国境の外来侵略者を防ぐ任に携わったのち、第七代三道水軍統制使になって李舜臣の跡を継いだ。李舜臣は「私のかわりができるのは李雲龍だ」といって彼を激賛した。死後、兵曹判書の官位が与えられた。

丁傑（チョンゴル）

板屋戦船、火矢、大砲など戦争で使うもっとも中心的な武器を考案した軍事発明家だ。霊光出身。

若くして科挙の武科に合格した。咸鏡道穏城に府使として赴任する。国境を侵す女真族と戦って大きな手柄を立てた。

権慄の指揮する幸州山城が敵に包囲され、朝鮮軍は矢がほとんど尽きそうになった。そのとき、忠清水使だった丁傑は、矢を満載した船を西海から漢江へと乗り入れ、幸州山城まで運び込んだ。権慄はこの矢によって戦力を盛り返し、勝利できた。丁傑は水軍だったが、内陸の陸上戦の動向についても正確な情報を持っていたようだ。釜山浦戦闘の勝利は丁傑の企画と李舜臣の指揮によって成し遂げられたものだった。このとき、丁傑は敵の補給、輸送基地である釜山浦をつぶしてしまうことを李舜臣に建議し、李舜臣はこれを受け入れた。丁傑は李舜臣とともに釜山浦で戦い、勝利した。

後日、板屋船の運営が難しくなり、廃棄しようという話がでたとき、朝廷では「この船は丁傑がつくった船であるから、廃棄してはならぬ」という論議まで出た。それほど丁傑は武器づくりで有名だった。丁傑は二人の息子を戦闘で失った。死後、宣武原従の功臣に登録された。

崔大晟（チェデソン）

慶州出身。玉浦海戦で李舜臣の捍後将として活躍し、多くの敵船を拿捕した。

丁酉再乱のとき、宋大立とともに戦って曳橋戦闘や宝城戦闘で勝利したが、宝城戦闘で二人の息子彦立（オンリプ）、厚立（フリプ）とともに戦死した。死後、参議の地位が与えられた。

金浣（キムワン）（?〜一六〇七）

慶州出身。若くして科挙の武科に合格し、壬辰年には四道僉使に任じられた。李舜臣の艦隊の斥候将、代兵将として活躍した。

李舜臣が投獄されていたとき、元均の配下で助防将として活躍した。漆川梁で朝鮮水軍が全滅したときは泳いで逃げてかろうじて昌原に辿り着いたが、そこで敵に捕まって日本に連れて行かれた。だが、金浣はふたたび脱出して李舜臣の配下にもどり、敵に関する情報を提供した。

壬辰年には四道僉使として李舜臣とともに、管内海域での敵の捜索にあたった。死後、宣武功臣として登録された。

崔希亮（チェヒリャン）（一五六〇〜?）

隋城出身。二十五歳で科挙の武科に合格し、王から直接、興陽県監に任命された。李舜臣の配下で軍事物資の確保に力を尽くした。木を切って船を造り、壊れた武器を修理し、兵糧米を調達した。露梁、突山、曳橋、唐浦では敵に大きな打撃を与えた。戦闘のたびに敵の食糧を奪っては船に積み込み、囚われの身となった朝鮮人捕虜も救出したが、その数は七百人あまりに達した。露梁海戦では先鋒として戦った。露梁で李舜臣が戦死したという知らせを聞いた崔希亮は悲しみのあまり、故郷に帰り、二度と公的な場に出てこなかった。死後、兵曹判書の官位が与えられた。彼の霊は羅州の忠逸祠（チュンイルサ）に祀られている。

鄭思竣（チョンサジュン）

慶州出身。若くして科挙の武科に合格し、宣伝官になった。戦争が起きると兄弟とともにこれを嘆き痛哭し、家産を整理して兵糧米を確保したあと、李舜臣の配下に入ってきた。壬辰年には百姓のなかで腕のよい鍛冶屋を選び、敵の銃を具体的に観察、研究したのにもとづいて、より優秀な銃を作り上げた。

李舜臣は敵の銃の構造と性能を分析してその優秀な点を次のように語った。

「敵の銃を常に自分の目の前に置いてながめて見ました。敵の銃は銃身が長くて弾の出ていく力が強烈で、当たれば必ず相手を倒します」(「封進火砲状」)

またわが国の銃の欠点については次のように言った。

「我が国の火縄銃や双穴銃は銃身が短いので、強力な敵の銃にはかなわず、銃声も大きく響きません」(「封進火砲状」)

鄭思竣が鍛冶屋たちを指揮して造った銃はこのような欠点をすべて補完したものだった。李舜臣は鄭思竣に特別な褒美を与えてくれるよう王に要請した。

死後、兵曹参議の官位が与えられ、玉渓祠に祀られた。

羅大用(ナデヨン)（一五五六～？）

金城出身。二十六歳で科挙の武科に合格した。彼は頑固で強い性格の持ち主だった。上の人間にへつらうのが嫌いで、いつも彼の周りには仲間がいなかった。玉浦海戦から露梁海戦にいたるすべての海戦に参戦した。玉浦、泗川海戦では遊軍将として戦船を指揮し、ときには伏兵将となって敵の後尾に奇襲をかけたりした。

彼は戦闘指揮に秀でているだけではなく、各種の新しい武器や兵船を考案する才能も持ちあわせていた。亀甲船を中心になって造ったのも羅大用だ。壬辰年に李舜臣が初めて敵弾に撃たれたとき、羅大用も左の太股に被弾して倒れたことがある。

露梁海戦では李舜臣が銃に撃たれて死んだ後も、最後まで戦闘を指揮して勝利を収めた。彼は李舜臣がもっとも大事にしていた将帥の一人だ。戦後は京畿道水使に任じられた。

丁景達（チョンギョンダル）

霊光出身。若くして科挙の武科に合格した。兵曹正郎、加平県監、南原府使、清州牧使、咸鏡道伯を歴任した。

壬辰年の開戦初期、善山府使として兵糧米や兵の徴集にあたったあと、金誠一の部隊に合流して金烏山で大勝した。その後、竹嶺の下に兵を駐屯させて峠を越えてくる敵を防いだ。

一五九五年、李舜臣は王に要請して丁景達を自分の従事官として迎え入れた。従事官は現在の秘書室長または情報参謀のような役割を果たした。丁景達は李舜臣の直接的な指示を受けて、行政業務、徴募業務、軍需品調達業務、視察、伝令などの任務を果たした。

李舜臣が投獄されると、丁景達は彼の釈放のために王や朝廷の高官たちに手紙を書いた。また上京して王に直接会ったりもした。そのとき丁景達は王にこう言った。

「……李将帥が機会をうかがい、情勢を見極めていたことを戦闘忌避という罪に問うことはけっしてあってはならぬことです。殿下が統制使を死に至らしめたら、それは朝廷を失うことを意味します……」

死後、彼は礼曹参判の官位を与えられ、宣武原従勳に登録された。

李億祺（イオッキ）（一五六一～一五九七）

全州出身。二十歳で咸鏡道慶興府使に赴任した。北方の国境地帯で青年時代を過ごすことから武人の道に入った。敵将、女真族のユルジネやニウンゲを捕まえる。

順天府使を経て、壬辰年の開戦のときは全羅右水使として李舜臣の配下に入ってきた。

李舜臣が逮捕され拷問されているとき、悲しみと憤りのこもった手紙を獄中に送って彼の安否を気遣うとともに、関係のある高官に直接陳情書を書いて出したりもした。

元均が三道水軍統制使に赴任すると、その指揮下に入った。李億祺は壬辰年の開戦初期から漆川梁海戦にいたるまで、ほとんどすべての戦闘に指揮官として参戦した。

漆川梁で朝鮮水軍が全滅するとき、彼は逃げようとする部下を叱咤しながら、最後まで戦い、死んだ。三十七歳の若さだった。彼の霊は楊州峨嵯山に祀られ、兵曹判書の官位が与えられた。


鄭運（チョンウン）（一五四三～一五九二）

河東出身。二十六歳で科挙の武科に合格したあと、一貫して武人の道を歩んだ。一五九二年に鹿島万戸として赴任し、李舜臣の全羅左水営の配下に入った。

開戦初期に全羅道水軍が自分の作戦区域を越えて慶尚海岸側に出征するかどうかの問題で将兵たちの意見が分かれたとき、鄭運は区域に関係なく出ていって戦うことを主張した。初海戦である玉浦海戦では、後軍を率いて大きな手柄を立て、その後、唐浦、閑山島では先鋒を引き受け、勇名をはせたが、没雲台で敵弾に当たり死んだ。

李舜臣は鄭運の死を深く悲しんだ。鄭運のために状啓を書いて彼の死が無駄にならないようにしてくれることを王に頼んだ。彼の霊は鹿島李大源の祠堂に祀られた。その後、没雲台に彼の殉節碑が建てられ、兵曹判書の官位が与えられた。

彼は幼いときから剛直な性格の持ち主だった。すばしこく、端正で、片親である母には孝行の限りを尽くした。彼の行跡については『三綱行実』に記録されている。

宋大立（ソンデリプ）

礪山出身。宋大立、宋希立、宋廷立の三兄弟が参戦してともに大きな軍功を立てた。

宋大立は弟の宋希立のすすめで兄弟ともに李舜臣の配下に入った。宋希立は智島万戸として兄宋大立を水軍に呼び、李舜臣は宋大立を権慄都元帥に推薦して倡義別将の官位につかせた。

丁酉年三月、宋大立は宝城の曳津に出撃して大きな勝利を収めたあと、突山島南端に水軍基地を設置して敵船の東西の往来を遮断した。

丁酉年七月には一兵卒として白衣で従軍する李舜臣に随行して南海岸の村々をまわりながら、水軍再建の事業に参加した。

敵が興陽諸望浦に上陸したとき、兵を率いて行って戦闘を繰り広げた。敵が内陸の山麓に逃げると陸戦に移行した。追撃途中で千人を超す敵の伏兵に包囲されたが、矢が尽きるまで戦った。幾多の敵を倒しながら戦いつづけたが、気力の衰えたところで横腹に銃弾を受け倒れた。死ぬとき、彼は北に向かって二度お辞儀をして、息を引き取った。死後、兵曹参議の官位が与えられた。

宋希立（ソンフィリプ）

礪山出身。宋大立の弟。壬辰年の開戦のとき智島万戸として李舜臣の配下に入ってきた。玉浦海戦のときから積極的な攻勢を主張した。

唐浦、玉浦、閑山、釜山戦闘など六年の戦争期間、終始一貫して李舜臣とともに参戦した。李舜臣が投獄されると、丁景達らとともに上京して義禁府の大門の外で釈放を求めて痛哭した。その後、李舜臣が釈放され、従軍の途につくと、彼もまた戦いの道に戻った。

露梁観音浦海戦で敵に包囲された明国の水軍を救うために、敵の後方を攻撃していたところ敵弾に当たるが、死に至らなかった。その後も彼は傷口を手で押さえたまま戦った。

李舜臣が敵弾に当たって倒れたとき、宋希立も同じ船に乗っていたものと思われる。宋希立は、李舜臣が息を引き取ると、将軍太鼓のばちを譲り受け、最後まで戦いを続けさせた。戦闘後は李舜臣の死を知って泣きわめく兵たちをなだめながら連れて帰ってきた。

正祖王のときに忠剛公祀に祀られ、宣武一等功臣に登録された。

柳珩（ユヒョン）（一五六六～一六一五）

晋州出身。開戦初期に江華島に駐屯していた義兵将金千鎰（キムチョニル）の配下に入った。その後、義州に避難している朝廷の宣伝官として南海の水営を行き来しながら李舜臣と知り合った。その後、元均が漆川梁で敗戦すると、その敗残兵を連れて李舜臣の配下に入ってきた。その後、順天戦闘では大きな手柄を立て、露梁海戦でも銃弾を何発も受けながら最後まで戦った。戦争が終わってからは三道水軍統制使、咸鏡道北兵使など水軍と陸軍の総帥を歴任した。

丙申年（一五九六年）には海南県監の地位にいた。このとき「期日を守らなかった罪」で木浦万戸らとともに李舜臣によって連行され、尋問を受けた（三月一日）。「期日を守らなかった罪」の内容ははっきりしないが、たぶん軍需物資の調達期限や行政事項を遅らせた罪のようだ。このとき柳珩は赴任したばかりだったので李舜臣は彼を罰しなかった。恐らくその罪は前任者の職務怠慢にあったようである。

魚泳潭（オヨンダム）

咸陽出身。嶺湖南の水路を詳しく知っていて各戦闘で李舜臣の艦隊のため水路案内をした。玉浦戦闘のときは光陽県監として艦隊の水路案内をした。兵糧米を準備し、穀物の種を保存するのに、多大な努力をし、戦闘のたびに大きな手柄を立てた。彼は一時罷免されたが、李舜臣が彼の人となりを知り、それを王に状啓を書いて知らせることで再度助防将として起用された。状啓に李舜臣はこう書いた。

「魚泳潭はすでに罷免されましたが、海辺育ちで船に慣れており、嶺南と湖南の水路の状況と島の形態を詳しく知っているだけでなく、敵を討つことに身も心もすべて捧げる決心が揺るぎなく、昨年はいつも先鋒に立って戦いました。重用すべき人材と存じます。彼を朝鮮水軍の助防将に任命し、大事にあたらせようと存じますゆえ、稟議いたす次第でございます」

魚泳潭は閑山島水営で伝染病にかかり死んだ。魚泳潭の名は宣武勲録に上がらなかった。

金徳齢（キムドンニョン）（一五六七〜一五九六）

光州出身。意気と勇猛さで一世を風靡した英雄だ。戦争が始まると潭陽で兵五千を起こした。南原で敵に大勝し、ふたたび嶺南に進出した金徳齢は嶺南の多くの郡を守りきった。一五九四年には李舜臣とともに水陸合同作戦を展開したが、この作戦は敵が誘引に乗ってこなかったため、これといった戦果はなかった。

一五九六年に李夢鶴（イモンハク）の反乱を鎮圧するために出兵したが、すでに反乱軍が解散していたので、軍を帰路につかせた。ところがこの事件に関連して金徳齢は逆賊である李夢鶴と内通していたという疑いをかけられ、拷問され獄死するにいたった。金徳齢の死は朝鮮全体に暗い影を落とした。後に冤罪とされ、兵曹判書の官位があたえられる一方、忠壮という贈り名を受けた。

金大仁（キムデイン）

順天出身。もともと家が貧しくて僧になったが、還俗して科挙の武科に合格した。麗水左水営の近隣の村に住んでいたが、李舜臣の下人らが民間の村に入って百姓の犬を取って食べたとき、金大仁はこの者たちを捕らえ死ぬほど体罰を与えた。李舜臣は激怒して金大仁を捕まえて取り調べたが、そのとき金大仁はこう言った。

「下人たちを勝手にふるまわせて民間人に迷惑をかけたことだけでも正しいこととは申せないのに、さらに罪もない者まで処刑なさったら、いったいこれからどうやって軍隊を引率なさいまするか」

李舜臣は金大仁のことを殊勝に思い、自分の配下に入れた。その後、閑山戦闘、光陽戦闘で大きな手柄を立てた。気性が激しくてどんな高官だろうが正義に反した場合許そうとしなかった。そのため彼は敵が多かった。結局彼を恨む者の仕組んだ謀略に陥って、義禁府に連行され、痛憤のうちにこの世を去った。

権慄（クオンニュル）（一五三七～一五九九）

安東出身。二十五歳で科挙の文科に合格し、全羅道使、義州牧使を歴任した。戦争のとき全羅道光州で千の義兵を起こし、水原で勝ち、幸州山城でも大勝した。幸州では二千八百あまりの兵で敵三万と戦って勝利した。敵はほとんどが死んだ。丁酉再乱のころ、都元帥になり戦争全体を総括指揮した。このとき加藤清正の首を取ってこいという命令を李舜臣に伝えたが、これが李舜臣を死の寸前にまで追い込む結果となった。権慄は優れた指揮官だったが、李舜臣との関係は険悪なものだった。李舜臣が指揮系統の命令に背いたという状啓を王にあげて、李舜臣を拘束させる直接的な原因をつくったのだ。権慄はまた金徳齢を逮捕して朝廷に連行した。死後は領議政の官位が与えられた。

柳成龍（ユソンニョン）（一五四二～一六〇七）

本貫は豊山。戦争期間中、領議政、都体察使の官位で戦争と政務に広くかかわった。李舜臣を推薦して全羅左水使に任じられるようにしてやった。柳成龍は幼いときから李舜臣と親しくしていたので彼の人間性をだれよりもよく知っていた。

李舜臣が投獄されたときは自分の政治的立場が微妙な位置にあったため、積極的に擁護することができなかった。しかし李舜臣といつも手紙のやりとりをしていたので水軍の実情はよく知っていた。

柳成龍は明の軍隊に任せっきりにせずに、朝鮮の力で戦争を行う方策を立てようと努力した。著書としては「文集」と『懲毖録』がある。「文忠」という贈り名が授けられた。

朴夢世（パクモンセ）

全羅左水営の隣村に住んでいた兵卒で、石を刻む石工だ。民間人をいじめ百姓の犬を取って食ったのが、李舜臣に見つかり、杖打ちの罰を受けた。

姜莫只（カンマクチ）

姜莫只は水営で働いていた下人で、水軍のために塩を作る仕事をしていたように思われる。李舜臣は悲しみが込み上げ、泣きたくなっても部下の前では涙を見せられなかった。そんなとき姜莫只の家に行って泣いていた。

太貴連（テギイリョン）

優れた腕を持った鍛冶屋で、李舜臣のために刀を作って贈った。いま牙山の顕忠祠に保管されている李舜臣の刀は太貴連の作品だ。

金介(キムゲ)、金伊(クムイ)、今守(クムス)、京(キョン)、愛守(エス)、漢京(ハンギョン)、海乭(ヘトル)

この人物たちはすべて李舜臣の牙山の家で働いていた下人たちだ。李舜臣の遣いをしながら水営に行き来し、家族の安否を伝えたりした。一兵卒として白衣で従軍する途についた李舜臣に毎日泊まる宿を見つけてやったり、李舜臣の手足をもんでやったりした。

海(ヘ)

海がいったいだれなのかわからない。おそらく下人か、階級の低い兵卒だろうと思われる。李舜臣は月が明るく照り、心がものさびしくなるとき、海を呼んで笛を吹かせた。海はいつも李舜臣の横に立って笛を吹いた。

扶安(プアン)の女、崔貴之(チエギイジ)、女真(ヨジン)

李舜臣の女たちだ。
扶安の女は李舜臣の妾だ。扶安出身だというだけでほかには何も知られていない。
崔貴之は光州牧使の崔鉄堅の庶出の娘だ。
女真は李舜臣のところに来ては寝て帰る女だ。
『乱中日記』にはこの女が寝て行ったことまで記されている。

李葂(イミョン)（一五七七〜一五九七）

李舜臣の三男。

李舜臣が南海水営に勤務するとき故郷の牙山で母と甥の面倒を見ていたが、丁酉再乱が始まり、敵が村に攻め込んできたところ、その敵と戦って戦死した。享年二十一歳。結婚していないので子孫がいない。牙山顕忠祠の境内に墓がある。

訳者あとがき

　最初に小説『孤将』（原題は「刀の詩（うた）」の意）を受け取り、その主人公が李舜臣（イスンシン）将軍だと知ったとき、正直言って「日本で受け入れられるかな」という疑念を持たずにはいられなかった。李舜臣といえば、文禄・慶長の役で日本軍の攻勢を挫折させ、朝鮮を勝利へと導いた屈強な武将であり、韓国各地に銅像が立ち、老若男女を問わずその業績を知らぬ人のいない民族的な英雄だ。そして小説は当然、日本軍を徹底的に撃退する李舜臣将軍の業績が、賛辞のなかに叙述される定番の歴史・戦争小説だろうと高をくくっていたからだ。

　ところが、私の予想は外れてしまった。そこに描かれていたのは日本軍という敵、そして自らの君主である朝鮮王からも命を狙われるという不条理な世の中で、たえず孤独と不安に震え涙を流す、生身の人間としての李舜臣の姿だったからだ。その絶望的な運命のもとで悶えながらも、最後まで「武人としての忠」を求めて、ひたむきに戦争に生き、戦い、死んでいく李舜臣の苦悩に満ちた内面世界がそこにあった。それは、時代や民族を越えて感動をあたえてくれる。

　著者のキム・フン（金薫）は、李舜臣の内面世界を描き出すために、大胆にも一人称描写の手法を駆使し、見事に成功させた。一人称の手法は普通、歴史小説では、幅広く多数の人物の登場と叙事のスケールの大きさを犠牲にする。言い換えれば、作者はそういった犠牲を払ってまでも、李舜臣の内面を徹底して体験し、描写しようとしたのだ。李舜臣という人物の視覚でその世界を見せるためには、想像力の領域を最大限に拡大しなければならず、それは十六世紀と二十一世紀という時間的な隔りを越えるとともに、一作家が民族の大英雄の役割を演出しなければならない、大変困難な作業だ。さらには、不正で無気力な当代の朝廷と、混乱に陥った社会的現実に立ち向かわなければならない李舜臣の生き様を、作家キム・フンは、自分がぶつからなければならない人生に重ね合わせたのである。キム・フンは前書きで「(私は) 正義感に溢れる者たちの世界と別れを告げたのだ。この時代のいかなる価値をも肯定できなかった……自らの誤謬を持ち抱えたまま私は一人で生きていくだろう」と書いている。これは小説に書かれた李舜臣の思惟や意地とまさに一致する。

そもそも著者が大学二年のとき、李舜臣の書き残した『乱中日記』を読んだことが、この小説を書く最初の契機になったという。英文学を専攻していた著者は、人間の未来には無限の希望と繁栄に溢れたユートピアがあると主張した、十九世紀ロマン主義の文学を学んでいた。そんなとき、文禄・慶長の役の困難な状況下で、何ら希望もなく、味方もなく、頼るところもない、絶望の時間に一人で甘んじなければならなかった李舜臣の境遇を知って、大きな衝撃を受けたのだ。そしてそのときからいつも李舜臣について考え、いつかは李舜臣の本を書こうという構想を胸の内に秘めてきたという。ひまを見つけては李舜臣に関する記録を読み、『宣祖実録』、『乱中雑録』、李舜臣関連の小説等を耽読した。かれの頭の中から小説が、この世の中に出てくるまでには、三十年あまりの時間がかかった。脱稿するのは二か月ほどだったが、その脱稿のために彼の頭の中ではなんと三十年あまりもの準備期間があったのだ。そういう意味で『孤将』は著者の執念とも念願ともいえる作品である。

この作品の最大の魅力の一つは、キム・フン特有の華麗な文章である。韓国語で十文字前後の短い文章は、意味の急所を鋭く突き、あとに大きな余韻を残す。かれの文章は伝統的な韓国文学の圧縮美を具現していると高い評価を受け、『孤将』が二〇〇一年九月、韓国最高の文学賞である東仁文学賞を受賞する、一つの大きな評価材料ともなった。正直、はじめて本格的な翻訳をする私にとって、この文章は相当、手強いものであったが、切れ味のよい深みのある文章に、ついつい本業を忘れて読み耽ることが多々あった。

『孤将』はまた、戦争を戦場にいる人間の視線で捉えている。歴史的意義としての戦争、民族的英雄の多大なる業績を証明してみせる戦争ではなく、生と死の隣り合わせの中で、生きて死んでいく平凡な人間たちにとっての戦争だ。飢餓と伝染病、虱の卵と死体の悪臭、洗っていない女の陰部の匂いと生首からしたたり落ちる腐った粘液といった戦争現場のなまなましさが、この小説の大きな部分を占め、登場人物の日常生活となっている。こうした淡々とした日常描写を通して、逆に歴史的事実・事件の重さやスケールの大きさを感じさせられるのは、おそらく私だけではないだろう。

『孤将』では、作品全体に精細で美しい風景描写がなされている。著者が小説を書くための取材で大きな参考にしたのは、現地での風、夕陽、雲だったそうだ。当時の人間たちが五百年前にあたったはずの風にあたり、見たはずの夕陽や雲を見ながら、李舜臣の心境を思い量るとき、著者の胸には実に多くのことが、歳月を越えて共鳴してきたことであろう。

著者キム・フンは一九四八年にソウルで生まれた。長くジャーナリスト活動をしてきたが、二〇〇〇年秋、あるインタビューでの発言が問題となり、時事雑誌である「時事ジャーナル」の編集局長を辞した。在職中から、数多くのエッセイ集や紀行文、それに初の長編小説『櫛文土器の追憶』を執筆してきたが、辞職後は、渾身の力を注ぎ込んで二作目の長編小説『孤将』を書き上げたのだ。

キム・フンは、生の持つ両面的な性質に関する探求、生に対する肯定を背景にした耽美的虚無主義の世界観、男性的側面と女性的側面が混在した独特な思惟と、緊張と情熱のあいだを行き交う魅惑的な文章で、韓国文学の到達できる散文美学の一つの頂点を極めたという高い評価を受けている。

『孤将』は、韓国の盧武鉉（ノムヒョン）大統領が、二〇〇四年、弾劾されていた期間に愛読したことで知られるなど、大きな話題になり、五十万部を越えるベストセラーになったほか、現在、放映されているKBS大河ドラマ『不滅の李舜臣』の共同原作の一つにもなっている。

韓国文学界を代表する作品を初の訳書とした苦労は、正直、並大抵のものではなかった。受けた感動をそのまま日本語で表現できないもどかしさに加え、昼間の勤務の疲れ。限られた時間内に最大の集中力を発揮することこそ唯一の打開策と考えた私は、ほぼ三十年前の受験勉強のときにもどって、極端な「早寝早起き」の朝型人間に変身した。おかげで、朝方の三、四時からバタバタされたまわりの人間はさぞかし迷惑だったに違いないが、仕事は思いのほかはかどり、晴れて今日の出版の運びとなった。なにはともあれ今になってみれば、こんなすばらしい小説にめぐり逢えたことは、翻訳に大変苦心させられたということ以上に、とても光栄で幸運なことであると思っている。

なお、原書の日本に関する記述については史実と違う点もあるが、韓国ではそう認識されているということから、原文どおり翻訳したこと、また、一部の地名や人名で、著者も漢字が特定できず、やむを得ずカタカナ表記をしたものもあることを、ご了承願いたい。

二〇〇五年四月

蓮池　薫

装幀　新潮社装幀室

孤将（こしょう）

金薫（キム・フン）

蓮池薫（はすいけかおる）訳

発　行　2005. 5 . 25
4　刷　2005. 6 . 10
発行者　佐藤隆信
発行所　株式会社新潮社　郵便番号162-8711　東京都新宿区矢来町71
電話：編集部（03）3266-5411
読者係（03）3266-5111
http://www.shinchosha.co.jp
印刷所　二光印刷株式会社
製本所　加藤製本株式会社

ISBN4-10-575701-6　C0097
乱丁・落丁本はご面倒ですが小社読者係宛お送り
下さい。送料小社負担にてお取替えいたします。
価格はカバーに表示してあります。